개화의 선구자 홍영식

북묘에서 사라진 개화의 꿈

개화의 선구자 홍영식

북묘에서 사라진 개화의 꿈

초판 1쇄 인쇄일 2017년 10월 9일
초판 1쇄 발행일 2017년 10월 13일

지은이 이기열
펴낸이 양옥매
디자인 임흥순
교   정 조준경

펴낸곳 도서출판 책과나무
출판등록 제2012-000376
주소 서울특별시 마포구 방울내로 79 이노빌딩 302호
대표전화 02.372.1537 **팩스** 02.372.1538
이메일 booknamu2007@naver.com
홈페이지 www.booknamu.com
ISBN 979-11-5776-479-2 (03800)

이 도서의 국립중앙도서관 출판시도서목록(CIP)은 서지정보유통지원 시스템
홈페이지(http://seoji.nl.go.kr)와 국가자료공동목록시스템
(http://www.nl.go.kr/kolisnet)에서 이용하실 수 있습니다.
(CIP제어번호 : CIP2017025752)

개화의 선구자
홍영식

북묘에서 사라진
개화의 꿈

이기열 지음

책과나무

 갑신정변의 중심인물인 홍영식의 전기를 쓴다는 것은 어쩌면 나에게 운명과도 같은 것이었다. 통신에 대해 문외한이나 다름없는 저자가 통신과 인연을 맺은 것은 1970년대 중반 체신부 기관지인 월간『체신』(현 '우체국과 사람들')지의 편집장 자리를 맡으면서부터였다. 낯선 잡지를 발간하게 되면서 우리나라 통신사업이 우편사업과 전신 · 전화사업으로 이루어져 있으며, 갑신정변을 일으켰던 홍영식이 우리나라 우편의 창시자임을 알게 되었다.

 임시 정거장으로 생각하고 맡았던 편집장 자리는 그 뒤 30년 가까이 길게 이어졌다. 우편과 전신, 전화 등으로 비교적 단순했던 통신이 컴퓨터와 결합하여 정보통신으로 진화해 가는 과정을 지켜보는 재미에서였을까, 나는 그 자리를 정년까지 고수했다. 그 과정에『한국우정 100년사』,『한국전기통신 100년사』등의 집필 작업에 관여하게 되면서 우리나라 통신의 역사에 대해 남다른 관심을 갖게 되었다.

 덕분에 그 분야의 글을 자주 집필하였음에도 '우편의 아버지'라 일컫는 홍영식의 전기를 집필하겠다는 생각은 미처 하지 못했다. 그에 관한 자료가 별로 남아 있지 않은 것이 하나의 이유였고, 그에 대한 평가가 궁정적이지 않은 것이 보다 중요한 이유였다. 조선말의 고명한 선비 황현은 그의 저서 『매천야록』에 홍영식에 대하여 몇 가지 토막글을 남겼다.

"홍영식은 영상 홍순목의 아들로 참판 홍만식의 배다른 아우이다. 그는 경박하고 영민하여 그가 말한 시무는 들을 만하였으나, 홍순목은 그를 매우 우려하여 가정을 돌보지 못할 아이라고 했다. 그러나 경박한 그의 친구들은 그를 찾아다니며 '중육', '중육' 하고 그의 자를 불렀다. 그는 일찍이 한림학사로 있다 아경(亞卿)이 되었다."

또 이런 글도 있었다.

"홍영식은 사절로 갔다 온 뒤, 그의 아버지를 뵈온 지 이미 1년이 지났었다. 그가 대궐로 나갈 때 그의 부친 홍순목이 빈청에 있었으나, 그는 입시만 하고 물러나와 빈청에 들르지 않고 곧바로 집으로 돌아갔다."

그런 글들을 읽으면서 나는 왠지 모르게 홍영식에 대해 부정적인 시각을 갖게 되었다. 머리가 좋아 일찍 과거에 합격하고 일찍 출세했는지는 몰라도, 재기에 눌린 경박한 성품의 소유자가 아니었을까 하는 회의감에서였다.

내 생각이 편견이었음을 깨닫게 되기까지는 상당한 시간이 필요했다. 세월이 흘러 황현의 『매천야록』이 정사가 아닌 야사의 기록임을 인식하게 되면서 홍영식에 관한 글에도 편견 내지 오류가 작용할 수 있었음을 깨달았다. 갑신정변이 실패로 끝나면서 역적으로 몰려 집안까지 풍비박산했기에 그에 관한 소문이 좋게 날 리 없었고, 관원 시절의 기록이 삭제되어 그의 행적을 제대로 추적하기도 어려웠다.

그 뒤 하나둘 불거지는 자료들을 눈여겨보면서 홍영식의 인품에 대한 평가가 소문과는 상당히 다름을 알게 되었다. 그는 누구보다 총명하고 견식이 풍부하면서도 원만한 성품이었다. 특히 대인관계가 좋아 반대파인 친청사대파는 물론 청나라 장수들과도 두루 친하게 지냈다. 개화파의 중심인물이요, 우편의 아버지라 일컫는 홍영식에 대한 평가를 다시 하지 않을 수 없는 이유였다.

이 작품을 집필하면서 역사는 되풀이된다는 사실을 절감했다. 한반도를 둘러싸고 있는 오늘날의 국제 정세는 갑신정변 당시와 크게 다를 바 없다. 자칫 핵전쟁의 위험으로까지 치닫고 있는 한반도의 평화와 안전이라는 지구상의 핵심 과제를 놓고 힘겨루기를 하고 있는 나라가 미국, 중국, 러시아, 일본이듯, 130여 년 전 풍전등화의 위기에 처해 있는 조선을 도마에 올려놓고 각자의 구미에 맞게 요리하려 했던 나라도 그들 4개국이었다. 다른 점이 있다면, 단일 국가였던 한반도가 남한과 북한으로 양분되었다는 점이라 하겠다.

비핵 국가인 한국의 입장에서는 불가피한 선택인 사드 배치를 문제 삼아 한국 상품의 수입은 물론 양국 간의 인적 교류까지 차단하는 중국의 횡포를 보면서 임오군란 때 우리 백성들의 재산을 약탈하고 여인들을 농락하며 행패를 일삼던 쨍꼴라의 모습을 떠올리지 않을 수 없고, 북한의 핵 도발과 한국의 대통령 공백 사태를 빌미로 한반도의 위기의식을 조장하며 자국의 군사력 강화에 여념이 없는 일본을 보며 130여 년 전 조선이 자주독립국가로 서는 것을 돕겠다고 접근하며 호시탐탐 침략의 기회를 엿보던 제국주의 일본을 떠올리지 않을 수 없다. 아무튼 남북으로 갈린 한반도를 둘러싸고 열강이 벌이고 있는 포커 게임은 애초부터 한반도의 평화나 안전과는 거리가 먼 것이었다.

이 작품은 '우편의 아버지'라 일컫는 홍영식이 어떻게 해서 우편제도를 도입했고, 개화파의 중심인물이 되어 갑신정변을 일으키다 죽음을 맞게 되었는지, 그 과정을 사실적으로 기술하는 데 초점을 맞췄다. 그러던 중 지난해 초부터 우정사업본부 기관지인 월간『우체국과 사람들』에 연재하게 되면서 소설 형식을 가미하기로 했다. 그러나 애초의 집필 목적이 우리나라 우편의 창시자요 갑신정변의 주역인 홍영식의 행적을 사실대로 기술하자는 데 있었기에 소설 형식보다 사실 기록에 충실하다 보니 팩션 형식의 글이 되었다.

글의 형식이 어떻든, 쓰러져 가는 나라를 일으켜 세우려다 목숨을 잃게 된 개화의 선구자 홍영식과 그의 개화파 동지들의 꿈과 애환이 충실히 반영되기를 바랄 뿐이다.

2017년 10월
작가 이기열

• 목차

1부

|

개화파의 중심인물로
우뚝 서다

고종을 독대하여
출장 보고를 하다

계미년 한 해가 저물어 가고 있었다. 보빙사절단 전권부대신으로 미국을 방문한 홍영식이 귀국한 것은 음력으로 10월 하순이었는데, 미국이나 일본에서 쓰는 양력으로 따지면 12월 하순이었으니 벌써 세모가 된 셈이었다.

조선 사회는 전통적으로 느림을 미덕으로 삼았다. 아무리 급한 일이 있어도 선비는 양반걸음으로 느릿느릿 걸어야 하고, 무슨 일을 하든 여유를 부려야만 했다. 그럼에도 불구하고 보빙사절단 임무를 마치고 귀국한 홍영식은 등청하기에는 이른 시간임에도 곧장 창덕궁으로 향했다. 고종에게 귀국 인사를 올리기 위해서였다. 평소 인후한 성품에 예절을 중시하던 홍영식이 인천에서 서울까지 밤을 새워 달려오고, 서울에 도착하자 대궐로 직행한 것은 마음이 몹시 바쁜 때문이었다. 별천지나 다름없는 미국 사회를 구경하는 동안 그의 마음은 너무나도 초조했다. 우리는 언제 그렇게 되며, 어떻게 해야 그렇게 될 수 있느냐는 조바심에서였다.

그는 승정원으로 달려가 귀국 사실을 알리고, 고종과의 면담을 신청했다. 영감이 통했던지 고종은 곧바로 홍영식을 접견했다. 올빼미족인 고종은 밤을 새워 일하거나 연회 따위를 즐기다 아침에는 늦잠을 자는 버릇이 있었는데, 그날은 웬일인지 다른 일을 제쳐 두고 홍영식을 불러 보고를 받았다. 아니, 동경의 나라 미국 소식이 그만큼 궁금했던 것이리라.

고종은 두툼한 얼굴에 온화한 미소를 띠고 반년 만에 만난 신하 홍영식을 반갑게 맞았다. 홍영식이 큰절을 올리자 고종은 앞으로 다가와 앉으라고 손짓하고 나서 질문을 던지기 시작했다.

"미국에 갈 적에는 더위가 한창이었는데 올 적에는 몹시도 춥구나. 먼 여행길에 과연 무사히 다녀왔는가?"

"네. 왕령(王靈)의 도움을 받아 별 탈 없이 다녀왔습니다."

"사절단 일행이 뱃멀미는 하지 않았던가?"

"다행스럽게도 저희 사절단 일행은 잘 감내하였으며, 아직도 피로가 남아 있긴 하지만 어찌 이를 감히 노고라 하겠습니까."

"전권대신 민영익은 구라파를 돌아서 온다고?"

"예. 전권대신 민영익이 성지를 받들어 미국에 가 있을 때 미국 대통령께서 민 대신에게 미국 군함을 타고 구라파로 돌아가라는 권고가 있었기에 종사관 서광범과 함께 군함의 출항을 기다리고 있었습니다. 그런데 민 대신 일행의 출항 날짜가 신 일행이 귀국하는 날로부터 보름 뒤였기에 신 등이 먼저 출항하였습니다."

"그렇다면 민영익이 일행은 언제쯤 돌아올 것인가?"

"신이 들은 바로는 섣달그믐이나 정초가 될 것 같습니다. 하오나 정확한 귀국 날짜는 산정하기 어렵습니다."

"그동안 왕래했던 수로(水路)의 이수(里數)가 얼마나 되던가?"

"인천에서 화성돈까지 수륙으로 계산하면 꼭 1만 8,990영리나 된다고 합니다."

'화성돈(華盛頓)'은 '워싱턴', '영리(英里)'는 영국식 거리의 단위인 '마일 (mile)'을 가리키는 한자식 표기였다.

"일본 횡빈(橫濱)에서 구금산까지는 수로로 몇 리나 되던가?"

'구금산(舊金山)'은 '샌프란시스코'의 한자식 표기였다.

"미국에 갈 때는 북쪽으로 한대에 가까운 항로로 갔는데 그 거리가 4,500영리였고, 귀국할 때는 남쪽으로 멀리 돌아왔기 때문에 5,300영 리나 되었습니다. 그 거리를 우리나라 이법(里法)으로 계산하려면 그 수 에다 3배를 더해야 한답니다."

"참으로 멀고도 멀구나. 왕래하는 수로는 모두 새로 난 항로인가?"

"귀국할 때는 구금산에서 남쪽으로 열대 가까운 항로를 돌아 단향산 에서 머물렀다 횡빈과 향항 등지를 거쳐 왔는데, 현행 수로에 비하면 그 거리가 훨씬 더 멀다 합니다."

'단향산(檀香山)'은 '호놀룰루', '향항(香港)'은 '홍콩'의 한자어였다.

당시 일본 요코하마에서 미국 샌프란시스코로 가는 태평양 항로에는 세 가지 코스가 있었다. 첫 번째 코스는 북위 50도까지 올라가 태평양 을 건너는 항로인데 그 거리가 가장 짧아 4,500마일이고, 두 번째 코스 는 북위 35도를 건너는 것으로 그 길이가 4,700마일이었다. 세 번째 항 로는 북위 20도를 경유하는 것으로 하와이를 거치게 되는데, 그 길이가 5,595마일이나 되었다. 홍영식 등 보빙사절단은 미국에 갈 때는 북항로를 이용했는데, 귀국할 때는 남항로를 이용했던 것이다.

"미국 대통령은 만나 보았던가?"

고종이 화제를 돌려 새로운 질문을 던졌다.

"네. 처음에는 뉴육에 있는 호텔로 찾아가 국서(國書)를 제정했고, 귀국할 때는 화성돈에 있는 대통령관을 예방하여 귀국 인사를 올렸습니다."

'뉴육(紐育)'은 '뉴욕'의 한자어였다.

"그들의 접대는 과연 융숭하던가?"

"네. 신 등이 그곳에 도착하기 전에 저희 사절단 일행의 도착 예정일을 미리 전보로 알렸기에 뉴욕에 도착하자 미국 국무성 관리들이 직접 정거장까지 마중 나와 영접하였는데, 이는 흔히 볼 수 있는 일이 아니라 합니다. 그 밖에 숙소와 음식 범절 또한 보통이 아니었습니다. 민 전권대신의 치사에 대한 미국 대통령의 답사는 간결하면서도 진심이 담겨 있었습니다. 저희 사절단 일행이 가는 곳마다 그 나라 백성들은 진심으로 환대하였습니다. 뉴육에 체류할 때의 비용도 모두 그곳 상인들이 부담하였으니 더욱 보기 드문 일이라 합니다."

"미국에는 처음 갔던 것인데, 마땅히 취할 만한 점이 있던가?"

"신 등이 그곳에 도착한 이래 언어가 통하지 않고 문자가 달라 눈과 귀로 보고 들어 파악할 수는 있어도 제대로 이해하는 데는 어려움이 있었습니다. 그러나 기기(機器)의 제조나 배, 차, 우편, 전신 등은 어느 나라를 막론하고 급선무가 아닐 수 없습니다. 특히 우리가 가장 중시할 것은 교육인데, 만약 미국의 교육 방식을 본받아 인재를 양성한다면 큰 어려움이 없을 것입니다."

"그 나라의 국력은 일본과 비교하여 어떠하던가?"

"미국은 토지가 비옥하고 자연자원이 풍부하며 산업시설은 물론 각종 제도에 이르기까지 두루 갖추어져 있어 일본은 비할 수가 없습니다. 일본 같은 나라는 서양 법을 채택한 지 일천하여 약간은 모방한다 하더라도 진실로 미국의 예에 견주어 논할 수가 없습니다."

"그 나라가 그처럼 부강하다면 그 나라 병제는 어떠하던가?"

궁금한 점이 한두 가지 아니었는지 고종은 꼬리를 이어 질문을 던졌다. 미국의 병사제도와 군사력에 이어 정치제도와 관제까지 하나하나 짚어 가며 물었다. 미국과 유럽은 얼마나 떨어져 있으며, 러시아는 얼마나 떨어져 있는지도 물었고, 태평양과 대서양의 파도는 어느 쪽이 더 센지도 물었다. 미국의 가옥은 어떤 형태이며 농사는 어떻게 짓는지도 물었다. 개화에 대한 열망이 남달랐던지 평소 궁금하게 생각하던 사항을 빠뜨리지 않고 질문했다.

그렇게 질문한 사항이 60여 가지나 되었다. 미국에 대한 고종의 궁금증이 얼마나 컸는지 짐작할 수 있는 대목이었다. 고종이 짝사랑이라 할 만큼 미국을 좋아했던 것은 유독 미국이라는 나라가 남의 나라를 침략한 사실이 없다는 말을 듣고부터였다. 그처럼 평화를 사랑하는 나라라면 조선과 같은 약소국을 지켜 줄 수 있지 않을까 하는 기대에서 미국과 친해지고 싶었던 것이다. 조선을 속국으로 생각하고 사사건건 간섭하는 청나라의 속박에서 벗어나고 싶다는 고종의 열망이 그만큼 강렬했던 것이다.

홍영식은 미국에 가 있는 동안 집에서 보낸 편지를 세 번 받아 보았고, 미국의 신문기사를 번역해 고국 소식을 한두 가지 들었다고 보고했다. 홍영식에게 보낸 편지는 일본을 경유하여 미국 우편선을 타고 미국으로 건너갔던 것이다.

아서 대통령에게
넙죽 엎드려 큰절을 하다

                  우리 나이로 29세에 불과한, 앞날이 창창한 청년 홍영식이 보빙사절단 전권부대신이라는 직함을 가지고 조선인으로는 처음으로 미국 방문길에 오른 것은 1883년 7월 중순이었다. 그와 함께 보빙사절단으로 동행한 사람은 전권대신 민영익을 비롯하여 서기관 서광범, 수행원 유길준, 고영철, 변수, 무관 최경석, 현흥택 등 8명이었다. 통역으로 중국인 오례당(吳禮堂)이 동행했고, 일본에서 미국인 로웰(Percival Lowell)과 일본인 미야오카 츠네지로(宮岡恒次郎)가 합류했다.

  사절단 가운데 한마디라도 영어를 할 줄 아는 사람은 고영철 하나였다. 중국어 역관인 고영철은 1881년 영선사 김윤식을 따라 중국에 유학했는데, 그때 중서학당(中西學堂)에서 8개월 동안 영어를 배웠다. 덕분에 영어를 몇 마디 할 줄 알았으나 통역을 할 수 있는 정도는 아니었다.

  미국인 로웰과 일본인 미야오카가 사절단에 합류하게 된 것은 실로 우연이었다. 사절단 가운데 미국 사정에 밝은 사람이 없자, 주일미국

공사 빙햄(Bingham)이 미국인 퍼시벌 로웰이라는 청년을 안내자로 추천했는데, 로웰이 영어에 능통한 미야오카를 개인 비서로 쓰고 있어 같이 가기로 했던 것이다. 하버드대학을 졸업한 로웰은 당시 극동지역을 여행하는 중이어서 자유로운 입장에서 빙햄의 제안을 받아들일 수 있었다.

그러다 보니 사절단원과 미국인이 대화할 때는 일본어를 중간 언어로 사용했는데, 조선어를 일본어로 통역하면 일본어를 영어로 통역하는 방식으로 의사소통을 했다. 당시 조선어의 일본어 통역은 일본어를 할 줄 아는 수행원 변수가 맡았고, 일본어의 영어 통역은 일본인 미야오카가 맡았다.

'보빙사'라는 이름의 친선사절단을 미국에 보낸 사람은 물론 고종이었다. 미국이 서양 여러 나라 가운데 처음으로 조선과 수호통상조약을 체결하고 루시어스 푸트(Lucius H. Foote)를 공사로 파견해 준 데 대한 고마움의 표시로 사절단을 보내기로 했던 것이다.

조선이 미국과 수호통상조약을 체결한 것은 조선의 통치자인 고종의 개인적인 희망 사항이기도 했으나, 그 이면에는 청의 실권자인 이홍장(李鴻章)의 간계가 숨어 있었다. 조선을 청의 속국으로 여기고 있던 이홍장은 일본이 한반도에 진출하여 세력을 확장하는 것을 못마땅하게 생각했다. 게다가 러시아마저 한반도 진출을 꾀하고 있어 불안감이 가중되었다. 그러자 그들 나라의 세력 확장을 저지하고 청의 종주권을 지키기 위해 고안해 낸 방안이 전통적인 이이제이(以夷制夷) 수법이었다.

한반도에 구미 제국을 끌어들여 어느 한 나라의 독주를 막고 세력 균형을 유지함으로써 청의 기득권을 확보한다는 계산에서 조선에 서양 여러 나라와 수호통상조약을 맺도록 권유했고, 그 첫 번째 대상으로 선택한 나라가 바로 미국이었다. 중국의 실질적인 통치자인 이홍장의 권유가 있자, 고종은 별 의심 없이 미국과 수호통상조약을 체결했던 것이다.

조선과 수호통상조약을 체결하자, 미국은 당연한 순서로 서울에 공사를 파견했다. 조선도 미국에 공사를 파견해야 했으나 그럴 만한 힘이 없었다. 미국과 같은 개화된 나라에 공사를 파견하고 싶어도 미국이 어디쯤 붙어 있는 나라인지, 미국에 가려면 어떻게 가야 하는 것인지도 몰랐다. 미국 말인 영어를 할 줄 아는 사람도 없었다. 설사 공사를 파견하려 해도 공사를 보낼 노자를 걱정해야 할 만큼 나라 살림이 팍팍했다. 그러자 미국공사 푸트가 공사를 파견하는 일은 뒷날로 미루더라도 우선 사절단을 보내 답례하는 것이 관례라며 고종을 설득했다.

민영익과 홍영식 등 보빙사 일행은 7월 16일 인천을 출발하여 일본 나가사키(長崎)와 요코하마(橫濱)를 거쳐 도쿄(東京)에서 며칠 묵은 뒤 북쪽 항로를 따라 알류샨열도를 지나 태평양을 건너는 기나긴 여행길에 올랐다. 4,500마일이나 되는 긴 항로를 때로는 거친 파도와 싸우며 건넌 끝에 9월 초 샌프란시스코에 도착했다. 그곳에서 다시 기차로 갈아타고 시카고와 워싱턴을 거쳐 뉴욕으로 이동하며 갖가지 신기한 미국 풍물을 구경했다.

보빙사 일행은 한복을 입고 갓을 쓴 모습으로 미국의 주요 도시를 돌며 백악관, 국무성, 교육성, 육군성, 철도회사 등 주요 공공기관을 두루 방문했다. 뉴욕우체국과 전신국도 구경했다. 은행, 신문사, 방직공장, 시범농장 등도 둘러보았다. 그때 마침 보스턴에서 개최되고 있는 세계박람회도 구경했다. 그들은 눈부시게 발달한 미국의 과학기술 문명만 구경한 것이 아니었다. 행정부, 입법부, 사법부로 나뉘어 대통령과 국회의원을 국민이 직접 뽑는 미국식 민주주의도 공부했다.

9월 18일 뉴욕 피프스애비뉴호텔에서 미국 대통령 아서(Arthur)를 알현하고 고종이 보낸 국서를 증정했다. 그때 민영익과 홍영식 등 사절단 대표 3인이 아서 대통령 앞에 넙죽 엎드려 큰절을 하는 모습이 미국 신문에 대문짝만하게 실려 화제가 되기도 했다.

사절단의 눈에 비친 미국의 모습은 한마디로 놀라움 그것이었다. 가로수가 가지런히 서 있는 넓은 거리, 높고 깨끗한 주택, 10층이나 되는 고층건물, 거리를 오가는 전차, 대낮같이 밝은 전깃불. 어느 것 하나 놀랍지 않은 것이 없었다.

그들이 그처럼 별천지 같은 미국 풍물을 보고 감탄하는 동안, 미국 언론은 은둔국 조선 사절단의 방문을 대대적으로 보도했다. 미지의 나라 조선이 왕자와 총리의 아들을 파견한 데 대해 경의를 표하기도 했다. 왕비의 친정 조카 민영익이 왕자로 둔갑했고, 영의정을 지낸바 있는 홍순목의 아들 홍영식이 총리의 아들로 대접받았던 것이다. 국내에는 그들의 미국 방문이 전혀 알려지지 않았으나, 뉴욕헤럴드나 뉴욕타임즈 같은 미국 신문은 그들의 일거수일투족을 상세히 보도했다.

보빙사 일행의 미국 여행은 단순한 시찰에 그치지 않았다. 미국의 주요 공공기관이나 산업시설을 시찰할 때 그들은 조를 짜서 질서 있게 움직였다. 각자가 맡은 분야에 대해 전문적이고 구체적인 질문을 함으로써 미국인들을 놀라게 했다. 또한 낮에 취득한 정보를 모아 놓고 밤마다 모여 분석하는 작업도 했다.

"나는 그들의 빡빡한 시찰 일정에 너무 힘들고 지쳤다. 그러나 그들은 매일의 일정을 강행하면서도 지치거나 힘들어하지 않고 불평하는 모습을 보인 적이 없었다."

보빙사 일행을 따라다니며 안내역을 맡았던 미국 해군대위 메이슨(Mayson)은 그렇게 감탄했다.

미국 시찰을 마치고 귀국할 때 그들은 빈손으로 오지 않았다. 그들은 미국에서 얻은 각종 신식 문물의 견본을 200여 개 궤짝에 싣고 왔다. 벼 베는 기계, 타작기, 저울 등 미국 농기구도 들여왔다. 무관으로 사절단에 참여했던 최경석은 미국 농무성으로부터 각종 농작물 종자를 얻어 와 서울 망우리 부근에 시범농장을 설립하고 재배했다.

그들이 가져온 것은 서양의 발달한 과학기술 제품만이 아니었다. 그들은 조선을 개화하여 미국처럼 부강한 나라를 만들겠다는 벅찬 포부도 안고 돌아왔다.

미국에서 귀국할 때 사절단은 두 패로 나뉘어 돌아왔다. 전권부대신 홍영식은 고영철, 최경석, 로웰 등과 샌프란시스코에서 배를 타고 태평양을 거쳐 먼저 귀국했고, 전권대신 민영익은 서광범, 변수, 미국 해군무관 포크(George C. Foulk) 등과 함께 대서양을 횡단하여 유럽 여러 나라를 돌아본 뒤 수에즈운하를 거쳐 이듬해 6월 초에 귀국했다. 그들이 귀국할 때 미국 대통령 아서는 귀국하는 조선 사절단에게 모든 편의를 제공하라는 특명을 내렸고, 미국 해군은 트렌튼호를 내주며 그들을 조선까지 호송케 했다. 덕분에 민영익, 서광범, 변수는 세계를 최초로 일주한 조선인이 될 수 있었다.

학구파인 유길준은 미국에 남아 공부하기로 했다. 일찍이 박규수의 제자가 된 덕분에 실학에 눈뜬 유길준은 1881년 신사유람단의 일원으로 일본에 건너가자 바로 귀국하지 않고 그곳에 남아 게이오(慶應)의숙에 입학한 덕분에 조선인 최초의 일본 유학생이 될 수 있었다. 그로부터 2년 뒤 미국을 방문하게 되자, 다시 혼자 남아 유학 생활을 하기로 했던 것이다.

김옥균의 미국행이
좌절되다

고종에게 귀국 보고를 마친 홍영식은 편전을 나서자 대궐 출입문을 향해 발걸음을 옮겼다. 아직 초겨울임에도 날씨가 차가웠다. 중천을 벗어난 해가 밝게 비추고 있음에도 도포 자락을 날리는 바람이 제법 매서웠다.

벼슬아치들의 출입문인 금호문을 향해 걸음을 재촉하는데, 저만큼 떨어진 곳에 있는 빈청 건물이 눈길을 끌었다. 아버지 홍순목이 기다리고 있어 반드시 들러야 할 곳이었으나 홍영식은 그냥 지나치기로 했다. 그날 오전부터 고종을 독대하여 귀국 보고를 한다는 소식은 조정 내에 널리 퍼졌을 것이고, 영중추부사(領中樞府事)로 물러나 있는 아버지가 그 소식을 듣고 빈청에서 기다리고 있을 것이 뻔했으나, 반년 동안이나 못 뵈었던 아버지에게 올리는 인사는 저녁으로 미루기로 했다.

일인지하(一人之下)에 만인지상(萬人之上)이라는 영의정까지 지낸 아버지 홍순목과 18세에 과거에 급제하여 30이 채 안 된 나이에 협판 자리에까지 오른 아들 홍영식은 뼈대 있는 집안이라는 출신 성분과 화려한 경력에도 불구하고, 그들 부자 사이는 물과 기름이었다. 두 사람은 만났다 하면 입씨름을 벌였다. 시국을 보는 눈이 다르기 때문이었다. 요즘 말로 표현하면 이념의 차이가 그만큼 심각했다. 아버지 홍순목은 홍선대원군의 트레이드마크인 쇄국주의를 철저히 지지했던 수구파의 우두머리였음에 비해 아들 홍영식은 개화와 개혁을 추구하는 개화파의 선봉이었으니 두 사람 사이가 원만할 수 없었다.

홍영식이 빈청 인사를 건너뛰기로 한 것은 아버지에 대한 떫은 감정에서가 아니었다. 빈청에 들러 문안인사를 올리는 것은 간단히 끝낼 수도 있었다. 아버지에게 큰절을 올리고 몇 마디 인사말을 건넨 뒤 적당한 핑계를 대 빠져나오면 그만이었다. 그럼에도 불구하고 빈청 인사를 거르기로 한 것은 그의 마음이 너무 바빴기 때문이다.

일본과 태평양을 거쳐 미국의 색다른 풍물을 구경하는, 6개월간의 긴 여행을 마치고 돌아오자, 처리해야 할 일이 너무나도 많았다. 한마디로 일이 산더미처럼 쌓여 있었다. 무엇보다 급한 것은 미국공사 푸트를 만나는 일이었다. 푸트를 만나 김옥균이 안고 있는 차관 문제를 해결해 주어야 개화파 활동이 순조롭게 진행될 수 있었다. 또한 한시라도 바삐 개화파 동지들을 만나 앞으로 조선 사회를 이끌어 나갈 새로운 메시지를 전하는 것도 시급한 과제였다.

미국에 50여 일 머무는 동안, 그가 서광범, 유길준 등 개화파 동지들과 애태우며 나눴던 말은 우리는 언제 그리되며, 어떻게 해야 그리될 수 있느냐는 것이었다. 그만큼 개화된 미국 사회에서 받은 충격이 컸다. 오전 내내 고종과 문답을 나누는 과정에서 어느 정도 정리되긴 했으나, 앞으로 그와 개화파 동지들이 추진해야 할 일이 산더미처럼 쌓여 있었다. 미국처럼 개화된 세상을 만들려면 발바닥에 땀이 나도록 부지런히 뛰어도 부족할 것 같았다.

무엇보다 먼저 전국 각 고을마다 학교를 세워 자라나는 아이들에게 신식 교육을 시켜야만 한다. 전기를 일으켜 밤을 대낮같이 밝히고, 인구가 많은 서울에는 전차가 다니게 해야 한다. 태평양처럼 넓은 바다를 건너는 기선과 한반도를 달리는 기차도 들여와야 한다. 우체국을 세우고 전신국을 세워 편지를 보내고 전보를 칠 수 있는 시설을 갖추는 것도 시급한 과제다. 미국에 머무는 동안 집에서 보낸 편지를 세 번이나 받았던 경험을 되새길 때, 미국과 편지를 주고받는 것은 충분히 가능한 일이다.

또 무명에서 실을 뽑아 옷감을 짜는 방직공장을 만드는 것도 백성들의 생활을 풍요롭게 하기 위해 반드시 필요한 일이다. 뉴욕헤럴드나 뉴욕타임즈 같은 신문을 만드는 것도 백성을 개화시키기 위해 반드시 필요하다. 서울 종로 같은 거리에 2층·3층 집을 짓고 가로수를 심어 깨끗한 거리를 만들 때, 비로소 제대로 개화된 세상을 만들 수 있을 것이다.

그러나 그 같은 화려한 생각은 한낱 백일몽에 불과했다. 조선의 나라 살림으로 볼 때, 그중에서 어느 것 하나를 골라 실천에 옮기는 것도 쉽지 않았다. 학교를 예로 들면, 서울이나 평양에 한두 개 학교를 세우는 것은 가능하겠지만, 일시에 전국 각 고을마다 한 개씩 세우는 것은 불가능한 일이었다. 그만큼 조선이라는 나라의 살림이 궁핍했다. 한마디로 조선은 찢어지게 가난한 나라였다.

그처럼 복잡한 생각에 잠겨 걷고 있는데, 금호문 쪽에서 휘적휘적 걸어오는 관원이 있었다. 고개를 들고 바라보니 참의교섭통상사무라는 벼슬을 지녔던 이조연이었다. 한때는 수신사의 종사관으로 일본이나 청나라를 다니며 개화파로 활동했으나, 요즘은 친청사대파로 변신하여 출세 가도를 달리고 있는 자였다.

"아이고, 홍 협판 아니십니까. 미국 사행은 잘 다녀오셨습니까?"

나이가 10여 살 위인 이조연이 가볍게 고개를 숙이며 반갑게 인사를 건넸다.

"네. 염려해 주신 덕분에 잘 다녀왔습니다. 지금까지 편전에서 상께 복명문답을 드리고 나오는 길입니다."

홍영식은 가볍게 받아넘겼다.

"원로에 피곤하실 텐데 복명문답까지 마치셨군요. 빨리 댁에 가서 쉬셔야겠습니다."

"쉴 틈이 있나요. 지금 미국 공사를 만나러 가는 길인데."

"참으로 바쁘십니다. 빈청에는 다녀오셨겠죠?"

이조연이 가는 눈을 깜박이며 물었다.

"아직 못 뵈었습니다. 국사가 다망하여 아무래도 댁에 가서 뵈어야 할 것 같습니다. 자, 그럼!"

홍영식은 가볍게 목례를 보내고 발걸음을 옮겼다. 친청사대파는 주는 것 없이 미웠다. 빈청에 다녀왔느냐고 묻는 저의가 의심스러웠다.

'여우같은 놈! 또 한 건 잡았다고 여기저기 돌아다니며 나팔을 불겠지. 개화파 놈들은 오랜 여행을 다녀와서도 애비에게 문안 인사도 올릴 줄 모르는 불상놈들이라고…. 개화파 중에서도 이 홍영식이 표본적인 인물로 꼽히겠지, 아마. 제까짓 놈들 찧고 까불면 어때. 제까짓 참새들

이 대붕의 뜻을 어찌 알겠어?'

홍영식이 정동 미국공사관으로 들어서자 공사의 통역인 윤치호가 반 갑게 맞았다. 6개월 못 본 사이 윤치호는 더 성장하고 의젓해진 느낌이 었다.

미국공사 푸트는 큰 손을 내밀어 홍영식의 작은 손을 꼭 쥐며 반갑게 맞았다. 푸트에게 홍영식은 특별한 사람이었다. 초대 조선공사로 발탁 된 푸트가 모노가시호라는 배를 타고 인천에 도착했을 때, 접빈사로 배 에 올라 영접한 사람이 바로 홍영식이었다. 그때부터 친해진 홍영식이 보빙사절단 부사로 그의 고국을 방문하고 6개월 만에 돌아왔으니 반갑 지 않을 수 없었다.

홍영식과 푸트는 공사관 응접세트에 앉아 대화를 나누었다. 19세밖에 안 된 윤치호가 홍영식의 맞은편에 앉아 통역을 했다.

"귀공도 알다시피 김옥균공은 현재 일본에 머물고 있습니다. 미국 방 문을 마치고 돌아올 때 일본을 거쳐 왔는데, 그때 김공을 만났소이다. 귀공도 알다시피, 김공이 일본에 간 것은 차관을 얻기 위해서요. 국채 위임장만 가져오면 차관을 주겠다고 큰소리쳤던 일본인들이 약속을 지 키지 않자, 김공은 미국 상인 모스(Morse) 씨에게 부탁하여 미국이나 구 라파에서 차관을 얻어 달라고 했소이다. 그래서 모스 씨는 미국을 거쳐 구라파까지 갔는데, 구라파에 가 있던 모스 씨가 전보를 보내오길, 현 재 불란서와 청국 두 나라가 안남 문제로 다투고 있는데, 청국에 있어 서의 조선은 청국에 있어서의 안남과 같아 장차 어떤 일이 일어날지 알 수 없다, 따라서 차관을 주선할 수 없다고 했답니다.

그러나 조선과 미국이 조약을 맺은 이상 독립국이냐 속국이냐라는 문제는 더 이상 논할 필요가 없소이다. 하물며 불란서와 청국 간의 일이 어찌 조선과 관계가 있다고 하겠소이까. 한마디로 모스 씨와 추진했던 일은 지난 일이니 재론할 필요가 없다 하더라도, 김공은 왕명에 따라 중요한 일을 추진하는 것이니 중지할 수 없으며, 일본에 주재하고 있는 빙햄 공사는 김공에게 미국으로 가서 차관을 얻도록 권하고 있소이다.

내가 귀공을 방문한 것은 바로 이 때문이오. 조선 정부의 요직을 맡고 있는 관원이 미국을 방문하기에 앞서 귀공의 의견을 참작하지 않을 수 없습니다. 따라서 김공의 진퇴는 귀공의 일언에 달려 있다 하겠소이다. 만약 김공이 귀국하여 다시 의논하는 것이 좋겠다 하면 김공은 반드시 돌아올 것이요, 만약 바로 미국으로 가라 하면 마땅히 미국으로 갈 것이오. 모름지기 현명한 판단을 내려 주기 바랍니다."

수인사가 끝나자, 홍영식은 방문한 목적을 솔직히 털어놓았다.

미국인 모스는 아메리카무역상사 대표로 일본과 만주 등 극동지역에서 무역업을 하고 있었는데, 뒷날 운산금광의 채굴권과 경인선 철도부설권을 따낸 인물이었다.

"남의 돈을 빌리려면 반드시 먼저 신용을 얻어야 합니다. 내가 비록 모스 씨를 만나지는 못하였으나, 듣건대 그 사람의 기량이 좁고 얕아 족히 더불어 대사를 논할 수 없다 하더니, 이제 보니 그 말이 맞는 것 같습니다. 폐일언하고 김공은 결단코 미국으로 가서는 아니 됩니다. 우선 귀국하여 합리적인 방책을 세워 외국인의 신용을 얻은 뒤에야 일을 성사시킬 수 있을 것이오."

이미 예상하고 있던 일이라는 듯 푸트는 서슴지 않고 결론을 내렸다.

"그렇게 하겠소이다. 김공에게 귀국하도록 연락하여 마땅한 방책을 세우도록 하겠소이다."

홍영식은 푸트의 의견을 선선히 받아들였다.

김옥균에게 보낸 편지는 윤치호가 대신 썼다. 윤치호는 홍영식과 미국 공사가 나눈 대화 외에 얼마 전 푸트가 했던 말을 몇 마디 덧붙였다.

"조선의 재정은 통일성이 없고 왕명은 한결같지 않아 외국인들이 믿고 자금을 빌려 주려 하지 않는다. 재정이 산만하면 반드시 조약을 어기는 폐단이 생기고, 조약을 어기는 폐단을 보고서야 어느 누가 자금을 빌려 주려 하겠는가. 이는 김공이 왕명을 받지 못한 것도 아니요, 일을 성사시키기 위해 노력하지 않는 것도 아님에도 자금을 빌리기 어려운 까닭이다. 우선 재정을 통일하는 조치를 취한 다음에야 일을 성사시킬 수 있을 것이다."

김옥균의 미국행을 반대한 푸트의 속마음이 고스란히 담긴 말이었다.

국채위임장이 가짜라고
헛소문을 퍼뜨리다

홍영식은 미국에 갈 때 일본에서 김옥균을 만났는데, 미국에서 돌아올 때도 만났다. 보빙사 일행이 출발하기 한 달 전에 일본으로 건너갔던 김옥균은 그때까지 그곳에 머물러 있었다.

김옥균이 일본에 건너간 것은 그것이 세 번째였다. 1881년 12월 처음으로 일본에 건너가 6개월 머무르고, 다시 이듬해 8월 일본을 찾아간 것은 개화가 진행되고 있는 일본의 신식 문물을 두루 살피고 후쿠자와 유기치(福澤諭吉) 등 일본의 명사들과 교유하며 독립 정신을 고취하기 위해서였다. 그러나 1883년 6월에 세 번째로 찾아간 목적은 전혀 달랐다. 이번에는 일본에서 차관을 얻기 위해서였다.

그 무렵 조선 정부는 극심한 재정난에 허덕이고 있었다. 그 문제를 해결하기 위해 김옥균은 일본에서 차관을 얻기로 했다. 허황된 꿈이 아니었다. 두 번째로 일본에 가 있는 동안 일본의 대표적인 정객 이노우에 가오루(井上馨) 등을 만나 동양 정세를 논의하던 중 조선의 재정난 문제가 화제에 오른 적이 있었다. 그때 일본인들은 하나같이 조선 정부에서 국채위임장을 발행한다면 차관 문제는 쉽게 해결할 수 있다고 입을 모았다. 김옥균이 일본 체재 일정을 앞당겨 귀국한 것은 고종으로부터 국채위임장을 얻어 내기 위해서였다.

그때 민태호, 윤태준 등 친청사대파가 재정난 타개책으로 내놓은 방안이 당오전·당십전 등 동전 화폐의 발행이었다. 묄렌도르프가 외무아문 참의로 임명되기 직전 나라의 창고인 선혜청(宣惠廳)에 불이 나 당오전 2만 냥이 타 버린 일이 있었다. 이듬해 당오전이 고갈되자 각 병영과 관아에 봉급을 지불할 수 없는 지경에 이르렀다. 그러자 당오전·당십전을 발행하여 그 문제를 해결하려 했던 것이다. 대원군이 집권할 때 당백전을 발행하여 나라 경제를 파탄에 빠뜨린 끝에 주조를 중단했던 것이 불과 6년밖에 안 되었음에도 또다시 똑같은 과오를 되풀이하고자 했던 것이다.

당오전의 발행에 앞장서 반대한 사람이 다름 아닌 김옥균이었다. 그는 고종이 보는 앞에서 친청사대파들과 몇 차례 입씨름을 벌였다. 고종에게 반대하는 건의서를 올리기도 했다. 김옥균의 반대로 당오전의 발행이 교착 상태에 빠지자, 민영익이 그 문제에 대해 그 분야의 전문가라 할 수 있는 묄렌도르프의 자문을 구하는 것이 좋겠다고 건의했다. 그러자 고종이 민영익, 민영목, 김옥균, 묄렌도르프를 지목하며, 네 사람이 모여 그 문제에 대해 속 시원한 결론을 내리라는 명령을 내렸다.

이에 민영익이 나머지 세 사람을 자기 집으로 불러 토론하는 자리를 마련했다.

"새로운 화폐를 만들려면 금화, 은화를 고루 주조하는 것이 좋으나 우선 시급한 경비에 충당하기 위해서는 당오전, 당십전 내지 당백전을 주조하여 목전의 시급함을 해결하는 것이 최선책인바, 그 같은 동전을 발행함에는 조금도 문제 될 것이 없습니다."

민씨 일파의 사주를 받은 묄렌도르프가 먼저 당오전과 당십전 발행의 당위성을 강조했다.

"대원위대감 시절 당백전을 발행했다 실패했음은 당신도 들어서 알고 있을 것이오. 그럼에도 불구하고 조금도 문제 될 게 없다 함은 무슨 이치요?"

김옥균이 즉각 반격에 나섰다.

"당백전 발행이 실패로 끝난 이유는 오래전의 일이라 자세히 알지 못하나, 화폐 단위가 너무 높은 때문으로 들었소. 따라서 당백전이 아닌 당오전이나 당십전을 발행한다면 별 문제가 없을 것이오."

묄렌도르프가 한발 물러섰다.

"화폐제도가 발달한 서양에서는 동전이 어떻게 유통되고 있는지 알지 못하나, 그 제도가 발달하지 못한 조선에서는 동전의 가치가 실제 가치와 같지 않은 한 유통되기 어렵소. 새로운 동전의 발행은 물가 앙등을 초래하여 실패로 끝날 것이오. 만일 당신이 이 같은 화폐 발행이 나라의 해독이 됨을 알지 못한다면 이는 불학무식의 소치요, 만일 그것이 폐해가 됨을 알면서도 구차스럽게 발행해야 한다고 한다면 이는 당신의 심술이 바르지 못한 때문이오."

김옥균이 목소리를 높여 반박했다. 당오전 발행의 폐해에 대한 소신이 너무나도 강했던지, 그의 반대 논리는 어느덧 상대방에 대한 인신공격으로 변하고 있었다. 당오전·당십전의 발행 문제를 놓고 두 사람은 한나절이나 입씨름을 벌였으나 결론이 나지 않았다.

화가 치민 김옥균은 그길로 입궐하여 고종에게 논쟁의 쟁점을 낱낱이 설명하고, 당오전 주조계획을 중지해야 한다고 주장했다. 그리고 대일 차관 교섭에 필요한 국채위임장을 작성해 달라고 재차 건의했다. 그러자 고종은 그 자리에서 300만 원짜리 국채위임장을 작성해 주며 부디 차관을 성사시켜 재정 자금을 확보하고 포경(捕鯨) 자금으로도 활용할 수 있도록 하라고 당부했다. 김옥균은 그렇게 바라고 바라던 국채위임장을 손에 넣을 수 있었다.

김옥균의 입장에서는 300만 원이라는 거액의 돈을 확보해야 할 필요가 또 있었다. 얼마 전 개화파 동지인 광주유수 박영효에게 군대 양성 자금으로 몇 만금을 지원하기로 약속한바 있었다. 다른 약속은 뒤로 미루더라도 그 약속만큼은 반드시 지키고 싶었다. 개화파가 친청사대파를 몰아내고 정권을 잡으려면 무엇보다 필요한 것이 군사였다.

두루뭉술한 성격의 소유자인 고종은 이해가 빠르고 판단력도 비교적 정확한 편이었으나 우유부단하다는 약점을 동시에 지니고 있었다. 김옥균이 일본으로 건너간 뒤 민씨 일파가 다시 당오전을 발행해야 한다고 주장하자, 결국 그것마저도 허락했다.

당오전 발행이라는 아이디어를 낸 사람은 청군 장수 오장경(吳長慶)이었으나, 실제로 주조 업무를 맡은 사람은 민씨 일당이었다. 그들은 전환국(典圜局)을 설치하고 당오전과 당십전을 찍어 내 통용시켰다. 민씨 일파 중에서도 톡톡히 재미를 본 사람은 민영익의 친부인 민태호였다. 민태호는 주전사업을 주도하여 서울, 강화도, 평양 등지에 주전소를 설치하고 동전을 찍어 냈다. 민영목, 민응식, 민영익 등도 저마다 주전소를 차려 놓고 당오전과 당십전을 찍어 내며 막대한 부를 쌓았다.

묄렌도르프가 당오전과 당십전을 발행해야 한다고 주장한 것은 국가 재정을 확충해야 한다는 순수한 생각에서였으나, 민씨 일당이 그 같은 주장을 한 배경은 전혀 달랐다. 새로운 돈을 찍어 냄으로써 힘들이지 않고 일확천금할 수 있다는 생각에서였다. 그처럼 그들은 개인적인 이익을 챙기기에 급급할 뿐 나라 이익은 뒷전이었다.

김옥균이 고종으로부터 300만 원짜리 국채위임장을 받아 일본으로 건너가 차관을 얻으려 하자, 친청사대파가 방해 공작을 펼쳤다. 그중에서도 두 눈에 쌍심지를 켜고 방해 공작에 앞장선 사람이 있었으니, 그는 다름 아닌 독일인 묄렌도르프였다.

당오전 발행 문제를 놓고 김옥균과 몇 차례 입씨름을 벌인 묄렌도르프는 그때부터 김옥균을 철저히 미워했다. 아니, 반드시 쳐부숴야 할 적으로 생각했다. 통리아문 참판으로 임명되어 외교 업무의 기틀을 다져 나가는 동안 모든 관원이 자신의 의견을 존중하며 자신이 하자는 대로 따르는데, 유독 김옥균만은 자신의 뜻을 거스를 뿐만 아니라 인신공격까지 서슴지 않았다. 그대로 방치할 경우, 낯선 땅 조선에서 굳건히 쌓아 올리고 있는 자신의 공든 탑이 와르르 무너질 수도 있었다.

서양인으로는 처음으로 조선 정부의 관원으로 채용된 묄렌도르프는 독일인이었다. 1847년생으로 김옥균보다 네 살 위인 그는 독일 할레(Halle)대학에서 법학과 언어학 등을 전공한 뒤 중국으로 건너가 독일영사관에서 근무했다. 그 뒤 천진(天津)대리영사로 근무하던 중 중국 정계의 실력자인 북양대신 이홍장(李鴻章)을 만나게 되었다. 1882년 미국과 수호통상조약을 체결한 고종이 조영하를 청나라에 보내 외교와 관세 분야의 전문가인 외국인을 추천해 달라고 하자, 이홍장이 선정한 사람이 바로 묄렌도르프였다. 독일어는 물론 영어와 중국어를 할 줄 알고 국제 관계에 밝다는 것이 추천 이유였다.

1882년 12월에 조선으로 건너와 고종을 알현한 묄렌도르프는 그날로 신설된 통리아문사무 참의로 임명되어 외교통상 업무를 담당했다. 당시 조선의 외교통상 업무를 담당한 기관인 통리아문의 대신은 조영하였고, 차관급인 협판은 민영익이었다. 조선에 오자마자 미개척 분야인 외교통상 업무를 전담하며 전권을 휘두르게 된 묄렌도르프와 조선 정계의 실세인 민영익은 그렇게 인연을 맺었다.

고종은 그에게 참의 벼슬과 함께 '목인덕(穆麟德)'이라는 조선식 이름을 하사했고, 이윽고 참판으로 승진시키며 '목 참판'이라 불렀다. 그러자 묄렌도르프는 조선 관복을 입고 조선의 풍습을 따르며 철저히 조선 관원으로 행세했다. 우리말도 열심히 배웠다. 이듬해 4월 신설된 조선해관 총세무사로 임명되어 세관업무마저 관장하게 되었다.

그때부터 묄렌도르프는 민씨 일당과 손잡고 조선의 외교통상 업무를 오로지했다. 영국, 독일, 러시아, 이탈리아 등과 통상조약을 체결하고 세관 업무마저 전담했다. 그의 휘하에는 조선인 관원도 있었으나 외교통상 업무를 아는 사람이 없어 모든 업무를 그가 독단적으로 처리했다. 서울에 있는 외국인은 모두 그의 휘하에 모였다. 외국 관원이나 상인들도 그를 찾아가 상의하고 그의 지시에 따랐다. 어느덧 조선의 외교통상 업무는 그의 손에서 요리되고 있었다. 전문 지식이 없기는 왕이나 민씨 일파도 마찬가지여서 모두 그의 뜻에 따라 그의 비위를 맞추며 이익을 공유하고자 했다.

조선 천지는 어느덧 목씨 천하가 되고 있었다. 그처럼 벼락출세한 이 방인 묄렌도르프에게 괘씸죄로 몰렸으니, 아무리 머리 회전이 빠른 김옥균이라 해도 무사할 리 없었다. 묄렌도르프가 김옥균의 차관사업을 와해시키기 위한 공작의 대상으로 선택한 사람이 다름 아닌 주한일본공사 다케조에 신이치로(竹添進一郎)였다.

그는 다케조에를 찾아가 넌지시 물었다.

"일본 정부가 조선 정부에 차관을 제공하기로 했다죠?"

"그렇습니다. 조선 정부에서 자금이 필요하다 해서 국채위임장을 만들어 온다면 차관을 제공할 생각입니다."

"그 문제는 신중하게 생각해야 할 겁니다. 조선인 중에는 거짓말을 밥 먹듯 하는 사람이 있습니다. 김 모가 가지고 있다는 위임장도 아마 가짜일 겁니다."

묄렌도르프는 음흉한 미소를 띤 채 심각한 표정으로 말했다.

"아, 그렇습니까?"

다케조에는 고개를 끄덕이며 심각한 표정으로 대꾸했다.

다케조에와 묄렌도르프는 조선에서 처음 만난 사이가 아니었다. 다케조에는 조선공사로 오기 전 중국 천진에서 영사로 근무한 적이 있었는데, 그때 천진 주재 독일영사로 활약하던 묄렌도르프와 만나 비교적 가깝게 지냈다. 그런 묄렌도르프가 조선으로 건너와 통리아문 협판과 해관총세무사로 막강한 권력을 휘두르고 있었으니, 그의 말을 믿지 않을 수도 없었다.

300만 원짜리 국채위임장을
품에 안고 일본으로 건너가다

1883년 3월 두 번째 일본 방문을 마치고 돌아온 김옥균은 동남제도개척사(東南諸島開拓使) 겸 포경사(捕鯨使)라는 묘한 명칭의 벼슬을 얻게 되었다. 동남제도개척사는 울릉도를 개척하는 벼슬로서 1880년 원산항을 개항한 이후 본격화되고 있는 일본인의 울릉도 침탈에 대비하기 위해 설치한 자리였고, 포경사는 고래잡이사업을 관장하는 벼슬이었다. 정부 요직을 독점하게 된 친청사대파가 별 영양가 없는 벼슬자리를 만들어 정적인 김옥균에게 선심 쓰듯 던져 주었던 것이다.

개화파의 우두머리인 자신을 물 먹이기 위해 민씨 일당이 급조한 자리였기에 찜찜한 데가 없는 것은 아니었으나 김옥균은 개의치 않았다. 나라 살림을 풍성하게 하기 위해서는 울릉도 산림을 개발하고 동해에서 고래잡이도 해야 한다고 주장한 사람이 바로 김옥균 자신이었기에 그 같은 새로운 사업을 시범적으로 해 보고 싶기도 했다.

전에 없는 벼슬을 맡게 되었기에 전에 없는 방식으로 사업을 추진하기로 했다. 울릉도의 울창한 산림을 개발하고 동해에서 고래잡이를 하려면 상당한 자금이 필요한데, 그들 자금을 일본 차관으로 해결하기로 했다. 그 같은 개발자금뿐만 아니라 개화파의 개혁 과제를 추진하기 위해서도 자금은 반드시 필요했다. 그리고 일본에서 차관을 얻으려면 조선 정부의 지급보증서가 있어야 하는데, 그것은 고종이 작성해 준 국채위임장으로 해결할 수 있었다.

그해 5월 초대 미국공사 푸트가 일본을 거쳐 조선으로 건너오면서 일본에 머무르고 있는 윤치호를 통역으로 데리고 왔다. 19세에 불과한 윤치호는 일본에서 영어를 배운 지 몇 달밖에 안 돼 통역 일을 맡기에는 턱없이 부족한 실력이었으나 마땅한 사람이 없자 꿩 대신 닭으로 채용되었던 것이다.

그런 인연으로 귀국하게 된 윤치호가 도쿄를 떠날 때 일본 외무차관 요시다 기요나리(吉田淸成)가 찾아왔다. 요시다는 김옥균에게 보내는 편지 한 통을 건네며 잘 전해 달라고 부탁했다.

"조선 국왕 전하께서 친히 수결한 국채위임장을 가지고 와서 정식 교섭을 한다면 귀하가 바라는 300만 원의 차관이 성사될 수 있을 것이오."

요시다가 쓴 편지의 요지였다. 편지를 읽자 김옥균은 곧바로 고종에게 달려가 보고했고, 고종 역시 잘 성사시키라며 김옥균을 격려했다. 그처럼 김옥균은 이미 일본에서 차관을 얻는다는 계획을 고종에게 보고하여 내락을 얻어 놓고 있었던 것이다.

아무튼 권모술수에 능한 묄렌도르프의 방해 공작이 진행되고 있음을 알 리 없는 김옥균은 1883년 6월 고종이 써 준 국채위임장을 품에 안고 일본으로 건너갔다. 세 번째 가는 일본 방문길에도 그는 혼자 가지 않았다. 300만 원의 차관을 얻게 되면 큰 포부를 펼칠 수 있다고 생각했기에 부산에 있는 일본인에게 귀중품을 맡기고 돈 2만 5천 원을 빌렸다. 그 돈으로 서재필, 이규완 등 청년 학도 61명을 이끌고 갔다. 그중에서 서재필 등 9명은 일본 육군하사관학교인 도야마(戶山)학교에 입학시켜 신식 군사교육을 받도록 했다. 나머지 청년들은 각자 원하는 학교에 입학시켜 전문 지식을 쌓게 했다. 인재를 키워야 나라를 살릴 수 있다는 신념이 그만큼 강했던 것이다.

도쿄에 도착하자 김옥균은 먼저 일본 외무상 이노우에 가오루(井上馨)부터 찾아갔다. 일본을 두 차례 방문한 동안 자주 만나 이야기를 나눴고, 조선의 개화에도 관심이 많아 국채위임장만 가져오면 일본에서 차관을 얻는 것은 손바닥을 뒤집는 것처럼 쉬운 일이라고 장담했던 사람이기에 부푼 기대를 안고 찾아갔다.

그런데 김옥균을 맞이하는 이노우에의 표정이 전과 같지 않았다. 언제나 자리에서 일어나 반갑게 맞으며 악수를 청하던 지난날과는 달리 약간 굳은 얼굴로 맞으며 악수도 청하지 않았다.

"지난번에 말씀하셨던 국채위임장을 준비해 왔습니다."

김옥균은 이노우에와 마주 앉으며 소맷자락에서 국채위임장을 꺼내려 했다.

"아니, 국채위임장은 꺼내지 않아도 됩니다. 그 문제는 당분간 서두르지 않아야 할 것 같습니다."

이노우에는 그렇게 말하고 나서 뜻밖의 질문을 던졌다.

"그런데, 조선 국왕 전하께서 친히 수결을 해 주시던가요?"

"그럼요. 제가 보는 앞에서 전하께서 친히 수결을 해 주시면서 일을 차질 없이 추진하라고 당부하셨습니다."

"아, 그래요? 아무튼 그동안 시대 상황에 많은 변화가 있었기 때문에 차관 문제는 당분간 논의하기 어려울 것 같습니다."

이노우에는 여전히 의심스럽다는 표정으로 김옥균을 보며 차갑게 결론을 내렸다.

'아니, 이 무슨 뚱딴지같은 소리인가? 국채위임장만 있으면 300만 원 차관을 얻는 것은 손바닥을 뒤집는 것처럼 쉬운 일이라고 큰소리쳤던 사람이 누구인데, 이처럼 말을 뒤집는단 말인가? 정녕 일본인들은 이처럼 믿을 수 없는 인간들이란 말인가?'

김옥균은 끓어오르는 분노를 느끼며 이노우에를 노려보았다.

그때 문득 떠오르는 사람이 있었다. 다케조에의 수상쩍은 행동이었다. 최근 다케조에는 묄렌도르프와 자주 접촉하며 김옥균을 멀리하는 눈치를 보였다. 일본으로 건너가기 직전 다케조에를 찾아가 인사를 나누던 중 묄렌도르프에 대해 언급한 일이 있었다.

"목인덕이라는 자는 참으로 믿을 수 없는 사람입니다."

김옥균은 대화 중에 우연히 묄렌도르프를 비하하는 말을 했다.

"무슨 말을 하는 겁니까? 목 참판처럼 성실하고 조선을 위해 열심히 일하는 사람이 어디 있어요?"

다케조에가 버럭 화를 내며 묄렌도르프를 두둔했다.

그때의 일을 생각하자 짚이는 데가 있었다. 순조롭게 진행될 것 같던 일이 갑자기 암초에 부딪힌 배경에는 필시 묄렌도르프의 술수가 작용했을 것이라는 짐작이 갔다. 아무래도 다케조에가 묄렌도르프의 농간에 놀아나 일본 정부에 엉뚱한 보고를 했을 것만 같았다.

화가 잔뜩 치민 김옥균은 편지를 보낸 외무차관 요시다를 찾아가 따졌다.

"이 사람은 각하의 편지만 믿고 국왕의 국채위임장까지 받아 가지고 왔는데, 안 된다고 하니 도대체 어떻게 된 일이오?"

"나로서는 귀국에 차관을 제공해야 한다는 생각에 변함이 없으나, 총리대신과 외무대신이 일본의 재정 상태가 그런 거액을 외국에 빌려 줄 처지가 못 된다고 하니 어찌할 도리가 없습니다. 미안하게 되었으니 양해해 주시고, 다음 기회를 보도록 합시다."

요시다는 그렇게 변명하며 진심으로 미안하다는 표정을 지었다.

"300만 원이 많다면 백만 원이라도 빌려 주셔야 이 사람의 체면이 서지 않겠습니까?"

"글쎄요, 그것 역시 내가 결정할 수 있는 사항이 아니어서 다시 의논해 봐야겠지만, 그 문제는 재론하지 않기로 했기 때문에 어려울 것 같습니다."

요시다는 차관 문제에 대해 더 이상 논의하고 싶지 않다는 뜻을 분명히 했다.

이미 엎질러진 물이었다. 자세한 내막은 알 수 없으나 일본 정계의 요인들이 의심하는 눈초리로 바라보는 한 일본에서 차관을 얻는 것은 무망한 일이었다. 게다가 지난 몇 달 사이에 일본 정부의 한반도 정책에 상당한 변화가 있었다. 한반도의 정세 변화에 민감한 반응을 보이던 이전의 자세에서 벗어나 관망하는 자세를 취하고 있었다.

그 같은 상황 변화가 있었기에 일본과의 차관 교섭은 당분간 물 건너간 일이 되고 말았다. 일본 차관에 목을 매달고 있던 김옥균으로서는 황당하기 짝이 없는 일이 아닐 수 없었다. 이제 그는 자칫 군주 기망의 죄를 뒤집어쓰고 중벌을 받을 수도 있었다. 그 같은 사정을 알 리 없는 고종은 그해 10월 그를 종2품인 호조참판에 임명함과 동시에 외아문 협판으로 승진시켰다.

상식 밖의 오해를 받아 곤경에 처하게 되었음에도 김옥균은 좌절하지 않았다. 글 잘하고 말 잘하고 시문서화(詩文書畵)에 두루 능한 김옥균의 또 하나의 장기는 사람 사귐이었다. 그는 계급이나 나이를 가리지 않고 나라를 개화하는 데 도움이 되는 사람이라면 누구와도 두루 친하게 지냈다. 일본인은 물론 서양인과도 친교를 맺었다. 주일미국공사 빙햄도 예외일 수 없었다.

묄렌도르프의 모략으로 일본과의 차관 교섭이 난관에 부딪히자, 그는 주일미국공사 빙햄을 찾아가 그동안의 사정을 솔직히 털어놓으며 도움을 청했다. 그때 빙햄이 소개한 사람이 미국인 상인 모스(James R. Morse)였다. 모스는 아메리카무역상사 대표로 일본과 중국 등지를 드나들며 무역업을 하고 있었는데, 빙햄이 그를 불러 고종이 써 준 국채위임장을 보이며 차관을 얻어 달라고 부탁했다.

모스는 국채위임장을 들고 미국을 거쳐 영국까지 건너갔으나, 조선이 어디쯤 붙어 있는 나라인지 아는 사람도 없던 시절인지라 차관 교섭이 성사될 리 없었다. 그러자 빙햄은 김옥균에게 직접 미국으로 건너가 차관 교섭을 하라고 권했다. 그럴 듯한 말이었으나 선뜻 엄두가 나지 않았다. 아무리 사교에 능하고 언변이 좋은 김옥균이라 할지라도 전혀 언어가 통하지 않는 낯선 땅 미국에 가서 투자자를 찾는다는 것은 서울에 가서 김 서방을 찾는 것이나 다를 바 없었다.

　그래서 망설이고 있는데 때마침 홍영식이 미국에서 돌아왔고, 그 전말을 전해 들은 홍영식이 그것은 우리 조선인의 단순한 머리로는 판단하기 어려운 문제이니 미국공사 푸트의 조언을 들어야 한다며 그 과제를 안고 귀국했던 것이다.

거사 시기를
5년 후로 잡다

|

        홍영식은 보빙사 부사로 미국에 갈 때도 도쿄에서 김옥균을 만났다. 김옥균은 차관을 교섭하기 위해 이미 달포 전에 일본에 와 있었다. 보빙사 수행원 중에서 유길준이 자리를 같이했다. 그들은 도쿄의 한 술집에서 따끈하게 데운 정종을 마시며 이야기를 나눴다.

    "이번에 민 군이 전권대신으로 미국에 가게 돼서 정말 다행이에요. 민 군은 제대로 개화된 미국을 두루 구경하고 나면 완전히 새 사람이 되어 돌아올 것이야."

    김옥균이 술 한 잔을 마시고 나서 흡족한 표정으로 입을 열었다.

    '민 군'이란 전권대신으로 보빙사절단을 이끌고 가는 민영익을 가리키는 말이었다. 벼슬은 통리아문사무 협판인 민영익이 더 높았으나, 김옥균의 나이가 9살이나 위인 데다 과거시험도 여러 해 먼저 합격했기에 그렇게 호칭했던 것이다. 김옥균은 그처럼 민영익에게 큰 기대를 걸고 있었다.

"그렇게 되어야죠. 민공은 우리 개화파에 반드시 필요한 사람이잖아요."

홍영식이 맞장구쳤다.

"그래서 말인데, 이번 사행에서 홍공이 아주 중요한 역할을 해 주셔야 해요. 아무쪼록 민 군이 엉뚱한 생각을 하지 못하도록 잘 구슬려 주세요."

"민공이 남의 말을 들을 사람이 아니지만, 아무래도 미국의 개화된 문물을 보고 나면 달라질 수밖에 없겠죠."

"지난번에 박 군이 한성판윤 자리에서 맥없이 쫓겨나는 것을 보면서 참으로 느낀 바가 많았소. 박 군이 모처럼 한성판윤이 되어 치도국(治道局), 경순국(警巡局), 박문국(博文局) 등을 설치하여 서울의 도로를 닦고 치안을 확보하고 신문을 발행하는 등 개화된 세상을 만들려고 무던히도 애를 썼지만, 민비의 청탁 하나 들어주지 않았다 해서 하루아침에 광주유수로 밀려나지 않았소. 이대로 가다가는 광주유수 자리도 오래 보존하기 어려울 것이오. 폐일언하고 우리 개화파 사람들이 설 자리를 잃게 될 것이란 말이오."

김옥균이 말머리를 돌려 마음속에 응어리진 한을 토로했다.

그가 지칭하는 '박 군'이란 박영효를 가리켰다. 박영효가 한성판윤으로 임명된 것은 1882년 12월이었다. 조선 정부는 그해 6월에 일어난 임오군란을 수습하기 위해 일본과 제물포조약을 체결하고 일본이 입은 피해를 보상하기로 했다. 그 조약에 따라 일본에 사과 사절을 파견했는데, 그때 박영효가 특명전권대신 겸 제3차 수신사로 선발되었다. 박영효는 부사 김만식, 종사관 서광범 등 수행원 14명과 비공식 사절인 김옥균, 민영익 등으로 사절단을 구성했다.

고종은 일본에서 갓 돌아온 김옥균에게 특명전권대신 자리를 맡기려 했으나 김옥균이 굳이 사양하며 박영효를 천거하자, 박영효에게 그 임무를 맡기며 김옥균으로 하여금 고문의 자격으로 동행케 했던 것이다. 박영효 일행은 부산에서 일본 군함 메이지마루(明治丸)를 타고 일본으로 건너갔다. 배를 타고 가던 중 국기의 필요성을 인식하고 태극(太極)과 사괘(四卦)를 배치하여 태극기를 만들었다. 그때부터 태극기가 우리나라 국기로 사용되었다.

특명전권대신으로서의 사명을 마치고 귀국하자, 고종은 박영효를 한성판윤 자리에 앉혔다. 모처럼 벼슬다운 벼슬자리에 앉게 되자, 박영효는 일본 방문에서 보고 배운 바를 그대로 실천에 옮기기로 했다. 그리하여 경순국을 설치하여 경찰제도를 실시하고, 치도국을 설치하여 도로를 확장하고, 박문국을 신설하여 신문 발행을 추진했다. 그러자 사헌부와 사간원 관원은 물론 전국 유생들이 벌 떼처럼 들고일어나 반대하며 그를 탄핵했다.

그러던 중 민비의 사사로운 청탁을 들어주지 않는다 하여 광주유수로 좌천되었던 것이다. 행정의 일대 개혁을 꿈꾸었던 개화파로서는 낙심천만이 아닐 수 없었다. 광주유수는 한성판윤에 비해 보잘것없는 자리였으나 다행히도 그 자리에는 수어사(守禦使)라는 벼슬이 붙어 있었다. 수어사는 오늘날의 수도방위사령부에 해당하는, 남한산성을 지키기 위해 설치한 벼슬이어서 병권을 쥐고 있었다. 개화파의 입장에서 볼 때, 군사를 양성하는 것은 뒷날을 도모하기 위해 반드시 필요한 일이었다.

박영효가 광주유수로 자리를 옮길 때 김옥균이 동남제도개척사로 임명되었다. 때마침 김옥균은 고종으로부터 300만 원짜리 국채위임장을 받았기에 가슴속에 큰 뜻을 품을 수 있었다. 그는 박영효에게 예정대로 차관을 얻게 되면 그중에서 몇 만금을 군자금으로 보내 주겠다고 약속하며 가급적 많은 병사들을 모아 훈련시키라며 격려했다. 그처럼 단단히 약속했기에 박영효는 수백 명의 병사를 모집하여 신식 훈련을 시키고 있었으나, 기다리고 기다리던 군자금은 오지 않았다. 그때 일본 육군도야마학교 출신인 신복모와 나팔수 이은돌이 교관 자리를 맡아 박영효의 오른팔 역할을 충실히 했다.

"그동안 일본에 머물면서 곰곰이 생각해 봤는데, 아무래도 민씨 일당을 몰아내려면 거사를 단행하는 수밖에 없을 것 같소."

김옥균은 정종 한 잔을 맛있게 들이켜고 나서 뜻밖의 말을 꺼냈다.

"거사를 단행하다니요?"

홍영식이 눈을 둥그렇게 뜨며 물었다.

"거사라 해서 복잡하게 생각할 건 없어요. 민씨 일당과 그 추종자 몇몇을 제거하고 나서 상을 구슬려 새로운 내각을 구성하면 되는 거니까. 그러려면 아무래도 일본의 도움이 필요하겠지요."

"그처럼 극단적인 방법도 있겠지만, 일본이나 서양의 개화된 제도를 하나하나 받아들여 실시하게 되면 개화란 저절로 이루어지는 것 아닐까요?"

예상 밖의 개혁 방안에 당황했던지 홍영식이 슬며시 이의를 제기했다.

"어림없는 말이요. 지금처럼 중전이 그 자리에 버티고 앉아 미주알고 주알 간섭하고, 민가들이 파당을 이루어 정권을 장악하고 있는 한 개화는 바랄 수 없어요."

김옥균은 고개를 가로저으며 부정하고 나서 말을 이었다.

"박 군이 당하고 이 사람이 당한 꼴을 보시오. 중전이나 민씨 일당, 그리고 그들을 추종하는 무리들에겐 사리사욕이 있을 뿐 나라는 없어요. 그런 인간들이 계속해서 정권을 장악하게 되면 나라는 불원간에 거덜 나고 말 것이오."

그 말을 듣자, 홍영식은 말없이 고개를 끄덕거렸다. 그때까지 그가 가슴속에 품고 있는 나라의 개화 방안은 신식 제도의 도입이었다. 절대 권력을 틀어쥐고 있는 고종을 설득하여 낡은 제도를 뜯어고치고 서양의 신식 제도를 도입하여 새로운 정치를 펼친다면 나라의 개화는 저절로 이루어진다고 생각했다. 그것이 순리요, 개화를 추진하는 방법은 그 길밖에 없다고 생각했다.

김옥균도 처음에는 그렇게 생각했다. 2년 전까지만 해도 그는 상하가 한마음으로 부지런히 노력하면 중흥의 기회가 도래할 것이라며 개화 가능성에 대해 낙관적으로 전망했다. 그러나 그와 박영효 등의 개화 노력이 민씨 일당의 방해로 벽에 부딪히면서 그의 생각은 달라졌다. 민비를 위시한 민씨 일당이 집권하는 한 희망이 없다고 생각했다. 이 때문에 궁여지책으로 짜낸 방안이 정변이라는 극단적인 수단이었던 것이다.

"거사를 단행하려면 힘이 있어야 하는데, 우리에겐 힘이 없지 않소?"

정변이라는 극단적인 수단에 동의할 수 없기에 홍영식은 다시 우회적으로 반대의 뜻을 표명했다.

"그래서 말인데, 나라 밖은 이 사람이 맡을 테니 나라 안은 홍공이 맡으시오. 이 사람은 나라 밖에서 군대를 양성할 테니 홍공은 나라 안에서 상을 잘 구슬려서 서울에 주둔하고 있는 청·일 양국 군대를 철수시키도록 하시오. 지금처럼 청·일 양국 군대가 주둔하고 있는 한 우리는 옴짝달싹할 수가 없어요. 지금 조정에서 상을 움직일 수 있는 사람은 홍공밖에 없잖소."

"나라 밖에서 군대를 양성한다 함은 호산(戶山)학교에 입교시키는 것과 같은 방식으로 양성하겠다는 말인 듯싶은데, 그런 식으로 몇 명이나 가능하겠어요?"

"지난번에는 일본인에게 빌린 돈으로 유학생을 데려왔기 때문에 수십 명밖에 안 됐지만, 차관을 얻어 거금을 확보하게 되면 그 숫자를 수백 명으로 늘릴 수 있을 것이오. 그처럼 매년 수백 명씩 늘리다 보면 몇 년 후에는 수천 명이 될 것이오. 2~3천 명의 군사만 확보한다 해도 거사를 성사시키는 데는 별 어려움이 없을 것이오."

김옥균의 장기는 뭐니 뭐니 해도 능란한 말솜씨였다. 그는 수천 명의 군대를 양성하는 것이 손바닥을 뒤집듯 쉬운 일이라는 듯 자신 있게 말하며 두 사람을 번갈아 보았다.

"그렇다면 거사 시기를 언제로 잡아야 할까요?"

다시 홍영식이 물었다.

"아무래도 그 정도의 군대를 양성하려면 5년쯤은 걸려야겠죠."

"그렇겠네요. 아무래도 거사 시기는 5년 후쯤으로 잡아야 할 것 같네요."

홍영식은 거사 시기를 넉넉히 잡고 있다는 사실에 안도하며 가만히 한숨을 내쉬었다.

"암튼 그때까지는 반드시 거사를 성사시켜야 해요. 시기가 너무 지연 되면 엉뚱한 데서 일이 틀어져 될 일도 안 되는 법이니까. 자, 그런 의미에서 한 잔씩 합시다."

김옥균은 술잔을 들어 올리며 건배를 청했다. 홍영식과 유길준도 술잔을 들어 올렸다 입으로 가져갔다.

　그처럼 좌중의 이야기는 김옥균과 홍영식이 주고받았다. 일개 서생에 불과한 유길준은 그저 듣고만 있을 뿐 거사 계획과 같은 중대사에 끼어들 수 없었다.

북촌 양반 자제들을
먼저 개화시켜야 한다

정동 미국공사관을 **빠져나온** 홍영식은 청계천을 따라 수표교로 향했다. 개화파의 스승 유홍기를 찾아가는 길이었다. 양반집 자제로서 나랏일로 출타했다 반년 만에 귀국했으니 누구보다 먼저 아버지를 찾아뵙고 문안 인사를 올리는 것이 도리였으나, 그는 서두르지 않았다. 영의정까지 지낸 나라의 중신이긴 하지만 수구보수파의 영수격인 아버지 홍순목을 만나 벽을 보고 이야기하는 것 같은, 의미 없는 대화를 나누느니 개화파의 스승 유홍기를 만나 미국 방문에 얽힌 이야기를 나누는 것이 보다 시급하고 값진 일로 다가왔던 것이다. 그만큼 그의 마음은 미국에서 받은 충격으로 요동치고 있었다.

유홍기의 약방은 광교 부근에 자리 잡고 있었다. 두툼한 한복에 마고자를 입은 유홍기는 따뜻한 손을 내밀어 홍영식의 손을 잡으며 약방으로 끌고 갔다. 한약재 냄새가 짙게 풍기는 약방에는 마침 오세창, 박제경, 유혁로 등 개화파 젊은이들이 모여 있었다. 홍영식은 그들과 일일이 손을 잡으며 반갑게 인사를 나눴다.

"만리타국에 다녀오시느라 여독이 심하실 터인데, 이 누추한 집까지 찾아 주셨네요. 한여름에 출발하셔서 한겨울에 돌아오셨으니 반년 만에 만나 뵙게 되었는데, 미국이라는 나라를 구경하신 소감이 어떠했소이까?"

유홍기가 굵직한 목소리로 물었다. 반백이 넘은 나이임에도 중인 신분이기 때문인지 젊은 홍영식에게 깍듯이 존칭어를 썼다.

"한마디로 별천지에 다녀온 기분입니다. 미국은 문자 그대로 광명의 세계였습니다. 불교에서 말하는 극락이라는 세상이 있다면 그런 세상이 아닐까 하는 생각이 들었습니다."

"미국이 그처럼 좋은 나라라는 말씀입니까?"

20대 초반인 오세창이 감탄하는 표정으로 물었다. 오세창은 작고한 개화파의 스승 오경석의 아들이었다.

"그럼. 땅 넓지, 집이 2층·3층으로 높지, 도로 시원하게 뚫려 있지, 기차 다니고 전차 다니지, 산물 풍부하지, 없는 것이 없어요. 게다가 우체국 있고 전신국 있고, 우리 조보(朝報)와 같은 신문이라는 걸 내고 있어 나라 안팎의 소식을 바로 전해 주지, 각 고을마다 학교가 세워져 있어 자라나는 아이들에게 글을 가르치니 얼마나 좋은 세상이냐고. 우리는 언제 그리되며 어떻게 해야 그리될 수 있느냐고 미국에 있는 동안 내내 푸념처럼 이야기했다고. 이제 우리 개화파가 해야 할 일이 분명해졌어요. 우리가 해야 할 일은 미국과 같은 개화된 세상을 만드는 것이에요."

홍영식이 감격에 겨워 열변을 토했다.

"고마운 말씀입니다. 이제 우리 개화파 동지들이 나아갈 길이 분명해졌네요. 지금부터 우리 동지들은 모두 힘을 합쳐 미국과 같은 개화된 세상을 만들어야 해요. 그리고 이 일에는 자리로 보나 뭐로 보나, 홍공이 앞장서야 해요. 아니, 이렇게 기쁜 날 술이 빠질 수 없지."

유홍기는 하인을 불러 술상을 차리라고 했다.

당시 유행병처럼 번지고 있던 개화사상은 서울 북촌 재동에 있는 박규수의 사랑방에서 움텄다. 1866년 평안도관찰사로 대동강에서 제너럴셔먼호를 격침하고 서울로 올라온 박규수는 우의정까지 승진하여 정승 반열에 올랐다. 우의정 시절, 영의정 이유원과 뜻이 맞지 않아 사직하고 전도가 유망한 청년들을 끌어모아 실학을 강의하며 청나라를 통해 들어오는 신사상을 고취시켰다. 그때 그의 사랑방에 자주 드나들었던 인재들이 김옥균, 서광범, 박영교, 박영효 등 북촌에 사는 양반 자제들이었다. 홍영식은 바로 이웃집에 살고 있어 자주 만날 수 있었다.

박규수는 실학자로 유명한 연암 박지원의 손자였다. 1861년에 이어 1872년 사신으로 중국에 다녀오면서 쇠퇴해 가는 청나라의 실상을 목격하는 한편, 서양의 과학기술과 신식 문물을 수용하여 부국강병을 이룩하려는 양무운동(洋務運動)의 현장도 살필 수 있었다. 은둔의 나라 조선에도 반드시 필요한 운동이었다. 그가 애써 홍영식, 김옥균 같은 젊은 인재들을 끌어모아 교육시킨 이유는 바로 거기에 있었다.

박규수가 두 번째로 중국에 갔을 때 동행한 사람이 통역관 오경석이었다. 중인 출신인 오경석은 16세에 역과(譯科)에 합격하여 23세 때부터 북경행 사신의 역관으로 활약했다. 이후 십수 차례 중국을 드나들며 서양의 신식 무기에 맥없이 무너지는 청나라의 모습을 목격하며 많은 깨우침을 얻었다. 조선이 그 같은 곤경에 처하는 것은 시간문제라 판단했기에 그 대비책으로 서양의 새로운 문물을 소개하는 『해국도지(海國圖志)』, 『영환지략(瀛環志略)』, 『박물신편(博物新編)』 등 다수의 신간 서적을 탐독하며 1860년대부터 개화사상을 품게 되었다. 그는 그들 서적을 이웃에 사는 친구 유홍기와 나누어 보며 개화사상을 고취시켰다.

중인 출신인 유홍기 역시 역관 집안에서 태어나 약방을 운영하고 있었는데, 약방보다 학문이나 시대 변화에 더 관심이 많았다. 그는 오경석이 사 온 서적들을 탐독하며 쇄국주의에 빠져 있는 나라를 개화하는 방안을 깊이 생각했다. 게다가 불교에 심취하여 불교 사상을 깊이 연구했고, 사학에도 조예가 깊어 역사에 통달했다. 체구가 건장한 데다 말을 잘한 덕분에 사람들을 휘어잡는 매력도 겸비하고 있었다. 그는 본명인 유홍기보다 호를 붙인 '유대치'로 널리 알려져 있었다.

어느 날 유대치가 친구인 오경석에게 물었다.

"이 나라를 개화시키려면 어떻게 해야 하오?"

"이 나라를 개화시키려면 먼저 북촌 양반 자제들을 개화시켜야 하오. 그들이 앞으로 나라를 이끌어 갈 주인공이 될 테니 그들을 개화시켜야만 나라가 제대로 개화될 것이오."

북촌이란 종로를 경계로 하여 서울을 남북으로 나눌 때 북쪽에 있는 마을을 가리키는 것인데, 그 지역 중에서도 특히 경복궁과 창덕궁 사이에 있는 마을을 지칭했다. 그 지역은 풍수지리상 '길지'라 하여 권문세가들이 모여 살았는데, 황현의 『매천야록』에 의하면 북촌에는 주로 노론이 살고, 종로와 남산 사이에 있는 남촌에는 소론, 남인, 북인 등이 모여 살았다 한다. 하급 관리나 벼슬이 없는 양반 자제들도 남촌에 모여 살았다.

1869년 박규수가 한성판윤으로 임명되어 서울로 올라왔다. 오경석과 유대치가 박규수를 찾아가 나라를 개화시킬 방안을 논의했다. 개화사상에 먼저 눈뜬 그들 세 사람은 그렇게 개화사상의 전도사로서의 역할을 자임하기로 했다. 병인양요와 셔먼호사건을 겪으면서 조선 역시 서세동점(西勢東漸)의 위기에서 벗어날 수 없다고 판단했기에 인재 양성을 서두르지 않을 수 없었다. 구체적인 방안으로 북촌에 사는 영민한 양반 자제들을 골라 중국에서 들여온 새로운 서적을 읽히며 개화사상을 고취시키기로 했다.

일본과 강화도조약이 체결된 다음 해인 1877년에 박규수가 별세한 데이어 1879년 오경석도 병사했다. 개화파의 스승 중 두 거두가 사망하자, 학도들은 자연스럽게 유대치의 휘하로 모였다. 김옥균, 박영효, 서광범 등 기존 학도는 물론 박제형, 이동인, 탁정식 등 새로운 인물들이 합류했다. 풍채 좋고 말 잘하고 지도력이 있는 데다 역사는 물론 불교 교리에도 밝아 유대치의 이야기는 사람을 끄는 매력이 있었다. 출신 성분은 중인이었으나 장래가 유망한 청년들을 제자로 두고 있어 사람들은 그를 '백의정승'이라 불렀다.

유대치의 약방에는 어느덧 술상이 차려져 있었다. 유대치는 술 단지에 들어 있는 동동주를 뚝배기 잔에 나누어 따르고 나서 조용히 입을 열었다.

"홍공께서 참으로 좋은 세상을 구경하고 오셨고, 참으로 귀한 말씀을 해 주셨습니다. 이제 우리 개화파 동지들이 나아가야 할 길이 분명해진 것 같습니다. 우리가 해야 할 일은 미국처럼 개화된 세상을 만드는 것입니다. 그것이 바로 우리가 늘 꿈꿔 왔던 새로운 조선의 건설이 되는 것이지요. 신조선 건설이라는 대사업이 어찌 그리 용이할 수 있겠소이까만, 뜻이 있고 심지가 굳다면 못할 것도 없을 것입니다. 그런 의미에서 어느 누구보다 시무에 밝고 견식이 풍부한 홍공께서 앞장서 주셔야겠습니다.

여러분, 나파륜을 아시죠? 불란서혁명을 일으켜 불란서를 통일하고 독일을 정복하고 이태리를 정복하고 노서아까지 원정했던 나파륜 말입니다. 지금 조선에도 나파륜과 같은 용감한 인물이 날 때가 되었습니다. 조선을 독립시켜 정치를 개혁하고 군사를 육성함으로써 한 번 호령하여 압록강을 건너고, 두 번 호령하여 만주 땅을 찾고, 세 번 호령하여 동양 전체를 무릎 꿇게 할 수 있으니 그 같은 기개를 가진 인물이 나와야 합니다. 홍공께서 미국처럼 개화된 세상을 만드는 것을 신조선 건설의 목표로 삼으셨고, 그것을 이룰 만한 포부와 경륜을 가지셨으니 나파륜처럼 큰일을 해 주시기 바랍니다."

유대치는 감격에 겨운 얼굴로 홍영식을 치켜세웠다. '나파륜(拿破崙)'은 '나폴레옹(Napoleon)'의 한자식 표기였다.

"저 같은 용렬한 위인이 어찌 감히 나파륜 같은 큰 인물이 될 수 있겠습니까. 과분한 말씀입니다."

홍영식은 손사래를 치고 나서 말을 이었다.

"언젠가 김공과 이야기할 때 군사 10만 명만 양성할 수 있다면 고구려의 옛 땅을 찾는 것도 어렵지 않을 것이라 했는데, 지금 와서 생각하니 망상이었던 것 같습니다. 미국에 가서 뼈저리게 느꼈습니다만, 한 나라가 발전하려면 먼저 백성이 깨어 있어야 합니다. 미국에서 최고 통치자인 대통령을 백성이 직접 뽑는 민주주의가 가능한 것은 백성이 깨어 있기 때문입니다.

정치혁명은 일신을 희생할 각오를 한다면 개화파 몇 명만으로도 능히 할 수 있을 것입니다. 하지만 백성이 깨어 있지 않는 한 그 혁명은 성공할 수 없습니다. 지금 조선 백성은 우매하여 전신불수의 중병에 걸려 있습니다. 그런 백성을 이끌고 미국과 같은 개화된 세상을 만든다는 것이 과연 가능한 일인지, 그 점이 심히 걱정되는 바입니다."

홍영식이 지칭하는 '김공'이란 김옥균을 가리켰다.

"옳은 말씀입니다. 한 나라가 발전하려면 먼저 백성이 깨어 있어야 한다는 것은 세상 이치를 정확히 짚은 말씀입니다. 나라의 근본은 백성이어서 백성이 으뜸이라 할 수 있지요. 그 때문에 비록 군주라 할지라도 백성의 뜻을 거스르며 통치하는 것은 천륜을 어기는 일이라 해서 고래로 기피해 왔던 것이지요.

그러나 반대로 생각할 수도 있습니다. 군주는 만백성의 어버이로 만백성을 다스리기 때문에 모든 일은 군주가 하기에 달렸다고 할 수도 있습니다. 군주가 우선적으로 해야 할 일은 백성의 의식주를 해결하는 것인데, 백성의 의식주가 어느 정도 풍족하냐에 따라 그 치적이 판가름 나는 것입니다. 군주가 선정을 베풀어 백성들의 생활이 윤택해지면 나라가 흥하게 되고, 반대로 악정을 베풀어 백성들의 생활이 궁핍해지면 나라가 쇠하게 됩니다.

그렇다 해서 군주 혼자서 모든 것을 잘할 수는 없습니다. 군주가 잘하려면 주변에 훌륭한 신하가 많아야 합니다. 그런 의미에서 홍공께 거는 기대가 매우 크다 하겠습니다. 앞으로 개화의 중책을 맡게 될 분이 홍공이시니 우리 조선의 명운이 홍공께 달렸다 해도 과언이 아닙니다.

자, 그런 의미에서 다 같이 건배합시다.”

유대치는 또다시 홍영식을 치켜세우며 술잔을 들어 올렸다. 술상에 둘러앉은 동지들도 술잔을 들어 올렸다.

유대치의 말은 단순한 인사치레가 아니었다. 실제로 그는 어느 누구보다 홍영식에게 많은 기대를 걸고 있었다.

그때까지 개화파의 중심인물은 김옥균, 박영효, 서광범이라 할 수 있었다. 그중에서도 으뜸은 김옥균으로, 과거시험에 장원급제를 한 데다 말 잘하고 글 잘하고 재기가 넘쳐 어느 자리에서나 주위의 시선을 끌었다. 그에 비해 홍영식은 보빙사 부사로 미국에 다녀오기 전까지만 해도 개화파의 동조자일 뿐 적극적인 참여자는 아니었다. 그때까지 그는 국정의 핵심 업무를 맡고 있는 관원으로 국정 수행에 전념했기에 개화파의 활동에 적극 참여할 수 없었다. 게다가 책임감이 강하고 성실한 성품이어서 주어진 일에 충실할 뿐 곁눈질할 줄을 몰랐다.

그렇다면 당시 조선 정부에서 두각을 나타내고 있던 유망주 관료들에 대한 세상 사람들의 평가는 어떠했을까?

1882년 임오군란이 발발하자, 민씨 일당은 청국에 머무르고 있는 김윤식에게 사람을 보내 청국에 군사를 파견해 달라고 요청하도록 했다. 김윤식이 청국 북양대신서리 장수성(張樹聲)을 찾아가 청국 군사를 보내 달라고 요청하자, 장수성은 여담으로 조선의 난국을 수습할 수 있는 인재가 누구냐고 물었다. 그때 김윤식이 지목한 사람이 홍영식, 민영익, 김홍집 3인이었다. 그러자 장수성은 김윤식과 어윤중을 지목하며 두 사람도 그중에 포함되어야 하지 않느냐고 물었다. 그들이 거론한 5인이 사실상 조선의 앞날을 짊어지고 나갈 인재들이었던 것이다.

그들 5인의 벼슬은 참의에서 협판에 이르기까지 엇비슷했으나 나이에는 상당한 차이가 있었다. 5살이나 아래인 민영익을 제외하면 나머지 3인은 홍영식에 비해 나이가 많았다. 어윤중은 7살, 김홍집은 13살, 그리고 김윤식은 20살이나 많았다. 그중에서 가장 젊은 민영익은 일찍 출세하여 홍영식보다 먼저 협판 자리에까지 올랐으나, 그의 초고속 승진이 고모 민비의 총애에 힘입은 것임은 천하가 다 아는 사실이었다.

　그에 비해 홍영식은 18세에 과거에 등과하여 2년의 사가독서 기간을 보낸 뒤 차근차근 단계를 밟아 승진하여 30세가 되기도 전에 협판이 되었으니, 뭇사람의 부러움을 살 수밖에 없었다. 홍영식이 개화파는 물론 세인들로부터 남다른 기대를 모으고 있는 이유였다.

개화승 이동인이
또 하나의 스승으로 등장하다

서로 무게감이 다르고 전도 방법이
다르긴 했으나, 개화의 전도사는 박규수, 오경식, 유대치 외에 또 있었
다. 대표적인 사람이 개화승 이동인이었다. 이동인은 신분이 중이었다
는 점에서, 또한 중국이 아닌 일본을 통해 개화사상을 수입했다는 점에
서 박규수 등 3인의 전도사와는 상당한 차이가 있었다. 조선시대의 중
은 도성을 마음대로 드나들 수 없을 만큼 천대받았기에 중이 개화의 전
도사로 활동하는 데는 많은 제약이 따를 수밖에 없었다.

양산 통도사에서 출가했다는 사실만 알 수 있을 뿐, 이동인의 출신 성
분이며 성장 과정은 베일에 가려 있었다. 다만 1849년 무렵 부산에서
태어나 어린 시절부터 일본인들과 접촉하며 자라다 중이 된 것으로 볼
때, 좋은 집안 출신이 아니었음은 분명하다.

부산이 개항되자, 일본 교토에 있는 혼간지(本願寺)라는 절 승려들은
부산 초량에 분원을 차려 놓고 포교 활동을 했다. 이동인은 그 절에 드
나들며 가에데 겐테츠(楓玄哲)라는 일본인 중을 만나 일본 말을 배우며 당

시 일본에서 유행병처럼 번지고 있던 개화사상에 눈뜨게 되었다. 그 절에서 개화와 관련된 일본의 신간 서적을 탐독하며 개화사상을 고취시켰다. 1878년 무렵의 일이었다.

양산 통도사에 적을 두고 있던 이동인이 어떤 연유에서인지 알 수 없으나 서울 서대문 밖에 있는 봉원사로 활동 무대를 옮겼다. 그 무렵 일본은 서울에 공사관을 설치하고 초대 공사에 하나부사 요시타다(花房義質)를 임명했는데, 그때 하나부사가 조선어 통역으로 발탁한 사람이 바로 혼간지의 중 가에데였다. 당시 일본공사관은 서대문 밖 천연정(현재의 서대문구 천연동)에 자리 잡고 있어 봉원사와는 지근거리에 놓여 있었다. 봉원사로 적을 옮긴 이동인은 일본공사관을 자주 드나들며 가에데와 만났고, 그러다 보니 하나부사와도 친해질 수 있었다.

무악재 옆에 있는 절 봉원사에서 이동인은 뜻밖에도 개화파의 중심인물인 유대치, 김옥균, 박영효 등과 친해지게 되었다. 유대치는 독실한 불교 신도였고 김옥균과 박영효는 불교에 심취해 있어 절을 자주 찾아다녔기 때문이다.

박영효가 불교에 관심을 갖게 된 데는 그럴 만한 사연이 있었다. 그는 12세에 철종의 딸 영혜옹주와 결혼하여 부마가 되었다. 14세인 영혜옹주가 결혼한 지 3개월 만에 병사하면서 어린 나이에 홀아비가 되었는데, 부마가 된 사람은 재혼할 수 없는 것이 당시의 왕실의 관례였다. 마땅히 할 일이 없던 그는 절을 찾아다니며 영혜옹주의 명복을 비는 것을 일과로 삼았는데, 그러다 보니 자신도 모르게 불교에 빠지게 되었던 것이다.

유대치와 김옥균을 만나면서 이동인은 개화파로서의 보폭을 넓히기 시작했다. 1879년 혼간지 부산분원 승려들의 도움을 받아 일본으로 밀행했다. 얼마간의 자금을 마련해 주며 신간 서적 등 개화와 관련된 일본 상품을 구입해 달라는 김옥균의 부탁에 부응하기 위해서였다. 그는 일본 혼간지에 10개월 머무르며 날로 변모하는 일본 사회를 두루 살피는 한편, 일본 조야의 인사들과 접촉하며 많은 대화를 나눴다. 일본의 계몽사상가로 유명한 후쿠자와 유기치(福澤諭吉)를 만난 것도 그때였다.

일본에 머무는 동안 이동인은 수신사로 일본을 방문 중인 김홍집을 만나게 되었다. 그는 김홍집에게 일본의 국내 정세는 물론 세계 각국의 사정에 대해 자세히 알려 주었다. 해외 사정에 어두운 김홍집에게는 더없이 귀중한 정보였다.

수신사 임무를 마치자, 김홍집은 이동인을 데리고 귀국했다. 개화정치를 펼치는 데 도움이 된다고 판단했기에 권력의 실세인 민영익에게 소개했다. 당시까지만 해도 개화 의지가 강했던 민영익은 이동인의 재기를 사랑하여 사랑방에 은밀한 거처를 마련해 주며 귀한 손님으로 대접했다. 그뿐만 아니라 고종에게까지 소개했다. 이동인은 고종에게 일본 정세와 세계 각국의 사정을 알려 주며 고종의 특별한 총애를 받게 되었다. 승복 차림으로는 궁중을 드나들 수 없던 시절인지라, 고종을 만나러 갈 때는 여인이 타는 가마를 타고 창덕궁을 드나들었다.

고종의 총애를 받으면서 이동인은 국정에도 관여했다. 1880년 10월, 그는 주일청국공사 하여장(何如璋)을 만나라는 밀령을 받고 일본으로 건너갔다. 미국과 수호통상조약을 체결할 수 있도록 주선해 달라는 부탁을 하기 위해서였다. 사명을 마치고 귀국하자 미국과 체결할 수호통상조약문의 초안을 작성했는데, 이는 뒷날 김윤식이 청나라 북양대신 이홍장을 만나 조약 내용을 검토할 때 유용한 참고 자료가 되었다.

이동인은 이듬해 2월 통리기무아문 참모관에 임명되어 일본에 신사유람단을 파견하는 일을 은밀히 추진했다. 숭유억불정책(崇儒抑佛政策)을 국시로 삼고 있는 조선에서 중에게 벼슬을 내린 것은 극히 이례적인 일이었다. 그만큼 그는 고종의 신임을 듬뿍 받고 있었다.

그해 3월 이동인은 전라우도수군절도사를 역임한바 있는 이원회와 함께 일본으로 건너가 총포와 군함 등 신식 무기를 구입하기로 했으나, 출발 직전에 갑자기 사라져 행방이 묘연했다. 바로 그날 고종의 부름을 받아 창덕궁에 입궁했는데, 문지기를 따라 들어간 뒤 소식이 끊겼던 것이다. 누군가에 끌려가 암살되었을 것으로 추정할 뿐, 가해자가 누구인지 알 길이 없었다. 중에게 벼슬을 내린 데 대해 분노한 흥선대원군이 잡아다 죽였을 것이라는 소문이 떠도는가 하면, 급진적인 개화정책을 추진한 데 대한 반감으로 온건개화파인 김홍집이 제거했다는 소문도 나돌았다. 민비 일파가 제거했다는 설도 있고, 청나라 자객설도 있었다.

그처럼 다양한 경력을 지닌 이동인이 개화파 학도들에게 정신적인 자양분이 된 것은 봉원사에 머물던 시절이었다. 서재필 등 개화파 양반 자제들이 김옥균을 따라 봉원사를 처음 방문하던 날, 그들을 맞이한 사람이 바로 이동인이었다. 그는 그들을 조용한 방으로 안내한 뒤 일본에서 가져온 신기한 물건들을 구경시켰다.

먼저 서양 각국의 풍물을 담은 사진을 요지경으로 보여 주었다. 그가 보여 준 사진 속에는 각국의 병사들이 군복을 입고 총칼을 메고 있는 모습이 있었고, 런던이나 파리 등 주요 도시의 시가지 풍경도 있었다. 개화파 학도들은 낯선 외국인들의 모습과 색다른 시가지 풍경을 보며 감탄하곤 했다.

이어 보여 준 것이 『만국사기(萬國史記)』라는 제목의 일본 책이었다. 그 책에는 세계 각국의 지리와 역사가 담겨 있었다. 학도들은 눈을 반짝이며 그 책을 돌려 보았다. 일본어로 인쇄된 책이어서 자세한 내용은 알 수 없으나 한문 글자가 많아 대강의 뜻은 짐작할 수 있었다.

"이런 책을 구하려면 어떻게 해야 하나요?"

김옥균이 물었다.

"저는 부산에서 살았는데, 그동안 일본 말도 배우고 일본에도 몇 차례 왕래한 적이 있었습니다. 요즘 일본인은 서양인들과 사귀면서 각종 문물과 제도를 배워 서양 여러 나라와 다를 바 없이 날로 발전하고 있는데, 우리 조선은 이렇듯 잠만 자고 있습니다. 더구나 일본은 부국강병책을 써서 힘을 기른 뒤 우리 조선을 넘보고 있는데, 우리 조정은 무너져 가는 청국만을 믿고 파벌싸움을 일삼고 있으니 참으로 위태롭다 아니할 수 없습니다. 이제라도 우리가 서양의 신식 문물을 받아들여 내치와 외교를 개혁하지 않으면 참으로 후회막급이 될 것입니다."

이동인은 굵직한 목소리로 웅변하듯 말했다. 개화파 학도들은 국내외 정세를 명쾌하게 설명하는 그의 말에 심취되어 감격 어린 표정으로 듣고 있었다.

"스님, 이처럼 우리 머리를 깨우쳐 주시니 무어라 감사의 말씀을 드려야 할지 모르겠습니다. 우선 제가 가진 돈을 드릴 테니 혹시 일본에 갈 기회가 있거든 이런 책과 물건들을 사다 주실 수 있겠습니까?"

김옥균은 그렇게 말하며 주머니 속에 들어 있는 돈을 죄다 꺼내 놓았다.

"고마운 말씀입니다. 여러분과 같은 훌륭한 인재들이 하루바삐 새로운 제도를 배우고 새로운 문물을 익히는 것만이 우리 조선이 살아날 수 있는 길이 될 것입니다. 그 정도의 심부름이야 당연히 해 드려야죠."

이동인은 쾌히 승낙했다.

서재필 등 개화파 학도들은 처음 만난 중 이동인의 말을 들으며 가슴이 확 뚫리는 시원함을 느꼈다. 이동인은 대단한 웅변가여서 국제 정세 등을 논할 때면 상대방의 심금을 울리는 마력이 있었다.

그로부터 몇 달 뒤, 이동인은 김옥균이 부탁한 책과 물건을 가져왔다. 그가 사 온 서양 물건은 석유램프나 성냥, 면직물 등으로 당시의 사람들에게는 매우 진귀한 것이었다. 성냥을 난생 처음 보는 개화파 학도들은 성냥갑에 성냥개비를 그어 불이 이는 모습을 보며, 성냥을 만든 사람은 귀신을 부리는 재주를 가졌나 보다며 감탄하곤 했다.

이동인이 사 온 책은 『만국사기』 외에 지리, 물리, 화학 등 여러 가지였다. 개화파 학도들은 그들 책을 돌려 가면서 읽었다. 집으로 가져갈 수 없어 절에서만 읽었다. 그런 책을 가지고 다니다 관원에게 발각되면 사학(邪學)을 공부한다는 이유로 중벌을 받을 수도 있기 때문이었다.

개화파 학도들은 그 책들을 읽기 위해 몇 달 동안 봉원사에 출근했다. 계속 같은 절에 다니다 보면 주위의 의심을 받을 수도 있어 다른 절로 옮겨 가서 읽기도 했다. 그렇게 절을 옮겨 다니며 책 읽기를 1년 남짓 하다 보니 그들 책을 모조리 읽을 수 있었다. 그러다 보니 개화파 학도들은 어느덧 세상 물정을 터득할 수 있게 되었고, 덕분에 봉원사·개운사·화계사 등 서울 주변에 있는 절은 개화사상을 키우는 온상이 되었다.

"그래서 우리나라도 다른 나라처럼 인민의 권리를 세워야 한다는 생각을 갖게 되었다. 그것이 우리가 개화파로 나서게 된 첫 번째 동기라 할 수 있다. 다시 말해, 이동인이라는 중이 우리를 그렇게 인도해 주었고, 우리는 그런 책을 읽고 그런 사상을 갖게 되었으니 새 절(봉원사)은 우리 개화파의 온상이라 할 수 있을 것이다."

개화파의 막내인 서재필은 뒷날 집필한 자서전에서 그렇게 회상했다.

개화운동에 기여한 또 하나의 중이 '무불(無不)'이라는 재미있는 법명을 가진 탁정식이었다. 설악산 백담사 출신의 승려인 탁정식은 개화사상의 전도사 유대치에게 감명받아 개화운동에 투신했다. 그는 서울 동대문 밖에 있는 절 화계사에 머무르며 김옥균, 박영효 등 개화파 인사들과 친분을 쌓았다.

탁정식은 1880년 5월 김옥균의 도움으로 일본에 밀항하여 도쿄에 있는 절 혼간지에 기숙하며 일본의 발전상을 살피고 한 달 만에 귀국했다. 그해 11월 고종의 밀명을 받아 개화승 이동인과 함께 다시 일본으로 건너가 주일청국공사 하여장을 만나 미국과 수호통상조약을 맺게 해 달라고 부탁했다. 이듬해에는 신사유람단의 일원으로 일본으로 건너가 도쿄외국어학교에서 조선어 교사로 활동하기도 했다. 그만큼 일본어에 능숙했다.

이처럼 그는 개화승 이동인과 앞서거니 뒤서거니 일본을 드나들며 일본의 정세와 새로운 문물을 개화파에 전달하며 개화사상을 전파하기 위해 노력했다. 또한 박영효, 김옥균, 서광범 등이 수신사로 일본에 파견되었을 때는 안내자 역할도 했다.

이동인이 실종되자, 탁정식은 1881년 신사유람단 선발대 13명을 이끌고 일본으로 건너갔다. 그리고 이듬해 3월, 김옥균의 부탁으로 울릉도

목재를 운반할 배를 구입하기 위해 고베에 갔다 병을 얻어 급사했다.
개화의 꽃봉오리를 채 피우기도 전에 또 하나의 개화 전도사는 그처럼
낯선 타국 땅에서 생을 마감해야만 했다.

아버지와 아들은
물과 기름이었다

홍영식은 날이 어두워진 뒤에야 재동 집에 도착했다. 아버지 홍순목은 사랑방에 누워 있었다. 홍영식이 방문을 열고 들어가자 아버지는 이불을 걷어 젖히고 요 위에 앉았다. 그동안 병을 앓았던지 홍순목의 볼이 움푹 패어 있었다. 홍영식은 윗목으로 가서 무릎을 꿇고 큰절을 올렸다.

"몸도 편치 않으신데 너무 오랫동안 혼자 계시게 해서 죄송합니다. 이제 외유도 다 마쳤으니 앞으로는 잘 모시겠습니다."

수척해진 아버지의 모습을 보자 죄스러운 생각이 들었던지 홍영식은 다짐하듯 말했다.

"네가 오늘 아침에 도착했다는 것은 빈청에서 들어서 알고 있었다. 상께 귀국 복명을 올린 게 언젠데 인제서야 오는 거냐? 낮엔 빈청에도 들르지 않고…."

홍순목은 뚱한 표정으로 불편한 심기를 드러냈다.

"상께 귀국 복명을 올린 뒤 곧바로 빈청으로 찾아뵈려 했는데, 복명문답 시간이 생각보다 길어져 곧바로 미국공사관으로 가게 되었습니다. 미국 공사하고 급히 해야 할 이야기가 있었거든요. 그래서 할 수 없이 빈청에 들르지 못하고 곧바로 미국공사관으로 갔던 것입니다."

"그럼 미국 공사하고 이야기가 끝났으면 곧바로 집으로 와야지."

홍순목은 여전히 불쾌하다는 표정을 감추지 않았다.

"미국공사관에서 푸트 공사하고 나눈 이야기가 길어졌습니다. 미국 방문할 때 신세진 것도 있고 앞으로 부탁할 사항도 많다 보니 자연히 이야기가 길어졌습니다. 이번에 미국에 가 보니 미국은 참으로 땅도 넓고 물자도 풍부하고 개화된 나라였습니다. 앞으로 미국 공사와 해야 할 일이 너무나도 많은 것 같습니다."

홍영식은 미국 방문에 대한 소감으로 화제를 돌리려 했다.

"미국이 아무리 개화된 나라라 할지라도 우리 조선의 입장에서 보면 수만 리나 떨어져 있는 먼 나라다. 우리 조선은 뭐니 뭐니 해도 우리나라와 바로 붙어 있는 청국의 영향을 받을 수밖에 없다. 나랏일을 맡고 있는 관원으로 청국과의 관계를 소홀히 해서는 안 된다."

개화의 나라 미국을 자랑하는 아들이 못마땅했던지 홍순목은 그처럼 엉뚱한 방향으로 결론을 내렸다.

그 말을 듣자, 홍영식은 미국 시찰 소감을 말하려던 생각을 접고 입을 다물었다. 언제부터인가, 아버지 홍순목을 만나 이야기를 나누다 보면 자신도 모르게 화가 치밀곤 했다. 미국은 조선과 너무나도 멀리 떨어져 있는 나라여서 제쳐 놓는다 하더라도, 바로 이웃나라인 일본에 대해서도 아버지는 도저히 이해하기 어려운 편견을 가지고 있었다.

일본이 명치유신을 단행한 지 15년 남짓밖에 안 되었음에도 매년 눈부시게 발전하고 있는데, 아버지를 비롯한 수구사대파들은 그런 사실을 외면한 채 아직도 일본을 오랑캐 나라로 깔아뭉개는가 하면, 망해 가는 청나라를 하늘처럼 떠받들고 있었다. 일인지하(一人之下)에 만인지상(萬人之上)이라는 영의정 벼슬까지 지낸 아버지의 편견이 그럴 정도이니, 다른 사람은 더 말할 필요가 없었다.

아버지와 아들은 그처럼 물과 기름이었다. 언제부터인지 알 수 없으나 두 사람은 만났다 하면 입씨름을 벌였다. 그들을 물과 기름으로 서로 화합하지 못하도록 갈라놓은 것은 시대사상의 차이였다. 요즘 말로 표현하자면, 이념의 차이였다. 널리 알려진 바와 같이 아들 홍영식은 개화파인데, 아버지 홍순목은 철저한 수구사대파였다. 그처럼 정치 철학이 극과 극으로 다르기 때문에 두 사람은 사사건건 부딪힐 수밖에 없었다.

홍순목은 흥선대원군의 정치 철학인 쇄국주의의 충실한 추종자였다. 그는 흥선대원군 밑에서 벼슬살이를 하며 쇄국정책을 고수하다 임오군란 당시 영의정까지 지낸 수구보수파의 우두머리였다. 1871년 5월 미국 아시아함대의 제독 로저스(Rodgers)가 군함 5척을 이끌고 강화도에 쳐들어와 개항을 요구했는데, 대원군이 이를 거부하자 서양 국가와의 최초의 전쟁인 신미양요가 일어났다. 신미양요 직후 홍순목은 고종에게 경연을 실시하는 자리에서 자신의 소신을 이렇게 피력했다.

"우리나라가 동방예의지국이라는 것은 천하가 다 아는 사실입니다. 오늘날 일종의 음사지기가 사방으로 그 독을 퍼뜨리고 있지만, 오로지 우리 청구만이 이에 물들지 않고 깨끗하게 지키고 있습니다. 이는 우리나라가 예의를 닦고 있기 때문입니다. 병인년 이래로 서양 오랑캐를 단호히 물리치고 있습니다."

'음사지기(陰邪之氣)'란 백성들의 정신을 어지럽히는 기운을 말하는 것이니 서양의 종교, 다시 말해 천주교를 가리키는 것이었다.

그의 주장에서 볼 수 있듯 홍순목은 다른 나라와의 수교를 거부하고 개항을 반대하는 위정척사파(衛正斥邪派)의 영수로 활약했다. 한마디로, 주자학에 위배되는 서학(西學)과 실학(實學)을 배척하고 유교를 수호하는 일에 앞장섰다. 수구사대파의 우두머리였기에 그는 1876년 일본과 수교하는 강화도조약에 반대했고, 인천, 부산, 원산 등지에 항구를 개설하는 개항(開港)에 반대했으며, 1882년 미국과 수교하는 조미수호통상조약에도 반대했다.

그에 비해 아들 홍영식은 일찍부터 개화사상을 받아들여 개화파의 중심인물로 활약했다. 그는 개화를 당연시하여 신사유람단의 일원으로 일본을 다녀왔고, 다시 보빙사 부사로 미국을 다녀왔다. 1882년 4월 신헌과 김홍집이 미국과 수호통상조약을 체결할 때는 대표단에게 왕명을 전달하는 임무를 맡았고, 1883년 1월에는 협판 교섭통상사무아문으로서 독판 교섭통상사무아문 민영목과 함께 일본 대표 다케조에 신이치로(竹添進一郎)와 교섭하여 부산구설해저전선조관(釜山口設海底電線條款)을 체결하기도 했다. 그리고 보빙사 부대표로 미국을 다녀온 뒤에는 보다 철저한 개화파가 되어 우정총국 개설에 앞장섰던 것이다.

홍순목에게는 아들 셋이 있었는데, 아들마다 어머니가 달랐다. 양주 조씨 소생인 첫째 아들 만식은 뒷날 이조참판까지 지냈는데, 큰아버지 순경이 아들 없이 죽자 양자로 입적하여 큰아버지의 가계를 이었다.

전주 이씨 소생인 둘째 아들 영식은 나이 40세에 얻은 늦둥이였다.

어린 시절에는 몸이 약해 잔병치레가 심했는데, 설상가상으로 생모가 사별하는 아픔까지 겪어야 했다. 그런 가정환경 탓인지 홍순목은 둘째 아들 영식에게 가정교육을 제대로 시키지 못했다며 탄식하곤 했다. 아무튼 영식은 13세 때 양주 조씨와 결혼하여 일가를 이루었다.

셋째 아들 정표는 60세를 지나 얻은, 문자 그대로 만득자(晚得子)였다. 6세에 갑신정변을 당했는데, 간신히 목숨을 부지해 숨어 살았기에 불행한 일생을 보내야만 했다.

홍영식은 18세 때인 1872년 7월 7일에 실시한 칠석제에 급제했다. 바로 전시(殿試)에 응시할 수 있는 자격을 얻게 되어 이듬해 식년문과(式年文科)에 합격했다. 그는 섣달 그믐날에 태어났기 때문에 만으로 계산하면 16세에 합격한 셈이어서 온 장안의 화제가 되었다.

그러나 아버지 홍순목의 눈에 비친 아들 영식은 철부지에 불과했다. 관직을 맡기에는 너무 어리다고 판단했기에 홍순목은 고종에게 건의하여 2년 동안의 사가독서를 허락받았다. '사가독서(賜暇讀書)'란 과거에 급제한 자가 바로 관직에 오르지 않고 독서당에서 공부하는 제도인데, 덕분에 홍영식은 훌륭한 관원으로 성장하는 데 필요한 지식과 인격을 연마할 수 있는 기회를 갖게 되었다.

수구보수파 영수의 아들이 개화파로 변신한 배경에는 개화파의 시조 박규수가 도사리고 있었다. 서울 북촌 중에서도 노른자위에 해당하는 재동에 자리 잡고 있는 홍순목의 집 바로 옆집에는 개화파의 창시자인 박규수가 살고 있었는데, 그가 개화파 제자로 끌어들이기로 한 상대가 바로 홍영식이었다. 은둔의 나라 조선을 개화하는 방법은 양반 자제들에게 개화사상을 심어 주는 것이며, 그중에서도 북촌 양반 자제들을 그

대상으로 삼아야 한다고 판단했기에 몇몇 청년을 손꼽았던 것인데, 그 중의 하나가 홍영식이었다.

김옥균과 박영효는 이미 포섭되어 있었다. 김옥균은 1872년 2월에 실시된 알성시에서 장원으로 급제했는데, 당시의 시험관이 박규수여서 두 사람은 자연스럽게 친해졌다. 과거에 합격한 바로 그날 김옥균은 수석 합격자에게 내려지는 정6품 벼슬인 성균관 전적(典籍)에 임명되어 벼슬살이를 시작했다.

철종의 사위인 박영효는 반남 박씨로 같은 집안이어서 그의 형 영교와 함께 자연스럽게 박규수의 사랑방을 드나들었다. 그가 철종의 부마로 간택되도록 추천한 사람이 박규수였으니 가깝게 지내지 않을 수 없었다. 그처럼 박규수의 집에 드나들면서 만난 사람이 김옥균, 서광범 등 북촌에 사는 젊은 선비들이었다.

묘하게도 개화파 사람들은 북촌에 모여 살았다. 김옥균의 집은 홍영식의 집에서 경사진 골목길을 따라 한참 올라가는 홍현 고갯마루에 자리 잡고 있었다. 지대가 높아 북악산과 인왕산은 물론 멀리 북한산이 바라다보이는 전망 좋은 곳이었다. 그의 옆집에는 서재필이 살고 있었는데, 나이가 10여 살 이상 차이가 났음에도 형제처럼 가깝게 지냈다. 과거에 합격한 서재필이 일본으로 건너가 사관생도가 될 수 있었던 것도 김옥균의 권유에 따른 것이었다.

그의 앞집에는 1880년 2차 수신사로 일본에 갔던 김홍집이 살고 있었다. 김홍집은 개화파이되 청나라와의 사대외교를 유지하며 점진적인 개혁을 추구하는 온건개화파였다.

서광범은 홍영식의 집에서 가까운 곳에 살고 있었다. 그의 집은 오늘날의 풍문여고 자리에 있었던 안동별궁과 담을 맞대고 있었다.

박영효의 집은 그곳에서 남쪽으로 약간 떨어진 교동에 있었는데, 오늘날의 천도교 중앙대교당이 자리한 곳이었다. 왕실 부마였기에 박영효는 대지가 2천 평이나 되는 대저택에 살고 있었는데, 1883년 말 그 집을 5천 원을 받고 일본공사관에 팔았다. 갑신정변을 일으키는 데 필요한 거사 자금을 마련하기 위해서였다. 그렇게 본다면 그들이 개화파가 된 것은 북촌 양반 자제들을 개화시켜야 나라가 제대로 개화된다는 오경석의 전략이 적중한 결과라 할 수 있었다.

박영효는 그의 형 영교의 권유로 나이가 열 살이나 많은 김옥균과 사귀게 되었는데, 만나자마자 글 잘하고 말 잘하는 김옥균을 좋아하게 되었다. 특히 그를 매료시킨 것은 김옥균의 불교 담론이었다. 김옥균은 불교를 좋아해 불교에 관한 이야기를 자주 했는데, 그런 이야기를 듣는 재미에 김옥균과 친해질 수 있었다. 그만큼 김옥균은 불교 이론에 밝고 승려들과도 가깝게 지내고 있었다.

개화사상 전도사로서의 중임은 처음에는 박규수가 맡았다. 1866년 평안도관찰사로 제너럴셔먼호사건을 해결하고 나자 박규수는 한성판윤, 형조판서, 대제학 등을 거친 뒤 우의정으로 승진하여 당시의 실권자 흥선대원군에게 문호를 개방해야 할 필요성을 여러 차례 역설했다. 그 건의가 받아들여지지 않자 1874년 9월 사직하고 후학 양성으로 소일했다. 그때 그의 사랑방을 드나들었던 인재가 김윤식, 김옥균, 서광범, 유길준, 박영효 등 북촌의 양반 자제들이었다. 뒷날 개화파의 중심인물이 된 그들은 1970년대 중반 그렇게 박규수의 사랑방에서 만났다.

홍영식이 박규수의 사랑방에 드나들기 시작한 것은 과거에 급제하고 나서 사가독서를 할 때였다. 그동안은 과거시험 준비에 여념이 없어 실학(實學)이며 양무운동(洋務運動) 등 새로운 시대사상에 대해 관심을 기울일 겨를이 없었다.

어느 날 박규수가 옆집에 사는 홍영식을 불러 사랑방으로 데리고 갔다. 그리고 벽장에서 지구의(地球儀)를 꺼내 보이며 질문을 던졌다.

"자네, 이것이 뭔 줄 아는가?"

"모르겠는데요. 처음 보는 건데요. 이게 뭐지요?"

홍영식은 고개를 갸웃거리며 되물었다.

"자, 보게. 이것이 지구의라는 거네. 우리가 살고 있는 지구가 이렇게 생겼다는 거야. 자네는 아직도 중국이 지구의 중심이라 생각하나?"

박규수는 공처럼 둥글게 생긴 지구의를 돌리며 물었다.

"우리가 살고 있는 지구가 이처럼 둥글게 생겼다는 말씀입니까?"

홍영식은 난생 처음 보는 지구의를 들여다보며 고개를 갸웃거렸다.

"자, 보게. 이렇게 돌려놓으면 분명히 중국이 지구의 중심이 되네. 그러나 조금만 더 돌리면 미국이 지구의 중심이 되고, 거기서 조금만 더 돌리면 영국이 지구의 중심이 되는 거야. 아니, 중국에서 조금만 더 돌려놓으면 조선이 지구의 중심이 되기도 하지. 그처럼 중국이 지구의 중심이라는 것은 아주 잘못된 생각이야."

박규수는 지구의를 돌려 가며 열심히 설명했다.

둥그렇게 생긴 지도 위에 세계 지도를 그려 놓은 지구의는 학구심이 강한 홍영식에게 엄청난 충격으로 다가왔다. 산과 들이 있고 강이 있어 평평하게 생긴 것으로만 알고 있는 지구가 공처럼 생겼다는 말이 믿기지 않았고, 또 일본처럼 섬으로 되어 있는 나라가 지구의 중심이 될 수 있다는 말도 믿기지 않았으나, 그렇다 해서 전 세계를 여러 나라와 바다로 세밀하게 구분해 놓은 지구의를 엉터리라고 단정할 수도 없었다. 아무튼 보통 사람으로서는 상상할 수도 없는 세계의 모습을 각 나라와 바다로 구분하여 하나의 둥근 공으로 만들어 놓은 지구의가 신기하기만 했다. 이 넓은 세상을 찾아다니며 누가 어떤 방법으로 그처럼 세밀한 지도를 만들었을까 하는 의문에 부딪히자, 그저 감탄스러운 뿐이었다.

그날 이후 홍영식은 박규수를 경이의 눈으로 바라보며 존경하게 되었다.

그 무렵 박규수는 벼슬을 버리고 재동 집에 후학들을 모아 놓고 개화사상을 퍼뜨리고 있었다. 그는 조부 박지원이 저술한『연암집』을 강의하고 그때 마침 청나라에서 일기 시작한 양무운동을 소개하며 개화사상을 전파하는 일에 주력했다. 나라의 장래가 연부역강한 선비들에게 달려 있다고 판단했기에 그들을 일깨우는 일에 여생을 바치기로 했던 것이다. 젊은 선비 중의 하나인 홍영식도 그렇게 개화사상의 창시자나 다를 바 없는 박규수의 교화를 받으며 개화파의 중심인물로 성장하게 되었다.

그처럼 수구사대파의 영수격인 아버지와 개화파의 중심인물인 아들이 한 집에 살고 있었으니 그 집안이 평안할 리 없었다. 홍영식은 가급적 아버지와의 대화를 피하려 했고, 홍순목은 아들이 장차 집안을 망칠 위인이 될 것이라며 눈살을 찌푸리곤 했다. 그들 사이에 장남 만식이 끼여 부자간을 화해시키기 위해 무던히도 속을 썩여야만 했다.

2부

개화의 꿈에
한발 다가서다

개화의 첫 번째 작품으로
우정총국을 개설하다

1884년 갑신년이 열렸다. 대원군의
쇄국정치가 막을 내리고 외세가 침범하기 시작한 이래 조용하지 않은
해가 없었으나, 그해는 유난히도 다사다난했다. 갑신년 새해가 열리자
미국 사행에서 돌아온 홍영식은 고종을 알현하고 신식 우편제도를 실시
해야 한다고 건의했다. 미국 시찰을 마치고 귀국하면서 개화의 첫 번째
작품으로 어떤 제도를 도입해야 하느냐는 문제를 놓고 오랫동안 고심한
끝에 내린 결론이 우편제도의 도입이었던 것이다.

"전하, 지난날의 통신이 역참제(驛站制)였다면 오늘날의 통신은 우편과
전신입니다. 이제 조선이 미국, 영국 등 서양 여러 나라와 수호통상조
약을 체결하고 인천, 부산 등 항구를 개항한 이상 그들 나라와 우편을
개설함은 급선무가 아닐 수 없습니다. 따라서 지금까지 실시하고 있는
역참제를 폐지하고 고을마다 우체국을 세워 편지를 배달하는 우편제도
를 실시하는 것이 시급한 일인 줄로 아옵니다."

개화의 첫 번째 작품으로 국내는 물론 일본이나 미국 같은 외국에도

힘들이지 않고 편지를 보낼 수 있는 우편제도부터 실시해야 한다고 판단했기에 홍영식은 힘찬 목소리로 아뢰었다.

"우리가 구미 여러 나라에서 본받아야 할 제도나 시설로는 우편 외에도 전기나 전차, 전보 등 여러 가지가 있는데, 어찌하여 우편부터 개설하자는 것인가?"

고종은 웃는 얼굴로 물었다. 그렇게 묻는 고종의 목소리가 따뜻했기에 홍영식은 우편제도의 실시에 희망이 있다고 생각했다.

홍영식은 고종과 남다른 사이였다. 고종이 등극하기 전 그는 흥선군의 아들 이명복과 그의 집에서 같이 공부한 적이 있었다. 아버지 홍순목이 훈장 노릇을 했다. 고종이 세 살 위인 데다 왕손이기에 그는 '명복이 형'이라 부르며 깍듯이 형으로 모셨다. 고종의 어린 시절의 이름이 '명복'이었다.

고종이 홍순목에게 글을 배우게 된 배경에는 아버지 흥선군의 남다른 집념이 도사리고 있었다. 흥선군이 안동 김씨의 세도정치하에서 상갓집 개 노릇을 하면서 파락호 생활을 한 것은 살아남기 위한 일종의 연극이었다. 안동 김씨에게 밉보이면 자칫 역적으로 몰려 죽임을 당할 수도 있다고 판단했기에 일부러 미치광이 행세를 했던 것이다. 그럼에도 불구하고 자신의 아들만큼은 왕으로 만들겠다는 원대한 포부를 품고 있었다. 이씨 왕실의 자손이 끊기고 있는 상황이어서 결코 허황된 꿈이 아니었다.

흥선군은 서자이자 장남인 재선을 포함하여 아들 셋을 두고 있었다. 그중에서 제일 귀여워한 아들이 막내인 재황이었다. 그는 재황에게 복을 많이 받으라는 뜻에서 '명복(命福)'이라는 이름을 붙여 주었고, 천한 이름을 붙여 주면 오래 산다는 속설에 따라 '개똥이'라 부르기도 했다.

그 아들만큼은 공부를 시키고 싶었다. 홍선군은 안동 김씨들을 비롯한 세도가를 찾아다니며 명복을 그들 자제와 함께 공부할 수 있게 해 달라고 사정했다. 파락호로 소문난 홍선군의 부탁을 들어줄 사람은 아무도 없었다. 그때 서슴지 않고 그의 청을 받아들인 벼슬아치가 있었으니, 뒷날 영의정까지 오른 홍순목이었다. 홍순목은 명복을 그의 집으로 불러 아들 영식과 같이 앉혀 놓고 글을 가르쳤다. 홍영식은 그렇게 고종과 글방 동무로서 형제처럼 지낸 인연을 맺었던 것이다.

"옳은 말씀입니다. 전기나 전차, 전보 같은 것도 하나같이 중요하고도 시급한 일입니다. 그러나 전기나 전차, 전보 같은 것을 실시하려면 먼저 필요한 기계를 들여와야 합니다. 기계를 들여오려면 돈도 많이 들지만 시간이 오래 걸립니다. 하오나 우편제도를 실시하려면 우체국 건물만 있으면 됩니다. 건물도 새로 지을 필요가 없고 기존 건물을 사용해도 됩니다. 우편제도를 실시하려면 우체통과 우표를 새로 만들어야 하지만, 우체통을 만드는 것은 그리 어려운 일이 아닙니다. 때문에 지금까지 시행하고 있는 역전제(驛傳制)를 폐지하고 신식 우편제도를 실시함이 타당한 줄로 아옵니다."

"응, 그렇겠구먼."

옳은 말이라는 듯 고종은 고개를 끄덕거렸다.

"미국 행정부 관제도 6조로 되어 있는데, 6조 중에는 체신부(遞信部)가 따로 있어 우편 업무를 맡고 있습니다. 미국에서는 우편을 그만큼 중요한 일로 생각하고 있습니다."

"응, 그렇다 했었지. 그런데 한 가지 걱정되는 게 있도다. 각 고을마다 우체국을 세우려면 그 비용이 수월찮을 텐데, 과연 감당할 수 있겠는가?"

"처음부터 각 고을마다 우체국을 설치할 필요는 없습니다. 처음에는 한성과 제물포 두 군데만 설치하여 일단 운영하고 나서 부산, 평양 등지로 해마다 몇 군데씩 늘려 나가면 됩니다."

"응, 그렇겠구나. 그렇게 늘려 나가면 되겠어."

고종은 또다시 고개를 끄덕거리며 수긍하는 자세를 보였다.

그처럼 긍정적인 반응을 보였을 뿐 고종은 가타부타 어떤 지시도 내리지 않았다. 인자함이 고종의 장점이라면 그의 단점은 우유부단함이었다. 신하가 옳은 건의를 하면 옳다고 할 뿐 실천에 옮길 줄을 몰랐다. 그처럼 맺고 끊음이 분명하지 않은 임금을 움직여 일을 성사시키려면 실천에 옮길 때까지 귀찮도록 몇 번이고 건의하는 수밖에 없었다.

고종의 성격을 잘 알기에 홍영식은 역전제를 폐지하고 신식 우편제도를 실시해야 한다고 몇 번이고 건의했다. 일본과 미국, 영국 등 세계 여러 나라와 왕래가 빈번해지고 있어 서신과 상품의 왕래는 갈수록 늘어날 것이어서 신식 우편제도의 도입은 불가피하다고 되풀이하여 주장했다. 미국 정부가 보빙사절단에게 "귀국하면 미국의 우편제도를 본받아 조선에서도 우편제도를 실시할 것을 권고하였다"는 말도 빠뜨리지 않았다. 그러자 그해 4월, 고종이 우정총국(郵征總局)을 개설하라는 뜻밖의 전교를 내렸다.

"각국과 더불어 통상한 이래 안팎의 관계와 교섭이 날로 늘어나고, 따라서 관청이나 상인들이 주고받는 통신이 많아지게 되었다. 진실로 그 통신을 적절하게 체전(遞傳)하지 않으면 소식과 기맥을 잇대어서 멀고 가까움이 일체로 될 수가 없다. 이에 명하노니, 우정총국을 설립하여 연해의 각 항구에서 왕래하는 서신을 관장하고, 내지의 우편도 마땅히 점차 확장하여 공사(公私)의 이익을 거두도록 하라."

그처럼 우편제도를 실시할 기관으로 우정총국을 설치하라는 전교를 내린 다음 날, 고종은 홍영식을 우정총국 총판에 임명하고 통리군국사무아문 협판을 겸하게 함으로써 우정총국을 나라 살림을 맡아 보는 기관인 통리국군사무아문에 소속시켰다.

이에 앞서 홍영식은 함경북도병마절도사(북병사) 겸 함경도안무사로 임명되었으나, 그는 그 벼슬을 받아들이지 않고 그날로 사임했다. 그리고 곧바로 내직으로 돌아와 협판군국사무로 전임되고 다시 병조참판에 임명되었던 것이다.

개화의 첫 번째 산물인 우정총국을 설치하라는 전교와 함께 총판 자리에 임명되자, 홍영식은 곧바로 신식 우편제도를 실시하기 위한 준비 작업에 착수했다. 먼저 1883년 10월부터 발행하기 시작한 우리나라 최초의 신문 한성순보에 고종의 전교를 실어 우정총국을 설치하게 된 사실을 널리 알렸다. 이어 서울에 주재하는 미국공사, 일본공사, 영국영사에게 우정총국을 설치할 계획임을 통보했다. 외무독판 김병시는 일본공사와 영국영사에게 일본 및 홍콩우정청과 협정을 맺고 그들의 중개로 외국과 우편물 교환을 개시할 것이며, 만국우편연합(UPU)에도 가입하고 싶다는 뜻을 전달했다.

우정총국 총판에 임명한 지 며칠 안 되어 고종은 홍영식에게 통리군국사무아문 소속의 이용사(利用司)를 관장하는 협판을 겸하도록 명했다. 덕분에 홍영식은 병조참판, 우정총국 총판, 통리군국사무아문 협판으로서 이용사 업무까지 겸하여 관장하게 되었다. 홍영식에 대한 고종의 신임이 얼마나 두터웠는지 짐작할 수 있는 대목이었다.

미국이나 유럽 여러 나라는 물론 일본에서도 실시하고 있는 신식 우편제도는 우표의 인쇄 등 기술적인 요소가 많은 데다 국제성을 띠고 있어 외국 전문가의 채용이 불가피했다. 특히 초창기의 우편은 나라와 나라 사이에 우편물을 주고받는 국제우편이 큰 비중을 차지하고 있어 외국 전문가의 도움이 절실히 요구되었다.

외국인 전문가 중에서 홍영식이 맨 처음 채용한 사람은 일본인이었다. 우정총국 총판으로 임명된 지 10여 일이 지나 홍영식은 일본공사관을 찾아가 일본인 우편관리 1명을 3년 기한으로 초빙하겠다는 뜻을 밝혔다. 마침 일본공사 다케조에가 본국에 가 있어 대리공사 시마무라 히사시(島村久)에게 부탁했다.

"우리나라는 고래로 우역제도(郵驛制度)를 실시해 왔는데, 그 제도는 오늘날의 시세에는 맞지 않소. 그래서 현재 일본에서 시행하고 있는 신식 우편제도를 도입하여 우리나라 실정에 맞도록 시행하고자 합니다. 그러기 위해 외국 전문가를 초빙하기로 했는데, 우리 조선의 입장에서 보면 아무래도 서양인보다 일본인을 초빙하는 좋을 것 같소이다. 그래서 말인데, 일본인 가운데 신식 우편제도의 실시와 개선에 참여한 자로 영어에 능통한 자 한 명을 추천해 주기 바랍니다."

이에 앞서 1883년 보빙사절단으로 미국에 갈 때 홍영식은 도쿄에서 일본 정부와 우편 분야 전문가 3명을 고용하는 문제를 교섭한바 있었으나, 구체적인 내용은 알려지지 않았다. 까마귀 날자 배 떨어진다고, 그해 8월 8일자 도쿄요코하마일일신문(東京橫濱日日新聞)에 "조선이 금번 우편제도를 개설하는데, 일본으로부터 3명의 요원을 고용한다."는 기사가 실려 있었다. 그것이 그의 입에서 나온 말이라는 증거는 없으나, 우정사 협판 홍영식은 이미 그때 신식 우편제도를 도입하기로 마음을 굳히고 일본인 전문가를 물색했던 것으로 짐작된다.

홍영식의 요청을 받자 시마무라는 그 사실을 본국 외무성에 보고하며, 우편사업은 정치적인 문제가 아니어서 청국의 간섭도 없을 터인즉 시급히 조처하는 것이 좋겠다는 의견을 덧붙였다. 뒤이어 홍영식은 초청 대상자 부부의 여비 등으로 일화로 550원에 해당하는 조선 돈을 시마무라에게 맡기며 조속히 주선해 달라고 재촉했다.

교섭이 진행되는 동안 초청 대상자가 1명 늘어났다. 그리하여 1884년 7월 우정총판 홍영식은 일본 5등역체관(五等驛遞官) 오비 스케아키(小尾輔明), 전 외무성 직원 미야자키 겐세이(宮崎言成)와 고용계약을 체결하고 그들을 우정총국 고문으로 채용했다.

오비는 일찍이 일본의 우편 창업에 참여했던 자로 일본 우편의 아버지로 불렸던 마에지마 히소카(前島密)와 가까운 사이였고, 미야자키는 오비 밑에서 영문 번역 일을 맡았는데, 우정총국이 개설될 때까지 그들이 구체적으로 어떤 역할을 했는지는 알려지지 않았다. 그들과 체결한 계약에 의하면, 오비는 조선국 우정총판의 명을 받들어 조선국 우정사무를 관리하고, 미야자키는 우정총판과 오비의 명을 받들어 우정업무 관련 영문을 번역하는 일을 맡기로 했다. 그들은 특별한 잘못이 없는 한 그해 윤 5월 1일부터 3년간 고용하기로 했다.

우정총국이 개설되자 외무협판 묄렌도르프가 외국인 전문가로 추천한 사람이 영국인 허치슨(Hutchison)이었다. 당시 조선 정부의 외교통상 업무는 통리기무아문 협판으로 있는 독일인 묄렌도르프가 좌지우지했는데, 그가 추천한 사람이 바로 홍콩우체국 부국장을 지낸 허치슨이었다. 그럼에도 불구하고 허치슨이 그해에 조선에 오지 않아 우정총국 개설 작업에는 참여할 수 없었다.

황준헌의 조선책략이
조야에 지대한 반향을 불러일으키다

홍영식이 서양의 신식 통신제도인 우편에 대해 관심을 갖기 시작한 것은 1881년 신사유람단의 일원으로 일본을 방문하면서부터였다. 조선이라는 좁은 땅덩어리에서만 살았던 홍영식은 일본으로 건너가 개화의 바람이 거세게 일고 있는 현장을 목격하면서 새로운 세계에 눈뜨게 되었다. 과학기술을 바탕으로 발달한 서양의 새로운 문물이 물밀듯이 밀려오면서 세상은 무섭게 변하고 있었다. 옛날의 돛단배는 기선으로 바뀌었고, 옛날의 마차는 기차로 바뀌었고, 옛날의 역전제(驛傳制)는 우편과 전보로 바뀌었다. 불과 몇 십 년밖에 안 된 사이에 세상은 놀랍도록 달라지고 있었다.

그 같은 상전벽해의 변화에 대응하는 조선, 청, 일본 등 동양 3국의 전략은 판이하게 달랐다. 가장 빠르게 적응한 나라는 일본이었다. 서양의 선진화된 과학기술의 위력을 실감한 일본은 서양의 새로운 문물을 그대로 수용하게 되면서 빠르게 개화되고 있었다.

이에 비해 중국은 수수방관하는 자세를 취했다. 세상의 중심은 중국이라는 자기도취에서 헤어나지 못한 탓인지, 서양의 새로운 문물에 별 관심을 보이지 않았다. 그처럼 방관하는 동안 대포와 화약으로 중무장한 서양 제국이 쳐들어와 시비를 걸자 맥을 못 추고 무너졌다. 그때에야 비로소 서양을 배우고 따르자는 양무운동(洋務運動)이 고개를 쳐들기 시작했다.

그에 비해 가장 부정적인 반응을 보인 나라는 조선이었다. 3국 중에서도 가장 작고 약한 나라인 조선은 처음부터 쇄국주의를 내세워 외세를 철저히 배척하는 자세를 취했다. 못 들어오게 하고 안 만남으로써 손해를 보지 않겠다는 소극적인 전략을 취한 것이다. 그리하여 통상을 요구하러 찾아온 외국 상선을 불태우며 쫓아냈다. 그러다 중무장한 외국 군대가 쳐들어와 총포로 위협하자 두 손을 들지 않을 수 없었던 것이다.

그처럼 외세의 침략이 본격화될 무렵, 조선 내부에서 정권 교체가 이루어졌다. 1873년 10여 년에 걸친 흥선대원군의 섭정이 끝나고 아들 고종이 집적 통치하면서 정책 방향이 개화로 선회했다. 1876년 2월 일본과 강화도조약을 체결하고 나자, 그해 4월 고종은 예조참의 김기수를 수신사로 삼아 일본에 파견했다. 은둔의 나라 조선을 개화하겠다는 첫 번째 신호였다.

70여 명으로 구성된 수신사 일행은 2개월간 일본에 머무르며 정부 각 기관과 전신, 철도 등 각종 개화의 시설을 두루 구경했다. 수신사 김기수는 시찰 결과를 고종에게 보고하는 한편, 『일동기유(日東記游)』, 『수신사일기』 등을 집필하여 일본에 대한 인식을 새롭게 함은 물론 대일관계, 나아가 국제 정세에 관심을 갖게 하는 계기가 되었다.

1880년 6월, 조선 정부는 2차 수신사로 예조참의 김홍집을 일본에 파견했다. 수신사를 보낸 목적은 인천의 개항, 미곡 금수의 해제 등 일본과의 제반 현안을 해결하기 위해서였는데, 일본이 협의를 회피하는 바람에 사행의 목적은 달성하지 못했다. 대신 김홍집은 그곳에서 주일청국공사 하여장(何如璋)과 참찬관 황준헌(黃遵憲)을 만나 많은 대화를 나눴다. 그들 중국인은 김홍집에게 세계정세와 서양 문물을 소개하며 조선이 국제사회에서 뒤지지 않으려면 일본처럼 개화를 단행하여 부국강병의 길로 나아가야 한다고 조언했다. 그러면서 황준헌이 집필한『조선책략』을 선사했다. 그들은 중국인 치고는 드물게도 개화에 대해 긍정적인 시각을 가지고 있었다.

　황준헌의『조선책략』은 중국과 일본, 러시아 등 열강에 둘러싸여 있는 약소국 조선이 살아남을 수 있는 방안을 제시한 일종의 정책연구서였다. 저자 황준헌은 청의 실권자인 북양대신 이홍장의 측근이었으므로 그의 개인적인 의견이라기보다 청의 입장에서 본, 조선이 취해야 할 정책 방안을 제시한 글이라 할 수 있었다.

　사행을 마치고 귀국하자 김홍집은 고종을 알현하고 황준헌의『조선책략』을 올렸다. 고종은 책을 받아 표지부터 들여다보며 질문을 던졌다.

　"조선책략이라니 이것이 무슨 뜻인가? 우리 조선이 무슨 책략을 꾸미고 있단 말인가?"

　"우리 조선이 무슨 책략을 꾸미고 있다는 것이 아니옵고, 요즘처럼 어려운 국제 정세 하에서 우리 조선이 나아가야 할 길을 제시한 책입니다. 그 책은 우리 조선이 중국과 일본, 아라사 등 열강의 틈새에서 살아남을 수 있는 방안을 제시하고 있는데, 그들 열강 중에서도 특히 남하

정책을 펼치고 있는 아라사를 가장 위험한 나라로 지목하였습니다. 남하정책을 펼치고 있는 아라사를 저지하기 위해서는 중국, 일본, 미국과 손을 잡아야 한다는 것이 이 책의 요지입니다."

김홍집은 머리를 조아리며 공손한 자세로 아뢰었다. '아라사(俄羅斯)'는 '러시아'의 한자식 표기였다.

"어찌하여 아라사가 가장 위험한 나라라는 말인가?"

"우리가 살고 있는 지구에서 제일 큰 나라가 아라사라 하옵니다. 아라사 땅은 3개 대륙에 걸쳐 있는데, 육군 정예병이 100만 명이고 해군 거함이 200여 척이나 된다 하옵니다. 다만 나라가 북쪽에 치우쳐 있어 기후가 차고 땅이 척박하여 따뜻한 지역을 찾아 계속 영토를 넓히고 있다 하옵니다. 아라사가 이리 같은 진나라처럼 정벌에 나선 지 300년이 되었는데, 처음에는 구라파를 침공했고 다음에는 중앙아세아를 침공했는데, 오늘날에는 동쪽으로 손을 뻗쳐 우리 조선까지 오려 한다 하옵니다. 우리 조선으로서는 머지않아 아라사의 침략을 막는 것이 가장 시급한 일이 될 것이라 하옵니다."

"아라사가 그처럼 위험한 나라라면 어떻게 막아야 한단 말인가?"

고종이 긴장하며 다시 질문을 던졌다.

"아라사를 막기 위해서는 친중국(親中國) 하고 결일본(結日本) 하고 연미국(聯美國) 함으로써 자강을 도모하는 길밖에 없다 하옵니다. 중국과 친하게 지내고, 일본과 연결하고, 미국과 연합하여 힘을 기르면 아라사의 침략을 막을 수 있다 하옵니다."

"어찌하여 중국과 친하게 지내야 한단 말인가?"

"세상에서 동·서·북으로 아라사와 경계를 이루고 있는 나라는 오로지 중국입니다. 중국은 땅이 넓고 물산이 많으며 아세아의 요지를 차지하고 있습니다. 그러므로 아라사를 제압할 수 있는 나라는 중국밖에 없다 하옵니다."

"그렇다면 일본과 손을 잡아야 할 까닭은 무엇인가?"

"중국 외에 조선과 가장 밀접한 나라는 일본입니다. 일본과는 옛날부터 사신을 보내 왕래하며 우방으로 지냈습니다. 만약 일본이 외세의 침략을 받아 땅을 잃어버리면 조선 팔도는 스스로 보전하기 어려울 것이요, 또 조선에 큰 변고가 생기면 일본 또한 유지하기 어려울 것입니다. 그처럼 조선과 일본은 실로 수레와 수렛살이 서로 의지하는 형세라 하겠습니다."

"미국과 손을 잡아야 할 까닭은 또 무엇인가?"

"조선에서 동쪽 바다로 가면 아메리카라는 대륙이 있는데, 그곳에 바로 합중국(合衆國)이라는 나라가 있습니다. 그 나라는 본디 영국에 속했는데, 구라파인들의 가혹한 정치를 받기를 원치 않아 100년 전에 화성돈이라는 사람을 중심으로 굳게 뭉쳐 하나의 나라로 독립하였다 하옵니다. 이후 그들은 남의 토지를 탐하지 아니하고 남의 인민을 탐하지 아니하며 남의 나라 정치에 간섭하지 않았다 하옵니다. 무릇 백성이 주인인 나라로 공화(共和)로 정치를 하기 때문에 남이 가진 것을 탐하지 아니하고 항상 약소한 나라를 돕는다 하옵니다. 그러하기 때문에 미국과 손을 잡아야 한다는 것입니다."

'화성돈(華盛頓)'은 미국의 초대 대통령 '조지 워싱턴'을 가리키는 말이었다.

"중국과 친하게 지내고 일본, 미국과 손을 잡으면 아라사의 침략을 막을 수 있단 말인가?"

"그렇다 하옵니다. 중국과 일본은 예부터 우리 조선과 가깝게 지내 온 데다 미국은 남의 나라 땅에 대한 욕심이 없는 나라여서 그들 세 나라와 손을 잡으면 아라사의 침략을 막을 수 있다 하옵니다."

"음, 미국이 남의 나라 땅을 탐하지 아니하고 약소한 나라를 돕는 나라라고?"

"네, 그렇다 하옵니다. 미국은 지금까지 한 번도 남의 나라를 침략한 일이 없다 하옵니다."

"음, 그렇구나. 그런 내용이 담긴 책이라면 짐도 읽어야겠지만, 조정 대신 모두가 읽도록 해야겠구나."

고종은 고개를 끄덕거리며 책장을 넘겼다.

빈 말이 아니었다. 그 책을 읽고 난 고종은 중신들에게 돌려 가며 읽도록 하는 한편, 책의 내용을 그대로 베껴 관원과 유생들에게 널리 배포했다. 열강의 틈새에 끼여 있는 조선이 나아갈 길을 제시하는 글이어서 널리 읽히고 싶었던 것이다.

아무튼 『조선책략』은 고종은 물론 조야에 지대한 반향을 불러일으켰다. 고종은 그 책이 제시한 방향에 따르기로 하고 개방정책을 추진하여 서구 문물을 받아들이기로 하는 한편, 청나라에 미국을 비롯한 서구 열강과 수교할 뜻이 있음을 알렸다. 이듬해에는 일본에 신사유람단을 파견하여 개화의 현장을 두루 살피는 한편, 1882년에는 구미 여러 나라 중 미국과 최초로 수호통상조약을 체결했다. 그처럼 그 책은 조선 정부가 스스로 개화정책을 추구하게 하는 촉매제가 되었다.

그렇다 해서 『조선책략』이 긍정적인 반응만을 불러일으킨 것은 아니었다. 고종을 비롯한 몇몇 중신들은 그 책을 긍정적으로 평가한 반면 재야 유생들은 매우 부정적으로 평가했다. 척화양이(斥和攘夷) 사상에 젖어 있는 재야 유생들은 위정척사론(衛正斥邪論)을 내세우며 거국적인 반대 운동을 전개했다. 그들의 반대운동은 연명상소 형태로 나타났는데, 대표적인 것이 영남만인소(嶺南萬人疏)였다.

그처럼 황준헌의 『조선책략』은 고종의 개화정책을 촉진시키는 역할도 했으나, 한편으로는 개화파와 위정척사파 간의 대립을 가중시켜 국론을 분열시키는 부작용도 동시에 야기했다.

일본 역체국을 찾아가
우편에 대해 꼬치꼬치 캐묻다

1881년 4월, 고종은 세 번째 시찰단으로 젊은 관원들을 선발하여 일본에 파견했다. 메이지(明治)유신 이후 개화의 길로 치닫고 있는 일본의 새로운 제도와 문물을 보고 배우기 위해서였다. 그때 조사(朝士)라는 이름의 전문위원으로 선정된 사람이 홍영식을 비롯한 조준영, 박정양, 어윤중, 엄세영 등 장래가 촉망되는 관원 12명이었다. 그들에게 부여된 임무는 일본 정부 내의 각 기관이 맡고 있는 업무를 조사하여 보고하는 것이었다. 따라서 그들은 각자 업무를 분담하여 담당 분야에 대해 책임지고 조사하여 상세한 보고서를 작성하기로 했다.

그들로 하여금 보다 심도 있는 조사를 할 수 있게 하기 위해 수행원 2인, 통역 1인, 하인 1인씩을 붙여 주었다. 그러다 보니 시찰단원이 60여 명으로 크게 늘어났다. 당시 수행원으로 선발된 사람 중에는 이상재, 유길준, 윤치호 같은 인재가 포함되어 있었다.

조선 정부는 일본에 시찰단을 파견하면서 그 사실을 공개하지 않고 비밀에 부쳤다. 시찰단의 핵심 멤버인 조사에게 암행어사라는 직함을 주어 개별적으로 출발하게 한 뒤 동래에서 모이도록 했다. 그리하여 부산에서 일본 배를 나누어 타고 일본으로 건너갔다.

일본의 개화 현장을 시찰하기 위해 선발한, 장래가 촉망되는 관원들을 '신사유람단(紳士遊覽團)'이라는 그럴듯한 이름을 붙여 비밀리에 파견한 데는 그럴 만한 이유가 있었다. 일본에 대한 성난 민심을 자극하지 않기 위해서였다. 1876년 일본과 체결한 강화도조약의 내용이 알려지자 전국의 여론이 물 끓듯 들끓었다. 백성들은 이제 조선이 오랑캐 나라가 되었다며 분통을 터뜨리곤 했다.

조약에 반대하는 운동이 전국 각지에서 연이어 일어났다. 일본과 전쟁을 일으켜서라도 조약을 파기해야 한다는 상소문을 올리는 자도 있었다. 그중에서 누구보다 강경한 주장을 내세운 사람은 유생 최익현이었다. 그는 도끼를 메고 광화문 앞에 엎드려 상소문을 올리며, 금수와 같은 일본인과 화친을 논함은 나라를 파는 행위라며 매도했다. 박규수가 살았던 동네인 서울 북촌 사람들은 강화도조약의 체결을 주도한 박규수를 부관참시 해야 한다는 극언도 서슴지 않았다.

일본에 대한 국민감정이 그처럼 극도로 악화되어 있었기에 고종은 대규모 사절단을 공개적으로 파견할 수 없었다. 그렇다 해서 맹렬한 기세로 개화의 길로 치닫고 있는 일본을 모르는 척하고 있을 수도 없었다. 일본이 할 수 있다면 조선도 할 수 있다는 믿음이 있었기에 고종은 은밀히 사절단을 보내 그 비법을 캐내려 했던 것이다.

사절단은 각자 맡기로 한 전문 분야가 있어 그 분야를 집중적으로 시찰했다. 박정양은 일본 내무성과 농상무성을 맡고, 어윤중은 대장성,

강문형은 공부성, 홍영식은 육군성을 맡았다. 홍영식은 일본 육군성과 군사시설을 시찰하고, 일본 군대에 관한 보고서인 일본육군총제(日本陸軍總制), 일본육군조전(日本陸軍操典) 등을 작성했다.

그때 조사 박정양의 수행원으로 따라간 사람이 뒷날 사회운동가로 이름을 떨친 월남 이상재였다. 박정양의 담당 기관은 일본 내무성과 농상무성이었는데, 이상재는 농상무성이 관장하는 우편사업에 대해 조사하여 방대한 보고서를 작성했다. 그중에는 '역체국 각 규칙(驛遞局各規則)'이라는 제목하에 역체국의 직제, 사무장정, 우편규칙, 만국우편연합조약 등을 번역한 것이 있었는데, 그들 법령은 뒷날 우정총국을 개국하는 데 유용한 참고 자료로 활용되었다.

한편 공부성 시찰이 임무인 조사 강문형의 수행원 강진형도 일본 우편제도에 대해 흥미 있는 기록을 남겼다.

"역체국을 설치하여 관리와 우졸(郵卒)을 두어 공사(公私)의 통보(通報)를 편리하게 한다. 그 법은 각 네거리마다 우체통을 세워 두었는데, 그것은 구리로 주조한 것도 있고 돌로 만든 것도 있다. 서신을 부치고자 하는 자는 원근을 가릴 것 없이, 오직 그가 보내는 지명과 성명을 봉투 겉에 쓰고 전표(錢票)를 붙인 다음 이를 우체통에 집어넣는다. 그러면 우졸들이 때때로 와서 이를 모아 각기 지방에 따라 다음 우체통에 분치하고, 다음 우체통 소재의 우졸이 또한 찾아 다음으로 전한다. 이렇게 준칙을 세워 하루 동안에 100리에 달하고 외국의 요원한 지역에까지 송달되지 않는 곳이 없다. 만일 바다를 건너게 되면, 이를 실은 선주가 또한 가져가 신실하게 전한다.

생각하건대 이 법은 정부에서 먼저 고저액(高低額)의 각종 전표를 만들고, 서신을 부치는 사람은 그 서신의 경중에 맞추어 그에 합당한 전표를 사서 붙인다. 예컨대, 서신의 무게가 1돈금(1전)이면 10전표, 2돈금이면 20전표를 붙이고, 무게가 3돈금 이상이면 그 값을 배로 한다. 이리하여 일본 역체국에서 파는 우표 대금이 지세(地稅) 수입과 비등하다고 한다. 이는 한 가지 일을 통지하기 위해 한 사람을 일부러 수고시키는 괴로움을 덜고 통신할 수 있으니 과연 좋은 법이다. 그러므로 정부가 한 조각 종이로써 거만금을 거둬들여도 사람들이 원망하지 않는다."

이 글은 신식 우편제도에 관한 최초의 기록이어서 관심을 끌었다. 글 속의 '전표(錢票)'란 '우표'를 가리키는 말이었다.

우리나라 우편 창업이 어떤 과정을 거쳐 어떻게 이루어졌는지를 알리는 기록은 남아 있지 않다. 개화파가 일으킨 갑신정변이 실패로 끝나면서 우편 창업자 홍영식이 역적으로 몰리자 그의 관한 일체의 기록이 삭제되었기 때문이다. 따라서 홍영식이 어떻게 해서 우편에 대해 관심을 갖게 되었고, 어떤 과정을 거쳐 우정총국을 개설하게 되었는지 자세히 알 길은 없다. 다만 신사유람단의 행적에 얽힌 일화를 담고 있는 글로 일본인 마에지마 히소카(前島密)가 기술한 『우편창업담』이 남아 있어 당시의 상황을 부분적이나마 짐작케 한다.

일본 우편사업의 총본산인 농상무성 역체국 총관을 지낸바 있는 마에지마가 1936년에 기술한 회고담에 의하면, 신사유람단으로 방일할 당시 홍영식이 역체국(驛遞局)을 찾아가 우편에 대해 꼬치꼬치 캐물었다 한다. 당시 홍영식이 시찰하기로 한 기관은 육군성이었다. 그럼에도 불구하고 농상무성 산하인 역체국을 찾아가 우편에 대해 여러 가지 질문을 했다는 것은 당시까지만 해도 국내에서는 우역(郵驛)에 관한 업무를 병조에서 관할하고 있었기 때문인 것으로 풀이할 수도 있으나, 그보다는 우편에 대한 홍영식의 개인적인 관심이 크게 작용했던 것으로 짐작된다.

일본에 출장 중인 조선 관원이 불쑥 찾아와 우편에 대해 이것저것 묻자, 마에지마는 드디어 조선도 우편제도를 도입하려는 것 아니냐는 기대에서 친절히 맞았다. 그는 우편 관련 서류를 꺼내 놓고 우편이 무엇이며 어떻게 이루어지고 있는지를 설명하며, 조선에서도 하루빨리 우편이 개설되기 바란다는 뜻을 피력했다.

"중국에서 아직까지 신식 우편제도를 실시하지 않고 있음은 매우 유감스러운 일이오. 귀국은 중국을 스승으로 섬겨 만사를 중국의 예에 따르기 때문에 우편도 언제 개설될지 알 수 없다고 짐작하고 있었는데, 다행히 오늘 귀공이 찾아와 이런저런 질문을 하는 것은 귀국에서도 곧 우편을 개설하겠다는 뜻이 아닌가 싶어 진실로 경하하는 바이오."

마에지마는 처음 만난 홍영식에게 자신의 느낌을 솔직히 털어놓았다.

"고맙습니다. 아직 확정된 것은 아니지만, 우편 개설 문제를 검토하고 있는 중입니다."

상대방의 긍정적인 반응에 고무되었던지 홍영식은 상기된 표정으로 고마움을 표시했다. 그리고 몇 가지 질문을 하더니 정색을 하며 뜻밖의 질문을 던졌다.

"일본이 조선에 송달하는 우편물에 부과하는 우편세를 내국세와 동액으로 한 까닭이 무엇이오?"

홍영식이 말한 '우편세'란 '우편요금'을 가리키는 말이었다. 그는 왜 일본에서 조선으로 보내는 우편물에 국제우편요금을 받지 않고 국내우편요금만을 받느냐고 따지는 것이었다.

"다른 특별한 이유가 있는 것은 아니고, 다 같은 일본 한 나라의 사업으로 운영하고 있기 때문이라 봐야죠. 앞으로 조선에서 우편을 개설하여 일본과 교환조약을 맺게 되면 두 나라에서 각각 내국세를 받게 될 것이고, 그렇게 되면 양국의 요금액에 그 금액을 합산하여 새로이 세액을 정하게 될 것이오."

예상 밖의 질문에 당황한 마에지마는 그렇게 얼버무렸다.

"아, 그렇습니까."

홍영식은 고개를 끄덕이며 안도하는 표정을 지었다.

뒷날 우리나라 '우편의 아버지'라 일컫게 된 홍영식과 일본 우편의 창시자로서 역시 '일본 우편의 아버지'라 불렸던 마에지마 히소카는 그렇게 첫 대면을 했다.

마에지마와 대화한 내용으로 볼 때, 홍영식은 일본 역체국을 찾아가기 전에 우편사업에 대해 꽤나 연구했던 것으로 짐작된다. 일본이 조선으로 보내는 우편물에 대한 요금을 일본 국내우편요금과 같게 책정한 점을 따진 것은 국제우편요금이 국내우편요금보다 비싸다는 사실을 알고 있었기 때문이다.

일본은 이미 1871년 1월 도쿄와 오사카 간에 신식 우편제도를 실시했고, 그해 7월 이를 전국으로 확대했다. 1876년 부산이 개항되자, 일본은 그해 11월 부산영사관 내에 우편국을 설치하고 부산에 거주하는 일본인과 본국 간의 우편을 개설했다. 물론 조선이 우편제도를 실시하기 전의 일이었다.

그렇다면 일본이 조선으로 보내는 우편물에 부과하는 우편요금을 국내우편요금과 같은 금액으로 받고 있으며, 그것이 국제관례에 어긋난다는 사실을 홍영식은 어떻게 알았을까? 그 질문에 답할 수 있는 자료는 남아 있지 않다. 다만 조사 박정양의 수행원으로 신사유람단에 합류했던 이상재가 일본 우편제도에 관한 방대한 보고서를 작성했고, 뒷날 우정총국을 개국하게 되자 홍영식이 그를 우정총국 인천분국장에 앉히며 장차 우정총국에 관한 일을 그에게 맡기겠다는 뜻을 내비쳤다는 점에서 보고서를 작성한 이상재를 통해 알게 되었을 것으로 짐작된다.

과거에 낙방한 뒤 오랫동안 박정양의 집에서 식객 노릇을 했을 뿐 벼슬살이를 한 적이 없는 이상재가 잠시나마 관원 노릇을 한 것은 신사유람단에서 수행원으로 활동한 것이 처음이었다. 그때 그는 일본 농상무성 산하의 역체국을 두루 시찰하며 역체국의 직제, 사무장정, 우편규칙, 만국우편연합조약 등에 관하여 상세한 보고서를 작성했다. 그때 만나 가까워진 사람이 다름 아닌 조사 홍영식이었다. 이상재는 나이는 자신보다 다섯 살 아래지만 모나지 않은 성격에 매우 총명한 데다 전도가 유망한 관원 홍영식에게 호감을 갖게 되었고, 홍영식 역시 머리 회전이 빠르면서도 배포가 있는 이상재를 눈여겨보았던 것이다.

우정사를 설치하고
홍영식을 협판에 앉히다

1882년 6월 임오군란의 발발로 정국이 어수선할 때, 김옥균은 첫 번째 일본 시찰을 마치고 귀국했다. 서울의 정세는 하루가 다르게 긴박하게 돌아가고 있었다. 폭도 진압을 명분으로 청국군과 일본군이 상륙하고 흥선대원군은 청국군에 납치되어 중국으로 끌려갔으며, 지방으로 피난했던 민비는 궁궐로 돌아왔다.

흥선대원군 납치에 대한 두 파의 시각은 판이하게 달랐다. 개화파는 흥선대원군이 개화정책에는 반대했으나 내정 개혁에 큰 공을 세웠으므로 그의 납치를 주권 침해라며 비난했다. 반면에 친청사대파는 군란을 사주한 자는 당연히 대가를 치러야 한다며 고소해했다.

임오군란을 전후하여 국내외 정세가 어지러울 때 고종이 취한 정책은 개화와 보수 사이를 오락가락했다. 그 같은 변덕스러운 정책의 흔들거림은 정부 조직의 잦은 개편으로 나타났다. 1880년 12월, 조선 정부는 개화정치를 본격적으로 펼치기 위해 기존의 6조(六曹)와는 별개로 통리기무아문(統理機務衙門)이라는 기구를 설치했다. 이는 서양 제국의 외교 ·

통상 업무에 대비한 대외정책과 함께 재정 및 군사 업무를 담당하는 기구로 설치한 것이어서 서구의 문화와 문물을 적극적으로 수용하겠다는 의도를 공식적으로 천명한 셈이었다. 이에 따라 기존의 의정부와 6조는 사실상 왕의 자문기관 내지 보조기관으로 퇴화했다.

그리고 이듬해 2월, 다시 기구를 개편하여 통리기무아문 안에 총리통리기무아문과 경리통리기무아문을 설치했다. 임오군란이 발발하자 다시 그들 기구를 폐지하고 기무처를 발족시켰다. 개화파 중심으로 구성된 기무처는 몇 달에 걸쳐 협의한 끝에 1882년 11월 종래의 통리기무아문을 외교통상업무를 관장하는 통리아문과 내정을 관장하는 통리내무아문으로 이원화했다. 그해 12월에는 다시 통리아문을 통리교섭통상사무아문, 통리내무아문을 통리군국사무아문으로 개칭했다.

그들 아문의 최고 책임자로는 오늘날의 장관에 해당하는 독판을 두고 다음 책임자로 차관급인 협판을, 그 밑에 참의와 주사를 두었다. 당시 독판에는 영의정 홍순목을 비롯하여 민태호, 김병국, 민영위 등 원로급을 앉혔으나 협판에는 김홍집, 김윤식, 민영익, 어윤중 등 개화파 중심의 중견 내지 신진 관원을 배치했다.

그처럼 정부 조직이 개편되면서 소속 기구도 바뀌었는데, 통리교섭통상사무아문에는 정각사, 장교사, 부교사, 우정사 등 4사를 설치하고, 통리군국사무아문에는 이용사, 군무사, 감공사, 전선사, 농상사(農桑司), 장내사, 농상사(農商司) 등 7사를 설치했다. 그 결과 1882년 12월 외교통상 업무를 담당하는 근대적인 행정기관인 통리교섭통상사무아문의 한 기구로 우정사(郵程司)를 설치했던 것이다.

1882년 6월에 일어난 임오군란이 1개월여 만에 진압되자, 보수와 위정척사(衛正斥邪)에 대한 반작용으로 적극적으로 개혁을 추진해야 한다는 분위기가 팽배했다. 동년 7월부터 고종은 몇 차례에 걸쳐 혁신정치를 펼치겠다는 의지를 표명했는데, 특히 7월 20일 백성에게 내린 전교를 통해 나라 정치를 새롭게 시작하려 하니 좋은 의견이 있으면 누구든지 진언하라고 널리 알렸다.

그 결과 12월 말까지 100여 건의 상소문이 올라왔는데, 그중에는 매우 진취적이고도 혁신적인 의견도 있었다. 백성들의 건의를 종합해 보면, 개화를 촉진하는 서적을 간행할 것, 외국어를 가르칠 것, 외국인 기사를 채용하여 선진 과학기술을 배우도록 할 것, 새 지식과 기술을 보급하기 위해 서울에 훈련원을 설치할 것, 상회소(商會所)와 국립은행을 설치할 것, 화륜선을 건조하고 군항을 설치할 것 등으로 다양했다.

요컨대, 조선 사회를 사상적으로 지배하고 있는 유교 도덕은 그대로 지키되 서양의 선진 과학기술을 받아들여 부국강병을 도모하자는 것이었다. 중국의 중체서용론(中體西用論)이나 일본의 화혼양재론(和魂洋才論)과 유사한 것이라 할 수 있었다. 지식인 사이에 그 같은 사상적인 변화가 있었기에 개화의 움직임이 표면화될 수 있었고, 그런 사회적인 분위기를 반영하여 우정사를 설치했던 것이다.

우정사는 새로운 양상으로 발전하고 있는 교통·통신에 관한 업무를 관장케 하기 위해 설치한 기구였다. 통리교섭통상사무아문장정은 "우정사는 도로, 수송의 일, 즉 전보, 역전(驛傳), 철도 및 수륙(水陸)의 통로에 관한 일을 관장한다. 관영이나 민영을 막론하고 장정(章程)을 심의 제정하여 법으로 보호하고, 점차 이를 확산하도록 한다."고 규정하고 있었다. 그처럼 우정사 업무에 역전 업무가 포함되어 있어 그 기구가 전보와 함께 우편 업무도 취급하게 되었음을 알 수 있다. 우정사의 설치 일자는 1882년 12월 5일로, 양력으로는 1883년 1월 13일이었다.

신사유람단의 일원으로 일본 문물을 시찰하고 난 뒤에도 홍영식의 자리는 계속 바뀌었다. 통리기무아문 부경리사, 홍문관 부제학, 규장각 직제학, 참의통리내무아문사무, 참의군국사무, 이조참의 등으로 새로운 자리가 계속 이어졌다. 직함만 들어서는 도대체 뭘 하는 자리인지 알 수 없었다. 그러다 1882년 12월 통리교섭통상사무아문의 한 기구로 우정사가 설치되고 협판으로 임명되면서 그 기구의 책임자가 되었던 것이다. 신사유람단의 일원으로 일본을 시찰할 때 일본 우편제도에 대해 남다른 관심을 보였기에 그가 자진하여 우정사 협판 자리를 맡았다고 할 수도 있다.

그 무렵 홍영식은 두 가지 중요한 일에 관여했다. 하나는 미국과의 수호통상조약의 체결이고, 또 하나는 일본과의 부산구설해저전선조관(釜山口設海底電線條款)의 체결이었다.

1882년 4월, 조선 정부는 미국 전권대신 슈펠트와 두 나라 간의 수호통상조약을 체결하기 위한 협상을 개시했다. 우리 정부의 대표는 신헌, 부대표는 김홍집이었다. 협상 장소는 인천이었다. 그때 홍영식은 협상 대표에게 최종 결정권자인 고종의 뜻을 전달하는 임무를 맡고 있었다. 같은 업무를 맡고 있던 민영익이 상중이어서 출사할 수 없었기에 홍영식이 제반 업무를 주관했다. 그처럼 미국과의 협상은 신헌과 김홍집이 맡고 있었으나 왕명을 받들어 주요 사항을 전달하는 임무는 홍영식이 맡고 있었으니, 미국과 수교함에 있어 매우 중요한 역할을 담당했던 것이다.

1883년 1월 일본과 부산구설해저전선조관을 체결할 때, 홍영식은 독판 민영목과 함께 협상을 진행했다. '부산구설해저전선'이란 부산과 일본 나가사키(長崎) 간을 연결하는 해저전신선로를 가리켰다. 조약의 핵심은 "양국 정부는 덴마크 회사인 대북부전신회사(Great Northern Telegraph Company)가 일본 규슈(九州)의 서북 해안으로부터 대마도를 거쳐 부산에 이르는 해저전신선을 가설함을 승인한다."는 것이었다.

내용 중에는 우리나라 전신사업권을 침해할 수 있는 독소 조항이 들어 있어 교섭이 지지부진했는데, 일본 측이 요구한 30년의 독점권을 25년으로 단축하는 것으로 타결되었다. 이 조약의 체결은 애초 독판 조영하와 협판 김홍집이 담당했으나, 협상이 지지부진하게 진행되자 조영하가 해임되고 민영목이 그 자리를 맡으면서 바로 그날 참의에서 협판으로 승진한 홍영식과 함께 교섭을 진행하여 타결했던 것이다.

우정사가 설치된 뒤 그 기구가 담당했던 우편이나 전보, 또는 도로 업무가 어느 정도 추진되었는지 알 길이 없다. 다만 "1883년 3월과 4월 한성과 인천 사이의 도로를 차마가 자유롭게 통행할 수 있도록 연도의 지방관에게 명하여 크게 수리한 일이 있었다."라는 기록이 남아 있는 것으로 보아, 도로를 넓히는 일부터 시작했던 것 같다.

개화의 현장 일본에서
개화파의 진로가 형성되다

1884년 4월, 일본에 머무르고 있던 김옥균은 맥없이 귀국했다. 일본에서 차관을 얻는 것은 떼어 놓은 당상이라며 큰소리쳤기에 그 참담함은 이루 말로 표현할 수 없었다. 천하의 기재라 자부하던 김옥균으로서는 차마 낯을 들고 다닐 수 없을 만큼 수치스러운 일이 아닐 수 없었다.

그동안 애써 추진했던 울릉도 개척사업은 물론 고래잡이사업도 포기할 수밖에 없었고, 사관생도 등 젊은 인재의 양성 계획도 당분간 접어둘 수밖에 없었다. 무엇보다 난처한 것은 고종을 볼 낯이 없게 되었다는 점이다. 국채위임장만 있으면 300만 원의 차관을 얻기로 굳게 약속되어 있다며 설득했으니, 자칫 임금 기만죄로 몰린다 해도 할 말이 없었다.

걱정거리는 또 있었다. 개화파의 앞날에 어두운 구름이 드리우고 있었다. 개화파의 핵심 인물은 누구네 누구네 해도 박영효와 서광범, 그리고 김옥균 자신이었다. 그중에서도 우두머리는 글 잘하고 말 잘하는 데다 머리 회전이 빠른 김옥균이었다. 그들은 1881년과 1882년 두 차례에 걸쳐 일본을 시찰하면서 개화파 활동을 본격화하기로 결의했고, 이후에도 언제나 뜻을 같이하며 때가 오기를 기다리고 있었다.

또 하나의 핵심 인물인 홍영식은 개화파와 뜻을 같이하긴 했으나 정치가라기보다 차라리 행정가였다. 정부의 요직을 맡아 나랏일에 전념하다 보니 한눈팔 겨를이 없었다. 따라서 그는 개화파라기보다 친개화파로서 개화파와 일정한 거리를 두며 국정에 전념하고 있어 개화파의 입장에서 보면 반드시 그들 편으로 끌어들어야 할 포섭의 대상이었다.

"김옥균, 박영효 양군이 홍영식을 동지로 끌어들인 이유가 있었다. 독립당의 결심은 처음부터 매우 강경함이 있었다. 그들은 독립을 선언하려 할 때 어떻게 해서든지 유력한 인물을 자기편으로 끌어들여야 한다는 입장에서 홍영식과 친교를 맺고, 마침내 그를 동지의 한 사람으로 끌어들였던 것이다."

1883년 통리아문 소속기관인 박문국(博文局) 주임으로 특채되어 한성순보의 발행 업무를 맡았던 일본인 이노우에 가쿠고로(井上角五郎)의 회고였다.

1884년 갑신정변을 일으키기까지 김옥균은 세 차례나 일본을 방문했다. 그가 맨 처음 일본을 방문한 것은 그의 나이 31세 때인 1881년 12월이었다. 그는 일본을 유람하고 오라는 고종의 명을 받고 일본으로 건너가 일본 각지를 돌아다니며 근대화 과정을 밟고 있는 일본의 발전 현장을 둘러보는 한편, 일본의 이름 있는 정객과 지식인들을 만나 많은 대화를 나누었다.

메이지(明治)유신 이후 비약적으로 발전하고 있는 일본을 두루 살피는 동안 그가 느낀 감정은 놀라움과 부러움, 울분 등 복합적인 것이었다. 일본이 눈부시게 발전하고 있는 데 대해 놀라움을 금할 수 없는 반면, 조선은 왜 그렇게 될 수 없느냐는 생각에 울분에 잠기기도 했다. 그는 조선이 제대로 개화하려면 일본을 본받아야 한다는 굳은 신념을 가지고 6개월 만에 귀국했다.

그가 두 번째로 일본에 건너간 것은 1882년 8월이었다. 일본에서 돌아온 지 3개월 만이었다. 이번에는 수신사 박영효 등과 함께 갔다. 임오군란 직후 조선은 일본의 강요에 못 이겨 제물포조약을 체결했는데, 그 조약의 사후 처리를 위해 특명전권공사를 파견하기로 했다. 고종은 그 자리에 일본을 잘 아는 김옥균을 보내려 했으나, 김옥균이 사양하며 금릉위 박영효를 추천하자 박영효를 특명전권공사로 임명하는 한편 김옥균을 고문으로 동행케 했다.

그때 김만식이 부사로, 서광범이 종사관으로 동행했고 민영익이 별도의 명을 받고 그들과 합류했다. 뒷날 개화파의 중심인물이 된 그들은 그렇게 한배를 타고 일본으로 건너가 개화의 현장을 목격하게 되었다.

일본과 체결한 제물포조약의 약정을 이행하기 위해 십수 명의 사절단을 이끌고 떠난 사신에게 조선 정부는 여비도 제대로 지급하지 못했다. 그러자 수신사 일행은 일본 외무경 이노우에 가오루(井上馨)에게 부탁하여 일본 은행에서 20만 달러를 융자받았다. 그 돈으로 여비 등 제반 비용에 충당했다. 당시의 조선은 사신들의 노자도 제대로 지급하지 못할 정도로 몹시 가난한 나라였다.

조선 정부를 대표한 사절단으로 방일했기에 박영효, 김옥균 등은 이노우에 가오루 등 일본 정객들을 만나 많은 대화를 나눴다. 미국, 영국, 프랑스 등 구미 여러 나라의 공사들과도 만나 인사를 나눴다. 청의 세력하에 있는 조선을 그들의 세력권으로 끌어들여야 한다고 생각했기 때문인지, 일본은 조선을 독립국으로 대우하며 수신사 일행을 자못 융숭하게 대접했다. 조선을 속국으로 여기고 멋대로 행동하는 중국과는 판이하게 다른 자세였다.

그중에서도 일행에게 가장 큰 감동을 안겨 준 사람은 일본의 계몽사상가로 유명한 후쿠자와 유기치(福澤諭吉)였다. 후쿠자와는 박영효, 김옥균 등 수신사 일행을 따뜻하게 맞으며 조선의 개화에 대한 조언을 아끼지 않았다.

"바다를 사이에 두고 서로 이웃해 있는 조선과 일본은 순치(脣齒)의 관계라 할 수 있습니다. 입술이 없으면 이가 시리듯, 조선과 일본 중 어느 한 나라가 외국의 침략을 받게 되면 다른 나라가 위태롭게 되는 것은 불을 보듯 뻔한 일입니다. 그동안은 조선 이웃에 중국이 있어 종주국 노릇을 해 왔는데, 최근 중국은 서양 열강에 의해 분열될 것이라 합니다. 지금 같은 형세라면 결국 중국은 사분오열되어 서양 세력에 의해 지배되고 말 것입니다. 다행히 일본은 일찍이 구미 열강과 교류하며 선진 제도와 과학기술을 받아들인 덕분에 크게 걱정할 필요가 없게 되었으나, 조선은 아직까지도 구미 열강과 문호를 개방하지 않고 있어 걱정이 적지 않다 하겠습니다."

후쿠자와는 그렇게 서론을 꺼내며 개화파들의 반응을 살폈다.

"종주국이라니요? 우리 조선은 독립국이지, 중국의 속국이 아닙니다."

김옥균이 부러 발끈했다.

"미안합니다. 제가 말을 실수한 것 같습니다."

후쿠자와는 고개를 숙여 사과하고 나서 말을 이었다.

"조선은 엄연한 독립국이니 속국이 되어서는 안 되죠. 그러나 조선인 중에는 중국을 종주국으로 생각하는 사람이 더러 있는 것도 사실 아닙니까?"

"더러는 있지요. 그러나 우리 개화당 사람들은 중국을 종주국으로 받드는 것을 부끄럽게 생각합니다. 우리 조선은 반드시 독립국이 될 겁니다."

김옥균은 힘주어 말했다.

"물론 그래야지요. 어느 나라든 자주권을 가져야 나라가 발전합니다. 조선에는 귀공들처럼 개화된 인사가 많아 앞으로 나라가 크게 발전할 것입니다."

후쿠자와는 웃는 얼굴로 화답했다.

"조선이 개화하려면 무엇부터 해야 한다고 생각하십니까?"

나이로 보아 아버지뻘이기에 박영효는 후쿠자와에게 공손한 자세로 물었다.

"조선이 개화하려면 해야 할 일이 많겠습니다만, 그중에서도 가장 시급한 일은 서양 문물을 받아들이는 것이며, 서양 문물을 받아들이기 위해서는 먼저 백성이 깨쳐야 합니다. 백성이 깨치게 하기 위해서는 두 가지가 필요합니다. 첫째는 학교를 세워야 합니다. 백성의 머리를 깨치게 하는 것이 바로 학교 교육이죠. 우리 동양인의 수준을 서양인만큼 높이려면 서양인이 배우고 있는 것은 뭐든지 다 가르쳐야 합니다. 그래야만 서양과 같은 문명국가를 만들 수 있습니다. 미국, 영국 등 선진국으로 유학을 보내는 것도 좋은 방법이지요.

또 하나는 신문을 발간해야 합니다. 나라가 제대로 발전하려면 백성들이 나라가 돌아가고 있는 사정을 알아야 하고 온 백성이 한마음이 되어야 합니다. 그처럼 나라가 돌아가고 있는 사정을 알려 주고 온 백성이 한마음이 되게 하는 것이 바로 신문입니다. 신문은 백성을 개명시키고 국론을 통합하기 위해 반드시 필요합니다."

후쿠자와는 그처럼 문화적인 측면에서의 개화 방안을 제시했다.

후쿠자와 유기치는 메이지유신 시대 일본 사회에서 가장 큰 영향력을 미친 계몽사상가이자 일본 국민의 정신적인 지도자였다. 그는 두 차례에 걸쳐 미국과 유럽 여러 나라를 시찰한 뒤 『서양사정(西洋事情)』이라는 책을 저술했는데, 초판이 15만 부나 팔릴 정도로 일본 사회에서 일대 선풍을 일으켰다. 1866년의 일이었다.

그때부터 그는 저술 활동을 계속하는 한편, 게이오의숙(慶應義塾)을 세워 인재를 양성하고, '시사신보(時事新報)'라는 신문을 발행하여 국민 계몽에 앞장섰다. 그가 만들고자 하는 이상적인 일본은 서양 문명을 흡수하여 국민의 사고방식을 개조함으로써 서양의 영국과 같은 동양의 새로운 문명국가를 건설하는 것이었다. 그가 바라는 일본은 한마디로 부국강병(富國强兵)의 나라였다.

"조선에서 신문을 발간하려면 아무래도 일본 전문가의 도움을 받아야 할 것 같은데, 귀공께서 추천해 줄 수 있겠습니까?"

또다시 박영효가 물었다.

"물론입니다. 조선에 필요한 사람이라면 언제든지 추천해 드리겠습니다."

후쿠자와는 흔쾌히 응낙했다.

아무튼 후쿠자와와의 만남은 실질적인 효과가 있었다. 우선 유학생들을 쉽게 보낼 수 있었다. 아니, 첫 번째 유학생은 그들이 방문하기 전해인 1881년에 이미 입학했다. 당시 조선 정부는 신사유람단이라는 이름으로 젊은 관원들을 일본에 파견하여 일본의 각 기관과 산업 현장 등을 시찰했는데, 조사 어윤중을 수행한 유길준과 그의 매형 유정수가 게이오의숙에, 윤치호가 일본 개화사상가인 나카무라 마사나오(中村正直)가 설립한 도진샤(同人社)에 입학하여 신학문을 배웠다.

조사 어윤중이 후쿠자와를 찾아가 특별히 부탁한 덕분이었다. 후쿠자와는 유길준과 유정수를 자기 집에 유숙시키며 공부하게 했는데, 조선을 개화시켜야 한다는 열의가 그만큼 뜨거웠던 것이다. 덕분에 그들 3인은 조선인 최초의 해외 유학생이 될 수 있었다.

김옥균이 세 번째로 일본을 방문한 것은 1883년 6월이었다. 이번에는 일본에서 차관을 얻기 위해 고종이 써 준 국채위임장을 들고 갔다. 그때 그는 일본에 유학시킬 목적으로 서재필, 서재창 형제와 이규완 등 60여 명의 학도들을 이끌고 갔다. 그중에서 서재필 등 9명은 일본 육군 소년학교인 도야마(戸山)학교에 입학시켜 신식 군사교육을 받게 했고, 나머지 학생들은 각자가 원하는 학교에 입학하여 전문 지식을 쌓도록 했다. 후쿠자와 유키치가 든든한 후원자가 되어 입학을 주선하고 뒷바라지해 준 덕분이었다.

후쿠자와는 한성순보의 발간도 도왔다. 사절단 대표 박영효가 신문 제작을 맡을 만한 인물을 추천해 달라고 부탁하자, 후쿠자와는 게이오의숙에서 배출한 제자 중 다섯 명을 골라 조선에 보냈다. 그중 이노우에 가쿠고로(井上角五郎)는 끝까지 남아 한성순보 창간에 핵심적인 역할을 했으나, 나머지 네 명은 조선에 온 지 4개월 만에 일본으로 돌아갔다. 조선은 보수 세력이 강한 데다 청나라의 간섭이 심해 개화의 전파가 쉽지 않다는 것이 그들이 귀국한 이유였다.

아무튼 이노우에 가쿠고로의 도움으로 우리나라 최초의 신문인 한성순보를 발간할 수 있었으나, 그 신문은 순 한문으로 발행되었기 때문에 일반 백성에게 큰 영향력을 미칠 수는 없었다.

그처럼 개화의 현장, 일본을 시찰하고 그 나라 선각자들을 만나 많은 대화를 나누면서 개화파 인사들은 많은 것을 배웠다. 여러 인종이 살고 있는 이 지구에는 중국보다 더 크고 발달한 나라가 있으며, 강한 나라를 만드는 비결은 과학기술과 산업의 발달임을 비로소 깨달았다. 강한 나라를 만들기 위해 개화가 반드시 필요함도 깨달았다. 보다 중요한 성과는 개화파가 나아갈 진로를 설정할 수 있었다는 점이다.

그동안 개화파는 뜻을 같이하는 사람들이 모여 나라를 개화하는 방안을 놓고 의견을 나누었을 뿐 뚜렷한 진로를 설정하지 못하고 있었는데, 서양 각국의 움직임을 꿰뚫어보고 있는 일본 선각자들을 만나 대화를 나누는 동안 개화파가 나아가야 할 진로를 설정할 수 있었다. 다시 말해, 개화의 길로 치닫고 있는 일본을 본받고 조선의 개화에 호의적인 일본 세력을 이용하여 조국의 개화라는 목표를 달성할 수 있다는 결론에 도달했던 것이다. 일본 세력을 이용한 개화운동의 전개라는 큰 원칙은 그때 그곳에서 형성되었다.

당시 일본에서 뜻을 같이한 개화파 동지는 김옥균, 박영효, 민영익, 서광범 등 4인이었다. 또 하나의 중심인물인 홍영식은 참의교섭통상사무, 이조참의 등으로 국정 수행에 바쁜 나날을 보내고 있어 그 자리에 참석할 수 없었다. 민씨 일당의 기대주인 민영익은 뒷날 사대파로 변신했으나, 그때까지는 개화파와 뜻을 같이하며 동조하는 모습을 보였다. 뒷날 '개화당' 내지 '독립당'이라 불렸던 개화파는 사실상 그때 그곳에서 형성되었던 것이다.

사절단으로서의 임무를 마치자 박영효 등 수신사 일행은 귀국했으나 김옥균은 홀로 남았다. 일본에 좀 더 머무르며 일본의 실상과 천하의 움직임을 두루 살피라는 고종의 명령이 떨어졌기 때문이다. 메이지유신을 조선 개혁의 모델로 삼으려 한다 해서 한때 기피 인물로 찍히기도 했으나, 개화파의 우두머리인 김옥균에 대한 고종의 신임은 그만큼 두터웠다. 아니, 개화에 대한 고종의 열망이 그만큼 강렬했다 하겠다.

그 무렵 일본 정부는 주세(酒稅)와 연초세(煙草稅)를 올리며 육군과 해군의 증강에 열을 올리고 있었다. 군대를 늘리려면 국가 재정을 그만큼 더 확충해야 했던 것이다. 조선에 비해 군사력이 월등한 일본이 그처럼 새로운 세금을 받으며 군사력 증강에 박차를 가하는 모습을 보며, 김옥균은 한층 더 개화 의지를 다지게 되었다.

하루는 김옥균이 일본 외무대신 이노우에 가오루(井上馨)를 만나 이야기를 나누는데, 이노우에가 묘한 말을 했다.

"지금 일본이 군세를 확장하고 있는 것은 일본의 근본을 튼튼히 하자는 것일 뿐만 아니라, 귀국의 독립을 돕자는 뜻도 내포하고 있소."

생각하면 할수록 아리송한 말이었다.

화제가 조선의 재정 문제로 옮겨지자, 이노우에는 조선 정부에서 발행한 국채위임장만 있다면 차관 문제는 쉽게 해결할 수 있다며 자신만만한 태도를 보였다. 그 말을 듣자 김옥균은 서둘러 귀국하여 고종에게 그 사실을 보고했고, 고종이 국채위임장을 작성해 주었음에도 묄렌도르프의 훼방으로 휴지가 되고 말았던 것이다.

정사와 부사가
대판 입씨름을 벌이다

　　　　　　　김옥균이 곤경에 빠지면서 다른 동
지들도 비슷한 처지에 놓이게 되었다. 개화파의 또 하나의 핵심 인물인
박영효는 벼슬자리를 잃고 끈 떨어진 갓 신세가 되었다.

　박영효가 오늘날의 서울시장에 해당하는 한성판윤 자리에 오른 것은
1882년 12월이었다. 수도 행정의 책임자인 한성판윤이 되어 서울의 도
로를 정비하고 경찰제도를 실시하고 신식 교육을 실시하는 등 개혁정치
를 펴려 하자, 민비의 사사로운 청탁을 들어주지 않는다는 이유로 불과
4개월 만에 광주유수로 좌천되었다.

　마침 광주유수라는 자리가 수어사(守禦使)를 겸하고 있어 군사를 거느
릴 수 있었다. 정변을 모색하고 있는 개화파로서는 더없이 좋은 기회라
판단한 박영효는 500여 명의 군사를 모아 일본식 훈련을 시켰으나 그
자리도 오래 보전할 수 없었다. 또다시 민비의 말 한마디에 그 자리에
서마저 쫓겨났다. 광주유수가 된 지 불과 9개월 만의 일이었다.

　친청사대파가 개화파에게 군권을 쥐게 해서는 안 된다고 꼬드기자 절

대 권력을 나누어 갖고 있던 민비가 인사의 칼을 휘둘렀던 것이다. 박영효가 애써 양성한 군대는 전영사와 후영사로 이송되어 친청사대파가 거느리게 되었다. 죽 쑤어 개 좋은 일을 한 셈이었다.

모처럼 시도했던 박영효의 개혁정치는 그처럼 민씨 일당의 고의적인 방해로 좌절되었다. 끓어오르는 분노를 억제하기 어려웠기에 박영효는 잠시 고국을 떠나 미국 유람을 떠나기로 했다. 그 소식을 전해 들은 일본 외무경 이노우에 가오루가 아랫사람을 보내 말렸다.

"동양의 대세가 자못 다급한 이때 귀국을 혁신함이 목전의 과제로 다가오고 있거늘 어찌 한가로이 외유를 떠나려 하십니까. 일본 역시 임오년의 실패를 분하게 여겨 장차 청국 군대를 반도에서 몰아내고 귀국 지사들을 도와 개혁의 열매를 얻게 하고자 하니, 원컨대 잠시 외유를 중지함이 어떠하오이까?"

그 말을 듣자, 한편 놀랍고 한편 기뻤다. 박영효는 미국 유람을 중지하고 동지들을 불러 대책을 논의했다. 김옥균은 아직 일본에서 귀국하지 않았고, 서광범은 보빙사절단으로 미국 시찰을 마치고 민영익과 함께 유럽 일대를 유람하고 있었다. 따라서 박영효는 자신의 집을 아지트로 삼아 다른 동지들을 끌어모으며 세력을 규합하고 있었다.

한편 개화파의 우두머리인 김옥균의 입장에서 보면 일본과의 관계가 소원해진 것이 무엇보다 큰 손실이었다. 이제 귀국하면 민씨 일파를 비롯한 친청사대파로부터 임금을 기만했다며 맹공을 받을 것이 뻔했으나, 개화파 수장으로서 그 정도의 문제는 너끈히 해결할 수 있었다. 그러나 개화파가 믿고 기댈 수 있는 언덕인 일본이 말도 안 되는 오해로 자신을 불신하게 되었고, 그 결과 대사를 그르치게 되었음은 통탄하지 않을 수 없었다.

그것은 오로지 기분파인 일본공사 다케조에 신이치로(竹添進一郎)의 변덕스러움에 기인한 것으로, 그로 인한 일본 내에서의 자신의 이미지 추락은 쉽게 회복하기 어려웠다. 그 이면에는 서울에 주재하고 있는 외국인들을 마음대로 요리하는 묄렌도르프의 이간질이 주효했음은 주지의 사실이다.

그처럼 실의에 빠져 있는 김옥균에게 한 가닥 희망이 있다면 머지않아 귀국하게 될 민영익이었다. 미국에서 홍영식과 민영익이 개화냐 보수냐를 놓고 대판 싸웠다는 이야기는 이미 홍영식을 통해 들었으나, 홍영식의 말대로 민영익이 개화파와 완전히 등을 돌리리라고는 생각하지 않았다. 그동안 개화파에 대해 호의적인 자세를 보였고, 제대로 개화된 미국을 두루 시찰한 데다 영국과 불란서 등 구라파 여러 나라를 두루 시찰한 사람의 입장에서 개화에 역행하는 자세를 취할 수는 없다고 판단했다. 그런 그의 생각은 일본에서 서재필과 나눈 대화에서도 잘 드러냈다.

"무엇보다 다행스러운 것은 민영익이 곧 돌아올 것이므로 그의 힘을 빌릴 수밖에 없어요. 그는 왕후의 신임이 두터운 데다 1년 동안 미국을 비롯하여 구라파 각국을 여행하면서 견문을 넓혔을 것이고, 개화의 필요성도 절감했을 것이라고. 그런 민영익이 우리 편에 선다면 모든 일이 잘 풀릴 것이야."

8명의 사절단원이 한 팀이 되어 미국을 방문했다 둘로 쪼개져 돌아온 데는 그럴 만한 사연이 있었다. 귀국하기 직전 정사 민영익과 부사 홍영식은 이념 문제로 한바탕 입씨름을 벌였다. 너무나도 개화된 미국 문물에 취한 홍영식이 이제부터 조선은 본격적인 개화의 길로 나가야 한다고 하자, 민영익이 실질적으로 중국의 지배를 받고 있는 조선은 사대의 길로 나갈 수밖에 없다고 맞서면서 둘 사이에 말다툼이 벌어졌던 것이다.

입씨름의 발단이 된 것은 민영익의 중국 고전 사랑이었다. 중국 고전을 애독하는 최고의 지성인임을 과시하고 싶었던지, 민영익은 미국을 방문할 때 『사서삼경』 등 한문 서적을 잔뜩 싸 짊어지고 갔다. 개화의 현장인 미국의 주요 기관과 시설을 시찰할 때도 그는 그 책을 들고 다니며 틈이 나는 대로 펼쳐 보곤 했다. 그러자 단원들이 소곤거리기 시작했다.

미국의 개화된 문물에 심취한 단원들은 말이 통하지 않음에도 이곳저곳 열심히 찾아다니며 보고 듣고 기록하는 한편, 저녁이면 한자리에 모여 각자가 적은 내용을 꺼내 놓고 서로 묻고 토론하며 하나라도 더 배우려고 몸부림치는데, 전권대신이라는 사람이 내 일이 아니라는 듯 개화와는 동떨어진 중국 고서를 뒤적이고 있었으니 열을 받지 않을 수 없었던 것이다.

단원들이 소곤거리는 불만의 소리를 듣자, 홍영식은 끓어오르는 분노를 참을 수 없었다. 누구보다 앞장서 개화의 현장을 살피고 그 비결을 찾기 위해 눈을 부릅떠야 할 전권대신이 그 따위 엉뚱한 짓거리를 하고 있으니 부사로서 책임감을 느끼지 않을 수도 없었다.

그는 조용한 틈을 타 민영익에게 따졌다.

"민공, 수만 리 머나먼 미국 땅에 와서 읽는 시경 맛이 어떠하더이까? 조선에서 읽던 시경 맛하고는 완전히 다르지요?"

심사가 뒤틀려 있었기에 그는 그렇게 이죽거렸다.

"아니, 왜 이러시오? 내가 뭘 잘못했소?"

민영익은 멋쩍게 웃으며 상대방의 눈치를 살폈다.

"이처럼 개화된 나라에 와서 눈부신 문물을 보면서도 시경 같은 책이 눈에 들어오는지, 그 점이 궁금해서요."

홍영식의 말투에는 여전히 가시가 박혀 있었다.

"아니, 그게 무슨 말이오? 시경 같은 고전은 만고의 진리가 담겨 있는 책인데, 미국에 왔다 해서 그 맛이 달라지겠소? 난 오히려 더 새롭게 느껴집디다."

민영익은 웃음을 거두며 방어적인 자세로 대꾸했다.

"물론 그러시겠죠. 하지만 우리가 미국에 온 목적이 뭐요? 우리가 미국에 온 것은 이 나라의 개화된 문물을 보고 배우자는 것이지, 한가하게 시경이나 읽자고 온 것은 아니잖소? 어떻게 하면 우리도 미국처럼 개화된 세상을 만들 수 있는 것인지, 그 비결을 찾기 위해 온 것 아니오?

"개화 좋지요. 하지만 개화에 현혹되어선 안 됩니다. 개화라는 것이 우리가 노력한다 해서 쉽게 얻을 수 있는 것이 아니에요. 뱁새가 황새 따라가다간 가랑이가 찢어지는 법이에요."

민영익은 냉소적인 표정을 지으며 차갑게 말했다.

"뱁새는 뭐고 황새는 뭡니까?"

홍영식이 발끈하며 목소리를 높였다.

"조선이 뱁새고 미국은 황새 아니오. 우리 조선처럼 가난한 나라는 미국처럼 부자 나라를 따라갈 수 없는 법이에요. 우리 조선이 무슨 수로 기차를 만들고 기선을 만들겠소? 우리 조선이 미국처럼 땅이 넓기를 하오, 물자가 풍부하기를 하오, 기술이 있소? 그러니까 현혹되지 말라는 거요."

"우리가 직접 만들 수는 없다손 치더라도 일본처럼 사다 쓸 수도 있고, 그러다 보면 만들게 되는 것 아니겠소. 그 비법을 배우기 위해 우리가 여기까지 와서 고생하고 있는 것 아니오."

"그렇기 때문에 상황 판단을 잘해야 한다는 거요. 홍공은 우리 조선이 미국과 손잡고 개화의 길로 나가면 된다고 생각하겠지만, 우리 조선의 목덜미를 움켜쥐고 있는 나라는 미국이 아니라 중국이오. 중국이 봐주지 않는 한 우리 조선은 아무것도 할 수 없어요. 미국이 크고 강한 나라 같지만 군사도 많지 않은 데다, 우리 조선을 돕고 싶어도 군사를 보내려면 한 달 이상 걸리기 때문에 실질적으로 별 도움이 안 돼요. 하지만 중국은 조선과 바로 붙어 있어 당장 내일이라도 군사를 보낼 수 있어요."

"그러니까 민공의 말은, 중국이 무서우니 개화 같은 것은 꿈도 꾸지 말라는 겁니까?"

"꿈도 꾸지 말라는 게 아니고 상황 판단을 잘해 요령껏 해야 한다는 말이죠. 우리가 아무리 미국처럼 잘사는 나라가 되기 위해 개화를 추구한다 해도, 중국이 방해하면 아무것도 못하는 것이 우리의 현실 아니오."

"아니, 민공이 언제부터 그처럼 철저한 사대파가 되었소? 청국이 우리 조선을 속국으로 생각하고 사사건건 간섭하기 때문에 고질병인 사대주의에서 벗어나 자립·자강할 수 있는 길을 찾아야 한다는 것이 우리 개화파의 신념 아니오. 그러기 위해 개화를 추진해야 한다는 것이고. 그런데 청국이 무서우니 개화를 포기해야 한다는 게 말이 됩니까? 장차 우리 조선을 짊어지고 나갈 동량재가 그처럼 나약한 말씀을 하시다니 정말 실망했소이다."

홍영식은 핏대를 올리며 목소리를 높였다.

"그것이 어째서 나약한 생각이오, 현실을 직시하자는 것이지. 우리 조선이 처한 현실을 직시하게 되면 누구나 그런 생각을 갖게 될 거요."

"그것은 현실을 직시하는 게 아니고 현실에 영합하자는 것이오. 현실을 직시한다면 그동안 개화를 멀리한 청국이 쇠퇴하고 있는 모습이 보일 것이며, 개화를 열심히 추진한 일본이 발전하고 있는 모습도 보일 것이오."

"청국이 쇠퇴하고 있다니요? 청국이 약한 것처럼 보이는 것은 일시적인 현상일 뿐이고, 청국은 아직도 미국 못지않게 크고 인구가 많은 대국이오. 물자도 풍부하고. 개화파는 청국을 우습게 아는 경향이 있는데, 청국을 우습게 알았다간 큰코다칠 날이 올 것이오."

"글쎄올시다. 쇠퇴해 가는 청국을 믿고 의지하다 오히려 큰코다칠 날이 오지 않을까, 나는 그것이 더 걱정이오."

홍영식과 민영익은 그처럼 '개화냐 사대냐'라는 이념 문제를 놓고 날선 공방전을 벌였다. 그 일로 틀어진 두 사람은 귀국의 길을 달리하여 홍영식은 곧바로 태평양을 건너 돌아왔고, 민영익은 미국 해군이 내준 군함을 타고 유럽 유람의 길을 떠났던 것이다.

민영익이 사절단 대표가 되어 미국을 방문하게 된 배경에는 머리 회전이 빠른 김옥균의 계략이 숨어 있었다. 보빙사 전권대신으로 임명되기 전까지만 해도 민영익은 개화파로 알려져 있었다. 속은 알 수 없으나 겉으로는 개화파처럼 행동했다. 개화파인 김옥균이나 박영효, 서광범 등과 가깝게 지냈고 개화파의 일에 적극 협조했다. 심지어 개화파 중인 이동인을 자기 집에 숨겨 두고 고종에게 인사시키기까지 했다. 중전 민비의 친정 조카인 민영익은 민씨 일파의 중심인물이어서 반드시 개화파로 끌어들여야 할 대상으로 점찍었던바, 제대로 개화된 미국을 시찰하고 나면 틀림없이 개화파로 굳어질 것이라 판단했기에 김옥균은 민비를 찾아가 설득했다.

"중전마마, 이번 미국에 사절단을 파견함에 있어서는 누구를 전권대신으로 보내느냐가 가장 중요한 문제인 것 같은데, 아무래도 그 자리에는 민영익 협판을 보내는 것이 좋을 것 같습니다."

"어찌하여 그 자리에 민영익 협판을 보내야 하지요?"

민씨 집안의 기둥인 민영익을 사절단 대표로 추천하는 것이 몹시도 기뻤던지 민비는 만면에 웃음을 머금으며 물었다.

"미국은 서양 여러 나라 가운데서도 가장 개화된 나라인 데다 우리 조선과 맨 처음 수호통상조약을 체결한 나라입니다. 그처럼 중요한 나라에 사절단을 파견하려면 조선을 대표할 젊은 인재를 보내야 하는데, 인품으로 보나 학식으로 보나 민영익 협판을 능가할 사람이 어디 있습니까. 마땅히 민영익 협판을 보내야지요."

김옥균은 의도적으로 민영익을 치켜세웠다.

"민영익 협판을 그리 칭찬해 주시니 고맙소이다. 내 상께 그리 품신해 보리다."

민비는 김옥균의 건의를 쾌히 받아들였다.

보빙사 전권대신으로 임명되자 민영익은 홍영식을 부대신으로 추천하여 미국에 같이 가기로 했다. 그만큼 두 사람은 가까운 사이였다. 그들은 시국을 보는 눈이 같은 개화파였고, 교섭통상사무아문 협판으로 같이 근무하고 있는 동료 관원이었다. 게다가 홍영식은 모나지 않은 성격이어서 자신보다 다섯 살 아래이나 먼저 승진한 민영익과 잘 어울렸다.

그처럼 앞으로 조선을 이끌어 나갈 두 청년 엘리트가 조선 사회를 둘로 가르고 있는 이념 문제로 한바탕 붙었으니, 그 여파가 한 가닥 소나기로 끝날 것인지, 아니면 전국을 강타할 태풍으로 변모할 것인지 자못 궁금하지 않을 수 없었다.

암흑의 세계에서 태어나
광명의 세계로 가다

세계 일주를 마친 민영익이 완전한 개화파가 되어 돌아올 것이라는 김옥균의 기대는 헛된 꿈에 불과했다. 1884년 6월 초에 귀국한 민영익은 미국으로 출국할 때와는 전혀 다른 인간이 되어 돌아왔다. 미국에서 돌아오자 미국공사 푸트를 만나 제일성으로 내뱉은 말이 재미있었다.

"나는 암흑의 세계에서 태어나 광명의 세계로 갔다 다시 암흑의 세계로 돌아왔다. 지금은 아직 내가 나아갈 길이 똑똑히 보이지 않는다. 머지않아 그 길이 보이길 바란다."

그렇게 외쳤던 민영익이 택한 길은 광명의 세계가 아닌 암흑의 세계였다.

미국 시찰을 마친 전권대신 민영익은 종사관 서광범, 수행원 변수와 함께 미국 해군이 내준 함정 트렌튼(Trenton)호를 타고 6개월 동안 세계 일주를 한 끝에 1884년 6월 2일 서울에 도착했다. 미국 해군은 대위 메이슨(Theodore B. Mason)과 소위 포크(George C. Foulk)를 접반사로 임명하여 그들과 동행하도록 했다. 그들은 뉴욕에서 출발하여 대서양을 건너 40여 일 만에 마르세유에 도착했다. 그곳에서 배에서 내려 파리와 런던으로 이동하며 관광한 뒤 다시 마르세유로 돌아왔다. 그들은 런던에 있는 대영제국박물관을 구경하는 동안 아편전쟁 당시 영국군이 북경에서 약탈해 간 문화재가 전시되어 있는 것을 보고 충격을 받기도 했다.

그들은 다시 트렌튼호를 타고 로마를 구경한 뒤 수에즈운하로 이동하여 이집트를 관광했다. 이어 예멘 수도 아덴과 인도 봄베이, 스리랑카, 싱가포르, 홍콩, 일본 나가사키 등지를 거쳐 인천으로 돌아왔다. 덕분에 같이 여행길에 오른 민영익, 서광범, 변수는 우리나라에서 최초로 세계를 일주한 조선인이 될 수 있었다.

여행 도중 전권대신 민영익의 사람 됨됨이를 알 수 있는, 흥미로운 일이 있었다. 1883년 12월 1일 뉴욕을 출발하여 대서양을 건너는 항해는 처음부터 순탄치 않았다. 뉴욕을 출항한 지 얼마 안 되어 트렌튼호는 심한 폭풍우를 만났다. 잔뜩 겁에 질린 민영익은 먹지도 자지도 않고 드러누우려 하지도 않으며 뱃멀미에 시달렸다. 동행한 서광범과 변수는 폭풍우 속에서도 침착함을 잃지 않는데, 사절단장인 민영익은 그처럼 나약한 모습을 보였다.

"다음 항구에 도착하거든 다른 배로 갈아타고 조선으로 돌아가게 해줘요. 제발 부탁해요."

사색이 된 민영익은 미 해군무관 포크를 붙잡고 사정했다.

"배를 타고 바다를 건너다 폭풍우를 만나는 것은 흔히 있는 일입니다. 그렇다 해서 이처럼 큰 군함이 침몰하진 않습니다. 더구나 이번 여행은 미국 대통령의 호의로 이루어진 것인데, 일국 대통령의 호의를 무시하고 중도에 항해를 포기하는 것은 친구가 준 담배를 받아 던져 버리는 것과 다를 바 없습니다. 일국의 사절단장이 그래서야 되겠습니까?"

미국 해군 소위 포크는 그렇게 말하며 불편한 속내를 드러냈다.

사절단 일행이 긴 여행을 하는 동안 낯선 서구 문물을 접하면서 보인 반응을 가장 객관적으로 관찰한 사람은 포크였다. 그는 뒷날 미국 국무성에 보낸 보고서에서 보수파와 혁신파의 갈등이 이미 여행 중에 싹트고 있다고 기술했다.

"6개월 동안 배를 타고 유럽 여러 나라를 순방하는 동안 민영익은 시종일관 한문 서적을 탐독하며 유럽의 선진 문물에 대해서는 무관심한 태도로 일관했다. 반면에 서광범과 변수는 서구 문물에 대해 비상한 관심을 보이며, 내가 백과사전의 내용을 일본어로 설명하면 그들은 열심히 노트에 적으며 개혁 의지를 불태우곤 했다.

조선에 도착하여 제물포에서 서울로 가는 도중 서광범이 말하기를, 조선 보빙사 종사관으로 민영익을 보좌하면서 장차 귀국하면 개화운동을 벌여 조국 개화를 이룩할 것으로 기대했는데 민영익은 오히려 수구 사대주의로 선회하고 있다고 지적하며, 서구적인 개화운동에 역행하고 있다고 털어놓았다. 그때 나는 이미 양자 간에 보수와 혁신의 갈등이 표면화되고 있음을 감지했다."

포크는 일본 말을 잘하는 편이어서 일본어에 능숙한 변수와 일본어로 대화할 수 있었다.

조선 정계의 실세인 민영익이 1년 만에 귀국하자 김옥균은 윤치호와 함께 제물포까지 마중 나갔다. 당시 20세에 불과한 윤치호는 주한미국 공사 푸트의 통역으로 활동하는 한편, 통리교섭통상사무아문 주사로 고종과 푸트, 개화파 간의 교량 역할도 겸하고 있었다. 개화파와 사대파 간의 충돌을 막아야 한다는 충정에서였을까, 그는 민영익을 만나자 개화파와 합심·협력해야 한다고 강조했다.

"만약 공에게 백성을 편안케 하고 나라를 이롭게 할 뜻이 있다면 모름지기 힘을 합쳐야 할 것이오. 저 작은 시냇물이 합쳐 바다를 이루고 모래알이 쌓여 산이 되듯 천하만사는 마음을 합치면 이루기 쉬우나 마음을 둘이나 셋으로 나누게 되면 불미스러운 일이 생길 것이오."

조선인으로는 처음으로 세계를 일주하며 구미 각국의 선진 문물을 두루 구경했다는 자부심에 가득 차 있는 민영익에게 그 같은 애송이의 말이 귀에 들어올 리 없었다. 개화파로 급선회할 것이냐 아니면 민씨 일가의 대변자로서 친청사대파의 입장을 고수할 것이냐는 뭇 사람의 궁금증에 대답하듯, 민영익은 고종에게 올린 건백서(建白書)를 통해 전혀 엉뚱한 방향을 제시했다.

"산업과 문물은 미국이 세계에서 제일이다. 미국은 무진장한 국토와 자원을 가지고 있다. 미국 백성은 평화를 사랑한다. 그러나 미국 군대는 장난감과 같아 유민(遊民)이나 다를 바 없다.

유럽에서는 러시아의 강대함에 놀랐다. 유럽 각국은 모두 러시아를 두려워한다. 조만간에 러시아가 아시아로 침략의 손을 뻗쳐 우리나라에도 그 영향이 미칠 것이다. 우리나라 입국(立國)의 근본 정책은 청국이나 일본만 상대할 것이 아니라 러시아의 보호를 받도록 함이 상책이다."

건의서의 요지는 미국은 세계에서 가장 부유한 나라이나 평화를 사랑하는 나라여서 군대는 보잘것없는 데 반해, 러시아는 가장 강대한 나라여서 우리나라도 조만간에 그 영향을 받게 될 것이므로 러시아와 손잡고 그 보호를 받아야 한다는 것이었다. 그처럼 미국의 군사력이 약함을 들어 미국을 과소평가하려 했고, 러시아의 군사력이 강함을 강조하여 새로운 국제 관계를 형성하고자 했다.

유럽을 유람하는 동안 러시아는 근처에도 가지 못했던 사람이 어디서 무슨 말을 들었는지 그처럼 엉뚱한 보고서를 올렸다. 어떻게 보면 황준헌의 『조선책략』을 그대로 베끼되 러시아의 남하정책에 대한 대책으로 중국, 일본, 미국 등과 손잡는 대신 러시아와 손잡고 그 나라의 보호국이 되고자 했던 것이다.

미국과 유럽 여러 나라의 선진 문물을 구경하는 동안 동료들은 어떻게 하면 약소국 조선을 부강한 나라로 만들 수 있을까 생각하며 노심초사하는 동안, 그는 어떻게 하면 힘센 나라에 빌붙어 보신할 수 있느냐며 잔머리를 굴렸던 것이다.

건백서의 내용이 알려지자 누구보다 분노한 사람은 김옥균이었다. 개화파 대열에 앞장서 주기를 바랐던 열망이 무너진 실망감에서였을까, 건백서를 읽자 그는 단박 날카롭게 비판했다.

"미국에 대한 것은 대부분 옳게 관찰했다. 그러나 노서아의 보호를 받아야 한다는 말은 어불성설이다. 제 나라의 독립과 자주책을 버리고 노서아의 강대함에 복종하려는 사대사상이야말로 조국의 혁신을 저해하는 요인이다."

한때 동지였던 두 사람의 의견이 갈린 것은 시국관의 차이라기보다 이념의 차이였다. 김옥균은 청나라의 세력을 꺾고 그에 추종하는 친청 사대파를 축출한 뒤 진정한 자주독립국가를 이룩함을 목표로 삼고 있었다. 실제로 그는 조선이 완전한 자주의 나라가 되려면 반드시 정치와 외교를 자수자강해야 한다고 굳게 믿고 있었다.

그러한 자주독립국은 단순히 조선에 강력한 영향력을 행사하고 있는 청나라로부터 벗어난다고 해서 완성되는 것이 아니었다. 그것은 어떤 강대국의 영향으로부터도 자유로운, 그야말로 온전한 독립을 이룩할 때 가능한 것이다. 그에 비해 민영익이 추구하는 것은 국익과는 거리가 먼, 개인 내지 집단의 이익이었다.

그처럼 이념과 사상이 달랐기에 김옥균은 러시아의 보호를 받는 것이 상책이라 한 민영익의 건의를 국적(國賊)의 소론이라 혹평했다. 고종에게도 그 같은 소신을 밝히며 건백서를 무시해야 한다고 주장했다.

조선은 어느덧
민씨 천하가 되다

김옥균의 혹평은 조선인으로서는 최초로 태평양과 대서양을 건너 세계를 일주하며 선진 문물을 두루 구경하고 돌아온 민영익의 득의양양한 얼굴에 찬물을 끼얹는 것이었다. 조선 천하를 자기 손안에 거머쥐고 있다고 생각할 만큼 자부심이 강한 민영익이 가만히 있을 리 없었다. 그는 민씨 중심의 친청사대파와 손잡고 김옥균을 비롯한 개화파에 박해를 가하기 시작했다.

당시의 조선 정치는 민비를 등에 업은 민씨 일파와 그들에게 빌붙어 사는 친청사대파가 장악하고 있었다. 민씨 중에서도 민태호, 민영목, 민영익, 민응식 등이 중심인물로 활동하고 있었는데, 그중에서도 우두머리는 민비의 조카인 민영익이었다. 민영익은 고모 민비와 고모부 고종으로부터 듬뿍 신임을 받고 있어 실세 중의 실세로 통했다.

민태호의 아들인 민영익은 어릴 때부터 영특하기로 소문났는데, 16세에 민비의 오빠 민승호의 양자가 되었다. 민승호도 민비의 친오빠가 아니었다. 민비는 형제자매가 모두 죽어 외톨이였기에 민승호를 양자로 들여왔다. 그 뒤 민승호가 폭발 사고로 죽자 민영익을 양자로 입양하면서 죽동궁의 주인이 되었던 것이다.

18세의 나이에 과거에 합격한 민영익은 벼슬길에 오르자 민비의 후광을 등에 업고 승진 가도를 달리기 시작했다. 19세의 어린 나이에 정3품인 이조참의에 올라 조정의 인사권을 거머쥔 후 이조참판과 외아문협판으로 승승장구했다. '죽동궁 영감'이라 불릴 만큼 위세가 당당해 그의 사랑방에는 벼슬자리를 노리는 자들이 부지기수로 드나들었다. 그중에서도 유명한 사람이 소위 '8학사'라 불렸던 젊은 인재들이었다. 김옥균, 어윤중, 홍영식에 들어 있었다.

보빙사 전권대신으로 미국에 다녀온 지 얼마 안 되어 친군영제(親軍營制)가 실시되었는데, 그때 민영익이 우영사로 임명되었다. 정계의 실세인 데다 군사권까지 거머쥐자 민영익은 세인의 눈에 왕에 버금가는 인물로 비쳐졌다.

미국을 시찰하고 돌아온 홍영식은 고종을 설득하여 우정총국을 개설하고 개화 세상을 만들기 위해 나름대로 노력했으나, 당시의 조선은 나라꼴이 말이 아니었다. 그로부터 10여 년 전, 흥선대원군의 쇄국정치가 끝나고 중전 민비가 나라 정치에 관여하면서 조선은 기울기 시작했기 때문이다.

중전 민비가 이끄는 민씨 일당이 지배하면서 조선은 또다시 썩은 나라로 되돌아갔다. 농사 외에는 이렇다 할 산업이 없던 시절인지라 집권층이나 벼슬아치들이 돈을 버는 방법은 벼슬을 팔거나 백성을 수탈하는 수밖에 없었다. 나라의 요직을 독점하고 있는 민씨 일당과 그 추종자들이 매일같이 하는 일은 벼슬을 팔아 돈을 긁어모으는 것이었다.

그중에서도 우두머리인 민비는 인사 책임자인 이조판서에게 전국 수령의 자릿값을 매기게 하여 발령을 낼 때마다 돈을 챙겼다. 애초보다 자릿값을 두 배로 올렸음에도 벼슬을 사려는 자들이 줄을 이었다. 거금을 바쳐 벼슬을 산 지방관은 본전을 뽑기 위해 갖은 방법으로 백성을 수탈했다. 그처럼 조정은 물론 지방의 수령방백까지 모두 민씨 일당이 차지하다 보니 조선은 어느덧 민씨 천하가 되었다.

매관매직은 이미 오래전부터 횡행하고 있었다. 돈으로 벼슬을 사고 벼슬을 산 자는 그것을 이용하여 악착같이 돈을 긁어모았다. 과거는 실시되고 있었으나 그저 형식에 불과했다. 과거 역시 돈으로 샀다. 매관매직을 처단해야 할 임금이 그 일에 앞장섰다. 벼슬을 산 자가 어음을 가져오면 고종은 "이 어음이 배동익에게서 나왔는가?" 하고 물었다. 배동익은 당시 서울의 거상이었으니 믿을 만한 어음이냐고 묻는 것이었다. 그처럼 왕의 체면도 잊은 채 벼슬 팔기에 재미를 붙이고 있었다. 정상적인 사람이라면 차마 눈뜨고 볼 수 없는 꼴불견이 전국적으로 횡행하고 있었다.

세월이 흐르면서 종양이 곪을 대로 곪아 터지기만을 기다리는 형국이 되었다. 임금이나 신하 어느 누구의 책임이라 할 수도 없었다. 임금은 임금대로 신하는 신하대로 썩을 대로 썩어 무감각 상태에 빠져 있었다. 높은 자리에 있든 낮은 자리에 있든 자신의 이해관계만을 따질 뿐 나라의 흥망이나 안위 따위에는 관심이 없었다. 정상인의 감각이 마비된 상태, 그것이 바로 당시의 조선 사회였다.

민비는 그렇게 긁어모은 돈을 연회와 푸닥거리로 탕진했다. 영악하기로 소문난 여자였으나 민비에게는 남모르는 아픔이 있었다. 뒤늦게 낳은 아들, 다시 말해 뒷날의 순종이 몸이 부실하여 시름시름 앓았던 것이다. 미신에 빠져 있던 민비는 무당을 불러 푸닥거리를 하고 중을 불러 염불하는 것을 일과로 삼았다. 그러다 보니 궁중은 어느덧 무당이나 판수, 중들의 놀이터가 되었다.

그뿐만 아니라 전국의 유명한 산과 절에 기도처를 만들어 놓고 막대한 재물을 뿌렸다. 임오군란이 일어나자 하마터면 성난 군중에게 맞아 죽을 뻔했던 민비는 간신히 여주를 거쳐 충주로 피난했다. 그곳에서 만난 무당에게 대궐로 돌아갈 날을 점치게 했는데 신기하게도 적중했다. 미신을 좋아했던 민비는 그 무당을 데리고 환궁했다. 궁중에 거처를 마련해 주고 그녀의 말이라면 뭐든 들어 주었다.

무당이 삼국지 속의 명장 관우의 영을 받은 딸이니 마땅히 사당을 지어야 한다고 하자, 관우를 모시는 사당을 짓고 그녀에게 '진령군(眞靈君)'이라는 작호를 내렸다. 그리고 그 사당에 거주케 했다. 왕자에게나 주는 군(君)의 칭호를 일개 무당에게 붙여 주었으니, 정상인의 처지를 벗어난 처사라 아니 할 수 없었다. 사당이 자리 잡은 위치가 동소문 안쪽으로 서울의 북쪽이었기에 '북관왕묘(北關王廟)' 또는 '북묘(北廟)'라 불렸다.

관우의 딸로 둔갑한 무당 진령군은 관우를 본뜬 웅장한 차림을 하고 위세를 뽐냈다. 그녀는 수시로 고종과 민비를 찾아가 감언이설로 신의 계시를 전하며 엉뚱한 사람을 벼슬자리에 추천했다. 그러자 벼슬을 노린 자들이 돈을 싸들고 북묘를 찾아다니며 문전성시를 이뤘다. 고종과 민비는 그녀가 추천한 자들을 좋은 자리에 앉혔다. 그녀는 금강산 정기를 한양으로 끌어와야 나라가 태평해진다는 말로 금강산 1만 2천 봉 봉

우리마다 무당을 보내 쌀과 돈을 쌓아 놓고 빌게 했다. 그런 일이 반복되자 국고는 고갈되고 나라의 체면은 땅에 떨어졌다.

그처럼 나라꼴이 우습게 돌아가고 있음에도 고종과 민비는 놀이를 좋아하여 밤마다 잔치를 베풀고 연회를 즐겼다. 배우나 판소리꾼, 기생들이 연극을 하고 노래를 부르고 춤을 추면 손뼉을 치며 좋아했다. 대궐 뜰에는 밤새도록 등불이 켜져 있어 대낮같이 밝았다. 고종과 민비가 올빼미족이 될 수밖에 없는 이유였다. 그러다 보니 조정 관원들은 임금이 잠들어 있는 오전 시간을 무료하게 보낼 수밖에 없었다. 나라의 정사가 제대로 돌아갈 수 없는 또 하나의 이유였다.

매일같이 되풀이되는 유흥과 놀이는 필연적으로 국고 고갈을 가져왔다. 왕궁에서 밤마다 잔치를 벌이고 놀이를 즐기는 동안 국고는 소리 없이 축났다. 흥선대원군이 10년 집권하면서 어렵게 쌓아 놓은 국고가 1년이 채 안 돼 바닥났다. 그 후유증은 임오군란이라는 군사변란으로 나타났다.

임오군란은 나라를 지켜야 할 군사들이 상부의 부당한 처사에 대항하여 일으킨 변란이었다. 직접적인 원인은 급료를 받지 못한 데 대한 불만이었다. 개화정치의 일환으로 신식 군대를 양성하자, 차별 대우를 받게 된 구식 군대가 밀린 급료를 지급받지 못한 데 대한 불만으로 반란을 일으켰던 것이다.

1882년 여름, 전라도에서 보낸 세곡선이 쌀을 싣고 올라왔다. 선혜청은 무위영 소속의 병사들에게 밀린 급료 중 1개월분의 쌀을 우선 지급하기로 했다. 지급받은 쌀에 겨와 모래가 섞여 있는 데다 그 양도 절반밖에 되지 않자 병사들이 분노했다. 이에 선혜청 관리들이 그들의 항의를 강압적으로 진압하려 하자, 화가 치민 병사들이 소요를 일으켰다. 흥분한 병사들이 양곡을 나누어 준 창고지기를 타살한 뒤, 선혜청 당상 민겸호의 집으로 난입하여 가재도구를 때려 부쉈다. 이어 민가 도적놈들을 모조리 잡아 죽여야 한다며 창덕궁으로 난입했다. 민비는 궁녀복으로 갈아입고 대궐 뒷문으로 빠져나가 충주로 피신했다. 그 과정에 흥선대원군이 개입하여 잠시 정권을 잡기도 했다.

그처럼 군사들이 변란을 일으켰으나 정부는 그것을 평정할 힘이 없었다. 우유부단한 성격의 소유자인 고종은 아버지 흥선대원군에게 정사를 맡기고 몸을 사렸다. 민비의 행방이 묘연하자, 흥선대원군은 민비의 죽음을 공표하고 장례 절차를 밟았다.

충주로 피신한 민비는 흥선대원군에게 정권을 빼앗기지 않기 위해 바삐 움직였다. 그녀는 민태호 등 민씨 일파를 사주해 흥선대원군이 난을 일으켰다고 청나라에 거짓으로 알리고 구원병의 파견을 요청했다. 청의 북양대신 서리 장수성(張樹聲)이 마건충(馬建忠), 정여창(丁汝昌), 오장경(吳長慶) 등에게 군사 3천 명을 주어 조선으로 보냈다. 비슷한 시기에 일본도 자국민을 보호한다는 이유로 2개 중대의 병력을 보냈다.

남양만을 거쳐 서울에 들어온 청군 장수들이 흥선대원군을 납치하여 천진으로 끌고 가자, 흥선대원군의 통치는 맥없이 끝나고 다시 민씨 일당이 집권하게 되었다. 군란이 수습되자 고종은 그동안의 실정을 반성하고 개혁을 다짐하는 글을 전국에 반포했다. 그리고 기무처를 신설하는 등 기구의 개편을 서둘렀다. 개화파의 의견을 들으며 개화정치를 펼치려 노력하기도 했다. 그 과정에 친청사대파와 개화파 간의 마찰이 불가피하여 양자 간에 일촉즉발의 위기가 조성되었다.

임오군란을 수습하는 과정에 청과 일본 군대를 한반도로 불러들임으로써 조선이 외세의 직접적인 영향을 받게 되었다. 특히 조선을 속국으로 간주한 청나라는 군란이 끝난 뒤에도 계속 군대를 주둔시키고 조선의 내정과 외교에 간섭하며 이른바 종주권을 강화했기 때문에 조선은 뜻하지 않은 시련을 겪게 되었다.

이래저래 피해를 본 것은 힘없고 가난한 백성들이었다. 가난에 찌든 백성은 굶어죽기 일쑤였고, 굶주림을 견디다 못한 일부 백성은 도적질을 했다. 그럼에도 벼슬아치들은 파쟁을 일삼으며 사리사욕을 채우기에 급급했다.

윤치호는 그의 일기에 당시의 상황을 이렇게 묘사했다.

"근일에 외지에는 명화적(明火賊)들이 들끓고 성내에는 불한당들이 설치고 있다. 벼슬아치는 탐욕만 일삼고 백성들은 굶주리고 전폐(錢幣)가 고르지 못하여 물가는 뛰어오르고 있는데, 정부는 백성들을 안정시키려는 조치는 취하지 않고 한갓 뇌물만 탐낸다. 인민들은 입에 풀칠할 곡식이 없는데도 부역에 시달리고 있으며, 조정에 소인이 가득하여 사욕만 추구하고 있다. 척신과 환관들이 권세를 부려 관직을 파는 길이 열려 있고 상하가 이익만 취하여 관민이 모두 피폐해졌다. 우리 인민들의 도탄이 지금처럼 성한 때가 없었다."

김옥균이
벼슬을 버리고 은거하다

게다가 당오전 발행이 실패로 끝나면서 나라 경제가 더욱 피폐해졌다. 민생은 날로 고달파지고 국세는 날로 쪼그라들어 나라 살림을 지탱해 나가기 어려웠다. 그러자 집권 세력인 민씨 일당이 모여 그 폐해를 구제할 방안을 논의한 끝에 묄렌도르프에게 방책을 묻기로 했다. 그때 묄렌도르프가 내놓은 처방이 한마디로 걸작이었다.

"지금 조선의 폐해를 제거하려면, 그것은 당오전에 있지 않고 무엇보다 먼저 김옥균을 제거해야 합니다. 온갖 말로 군왕을 속이고 여러분을 해치려 한 자는 김옥균 한 사람입니다. 그런데 여러분은 무슨 까닭으로 폐해의 근본을 다스리려 하지 않고 그 말단을 다스리려 합니까? 더구나 여러분은 동문동종(同門同種)으로서 때때로 서로 정의가 틀어지니 이것은 나라의 복이 될 수 없습니다. 여러분이 서로 힘을 합쳐 먼저 나라의 가장 큰 폐해가 되는 자를 제거하는 것이 좋은 계책 아니겠습니까?"

김옥균을 제거할 절호의 기회를 만났다는 듯, 묄렌도르프는 서슴지 않고 김옥균을 씹으며 민씨 일가의 단결을 강조했다.

그때부터 친청사대파는 민영익을 중심으로 굳게 뭉쳐 김옥균과 개화파를 모함하기 시작했다. 그들은 온갖 수단을 동원하여 김옥균을 비방하는 한편, 고종에게 김옥균은 조선의 암이라며 하루빨리 제거해야 한다고 모함했다. 사태가 그 지경에 이르자, 개화파와 친청사대파는 개와 원숭이처럼 서로 으르렁거리는 원수가 되었다.

그럼에도 불구하고 김옥균에 대한 고종의 신임에는 변함이 없었다. 고종이 어느 날 김옥균을 불러 조용히 타일렀다.

"제민이 경을 해치려 하니 부디 호신에 유념하라."

'제민(諸閔)'이란 민씨 일파를 가리키는 말이었다.

고종의 말을 듣고 나자, 김옥균은 관원 자리에서 물러나 때를 엿보기로 했다. 그는 고종을 찾아가 은퇴하겠다는 뜻을 밝혔다.

"지금 국내 정세를 살펴보건대, 정령(政令)이 한 가지도 제대로 이루어지는 것이 없고 분당이 심해지고 있습니다. 신은 잠시 벼슬자리에서 물러나 화를 면하고 후일을 도모하고자 합니다."

그 말을 듣자 고종은 말없이 고개를 끄덕이며 가만히 한숨을 내쉬었다.

김옥균은 그길로 벼슬을 내놓고 동대문 밖에 있는 별장에서 지냈다.

김옥균은 그처럼 친청사대파에게 원수나 다름없는 존재였으나 최고 통치자인 고종에게는 반드시 필요한 사람이었다. 벼슬을 버리고 동대문 밖 별장에 은거하는 동안에도 그는 고종의 부름을 받아 몇 차례 창덕궁을 드나들어야만 했다. 일본과 중요한 문제가 생길 때마다 고종은 그를 불러 자문을 구하곤 했다.

그 무렵 일본공사관에서 김옥균과 개화파에 대한 자세를 달리하기 시작했다. 당시 일본공사 다케조에는 본국에 가 있고 서기관 시마무라 히사시(島村久)가 공사 업무를 대행하고 있었다. 시마무라는 김옥균에게 자주 접근하며 개화파에게 친근감을 표시하곤 했다. 다케조에의 배신으로 대사를 그르친바 있어 김옥균으로서는 의심스러운 눈초리로 바라볼 수밖에 없었으나, 그 사실을 잘 알고 있는 시마무라가 자못 뉘우치는 기색을 보였으므로 그의 접근을 경계할 필요는 없다고 판단했다.

한편 세계 일주를 마치고 돌아온 민영익은 원세개 등 청군 장수들과 가깝게 지내며 일본인에 대한 적대감을 숨기려 하지 않았다. 그가 일본인을 미워하는 데는 그럴 만한 이유가 있었다. 보빙사 전권대신으로 미국을 방문하기 위해 일본을 경유했을 때 그는 미국인 조던(Jordan)을 통역으로 쓰기로 했는데, 조선 정부가 미국과 가까워지는 것을 경계한 일본 정부가 방해한 바람에 무산된 일이 있었다.

그때 배신감을 느낀 민영익은 일본인을 멀리하는 한편 청군 장수 원세개(袁世凱)와 의형제를 맺고 만날 붙어 다녔다. 그는 날마다 청군 장수들을 초청하여 회식을 하며 위세를 뽐내곤 했다. 또한 우영사 윤태준과도 의형제를 맺으며 아부를 일삼는 무리들과 작당하여 개화파를 괴롭혔다.

민영익과 일본인과의 관계가 서먹서먹해지자, 하루는 김옥균이 친청사대파와 일본인들을 초청하여 일본식 연회를 베풀었다. 민영익, 민영목, 김윤식, 윤태준, 이조연, 조영하 등 친청사대파로 지목되는 인사들을 모조리 초청하고 대리공사 시마무라와 서울에 주둔하고 있는 중대장을 비롯한 일본인 10여 명도 같이 초청했다. 친청사대파의 입장에서는 결코 달가울 수 없는 자리였으나, 은퇴한 사람의 청을 거절할 수 없었던지 모두 참석했다.

술이 거나해지자 친청사대파와 일본인 사이에 입씨름이 벌어졌다. 당시로서는 가장 민감한 국제 문제였던 청불전쟁을 화제로 이야기를 나누다 보니 의견 충돌이 생겼던 것이다.

"동양 3국 중 청국은 대국이요 조선과 일본은 소국이니, 청국이 승전해야 하오. 그래야만 조선과 일본도 서양인들에게 압제를 당하지 않을 것이오."

민영익이 점잖게 입을 열며 청나라를 두둔했다.

그러자 일본인 낭인 오카모토(岡本)가 눈알을 부라리며 시비를 걸었다.

"일본이 소국이라니 그게 무슨 말이오? 지도로 보더라도 일본은 결코 작은 나라가 아니오."

"일본은 중국에 비해 병력이 부족하고 재정이 부족하고 인민 수가 적으니 그렇게 말한 것이오. 다른 뜻으로 말한 게 아니오."

분위기가 심각해지자 김윤식이 나서서 변명했다.

"뭐라고요? 지금 병력이 부족하다 뭐가 부족하다 하는데, 우리 일본 군대는 훈련이 잘돼 있고 규율이 있소. 일기당천하는 용맹이 있소."

오카모토는 여전히 화난 표정으로 말했다.

"중과부적(衆寡不敵)이란 말이 있지 않소. 아무리 일본 군대가 강병이라 해도 상대편이 다수라면 당할 수가 없는 법이오."

민영익이 또다시 점잖게 응수했다.

"재작년 군변(軍變) 때도 일본 군대는 와 있지 않았지만 30여 명의 공사관원이 국기와 공사를 호위하고 정정당당하게 인천을 거쳐 본국으로 돌아갔소. 청국인은 도저히 이렇게 못하오. 그런 까닭에 조선국왕이 일본에 사죄하고 배상금 40만 원을 지불했으며 제물포조약을 체결했던 것 아니요.

임오군란은 무지한 폭도들을 선동하여 야기시킨 것으로 결코 조선 백성들의 뜻이 아니었소. 그 사건을 기화로 청국은 대원군을 납치하여 보정부(保定府)에 감금하고, 목인덕이라는 자를 내보내 조선의 내정과 외교를 간섭하고 있는데, 대감들은 지금 그것을 감수하고 있는 것 아니요."

"우리는 지금 청국의 은혜로 평화를 누리고 있소. 우리가 오늘날 평화를 누리고 있는 것은 오로지 청국의 보호가 있기 때문이오."

이번에는 민영목이 강변했다.

"무엇이 평화란 말이요? 차라리 민씨 일당의 세도라 하시오. 민씨 일당의 전횡이라 왜 말 못하시오?"

오카모토가 사정없이 들이댔다.

"우리는 청국의 보호에 대해서는 고맙게 생각하나 일본에 대해서는 조금도 고마울 것이 없소."

민영익이 차가운 표정으로 말했다.

"정말 없소?"

오카모토가 흥분한 표정으로 물었다.

"조금도 없소."

민영익은 여전히 차갑게 응수했다.

그러자 오카모토를 비롯한 일본인 낭인들이 주먹으로 밥상을 치고 일어서며 민영익에게 대들려 했다. 자칫 친청사대파 인사들을 붙잡고 육박전이라도 벌일 태세였다.

김옥균이 자리에서 벌떡 일어나 일본인 낭인들을 꾸짖었다.

"이게 무슨 짓이오? 점잖은 자리에서 이러지들 마시오. 서로 친목을 도모하기 위한 자리에서 이래서야 되겠소?"

김옥균은 일본인들을 진정시키고 나서 민영익 등 친청사대파를 먼저 돌려보냈다. 그리고 일본인들과 취하도록 술을 마셨다.

그날 이후 김옥균과 일본공사관과의 관계에 변화가 일기 시작했다. 서로 만나 대화를 나누다 보니 그동안 쌓였던 오해가 풀렸던 것이다.

어느 날 김옥균이 일본공사관을 찾아가 대리공사 시마무라를 만났다.

"지금 우리 조선은 혼자의 힘으로는 잠시도 지탱할 수 없을 만큼 누란의 위기에 처해 있소. 그래서 나라를 살리자는 충정에서 귀국으로부터 차관을 얻고자 국채위임장까지 준비해 가지고 갔던 것인데, 귀국 정부가 어린애 장난처럼 약속을 어기니 도대체 우리 조선은 어느 나라를 믿어야 한단 말이오?"

김옥균은 그렇게 마음속에 쌓여 있는 앙금을 털어놓았다.

"지난해의 일이 여의치 못한 것은 다케조에 공사와 통정을 다하지 못한 때문이며, 우리 정부에서 각하를 소홀히 대접한 것도 다케조에 공사의 그릇된 보고가 있었기 때문입니다. 다케조에 공사가 의아스럽게 생각한 것도 당시의 사세가 그러했기 때문이며, 우리 정부의 조선에 대한 정책에 어찌 조금이라도 변함이 있겠습니까. 더구나 지금 동양의 정세는 청·불 관계가 몹시 악화되어 누란의 위기에 처해 있다 하겠습니다. 따라서 귀공들이 나라를 위하여 개혁을 추진한다면 우리 정부로서도 불가하게 생각하진 않을 것입니다."

시마무라는 그처럼 개화파의 개혁정책에 협조할 뜻임을 내비쳤다. 그것이 시마무라 개인의 생각인지 일본 정부로부터 어떤 지시를 받고 하는 말인지 판별할 수 없으나, 아무튼 희망을 주는 말임에 틀림없었다.

그 뒤에 나눈 시마무라와의 대화에서도 김옥균은 진심을 느낄 수 있었다. 하루는 일본공사 다케조에가 다시 서울에 와서 집무할 것이라는 소문이 들려왔다. 개화파의 우두머리 김옥균에게 그보다 더 불길한 소식이 있을 수 없었다. 지금 친청사대파는 청의 세력을 등에 업고 개화파를 말살하려 하는데, 그 속셈을 짐작할 수 없는 다케조에가 서울로 돌아와 또다시 묄렌도르프와 부화뇌동한다면 그 폐해가 어느 정도에 이를지 예측할 수 없었다.

김옥균은 시마무라에게 달려가 불안감을 표출했다.

"다케조에 공사가 다시 서울에 온다는데, 그가 또다시 목인덕과 부합하여 우리 일을 훼방한다면 그 폐해는 짐작하기 어려울 것 같소."

"그렇지 않을 겁니다. 다케조에 공사가 지난날 여러분을 의심하고 꺼린 것은 사사로운 일이요, 오늘날 공들이 꾀하는 것은 국사입니다. 어찌 사사로운 일 때문에 국사를 소홀히 하겠습니까. 결코 근심할 일이 아닙니다."

시마무라는 진지한 표정으로 말했다.

그 말을 듣자 김옥균은 일본의 조선에 대한 정책에 상당한 변화가 있었음을 확신할 수 있었다.

짱꼴라에 대한
조선인의 반감이 폭발 직전이다

김옥균이 동대문에서 10여 리 떨어져 있는 별장에 은거하자 박영효, 서광범, 서재필 등 개화파 동지들이 매일같이 찾아왔다. 주로 밤에 찾아와 시국을 논하고 대책을 협의하며 때가 오기를 기다렸다. 그때 반가운 소식이 날아왔다.

그해 6월 오늘날의 베트남에 해당하는 안남(安南)의 영유권을 놓고 청나라와 프랑스가 전쟁을 일으켰는데, 청군이 패배했다는 소식이 들려왔다. 2만 명이나 되는 청군이 3천 명에 불과한 프랑스군에 패했으니, 대국이라 자부하던 중국의 체면이 완전히 땅에 떨어졌던 것이다.

개화파에게 그보다 더 반가운 소식이 있을 수 없었다. 당시 개화파가 품고 있는 복안은 조선에 주둔하고 있는 청군을 몰아내고 친청사대파를 타도하여 정권을 장악한다는 것이었다. 그 같은 기본 구상하에 학도들을 일본에 유학 보내 신식 군대를 양성하는 한편, 힘깨나 쓰는 장사들을 끌어모으고 있었다. 핵심 과제인, 청군을 축출하는 문제는 고종의 신임이 두터운 홍영식에게 맡기기로 했다. 그런데 뜻밖에도 청불전쟁이 일어나 청이 패했으니 한반도에 주둔하고 있는 청군이 물러나게 될 것은 불을 보듯 뻔한 일이었다.

과연 조선에 주둔하고 있는 청군이 물러날 것인가? 완전히 코너에 몰려 쥐구멍에 햇볕 들 날만 기다리고 있는 개화파에게 정녕 기회는 다가오고 있는 것일까?

개화파의 예상은 절반은 맞고 절반은 틀렸다. 청군이 조선에서 철수하긴 했으나 3천 명 중 절반인 1,500명만이 철수하고 나머지 1,500명은 그대로 남아 있었다.

그 무렵 청나라 병사들에 대한 조선 백성들의 반감이 폭발 직전이었다. 임오군란이 발발하자 청과 일본은 반란을 진압한다는 명목으로 거의 동시에 군대를 파견했다. 1882년 7월 오장경(吳長慶)이 이끄는 청군이 서울로 들어와 훈련도감 자리인 동별영에 주둔하고 원세개(袁世凱)가 이끄는 청군은 창덕궁을 호위했다. 그러자 일본은 일본공사관을 보호한다는 구실로 300여 명의 군대를 보내 서울에 주둔시켰다. 남의 나라 땅에 주둔한 두 나라 군사들은 당연하다는 듯 구호를 외치고 거리를 활보하며 위세를 과시했다.

한편 청군 장수 오장경은 대원군을 납치하여 중국으로 끌고 갔다. 또한 청의 실권자 이홍장은 묄렌도르프를 파견하여 그때까지 조선에서 제대로 취급한 적이 없는 외교 및 세관 업무를 청의 입맛에 맞게 처리하도록 했다. 그때부터 청은 조선을 속국으로 간주하며 종주권을 행사하기 시작했다.

청나라 병사들에 대한 조선인의 감정이 나빠진 것은 그들의 행패가 자심하기 때문이었다. 조선에 주둔하고 있는 청병들은 어쭙잖은 대국인 행세를 하며 안하무인으로 행동했다. 그들이 조선 백성에게 부린 행패는 셀 수도 없이 많았다.

1884년 1월, 청병들이 광통교에 있는 한약방에 들어가 인삼을 사겠다며 흥정하는 척했다. 주인이 그동안 밀린 외상값부터 갚으라고 하자, 그들은 주인에게 총을 쏘아 중상을 입히고 아들마저 사살했다. 한성순보가 '화병(華兵) 범죄'라는 제목으로 사건을 보도하면서 그 사실이 세상에 알려졌다. 청군은 사과하기는커녕 한성순보에 병사를 보내 항의했고, 청국 정부는 북양대신 이홍장의 이름으로 엄중한 항의서를 보내왔다. 엉뚱하게도 한성순보의 발간 업무를 맡고 있던 일본인 이노우에 가쿠고로(井上角五郎)가 일체의 책임을 지고 사직했다.

그처럼 조선 상인이 청병에게 물건을 팔고 값을 받지 못한 일이 비일비재했고, 길에서 무단히 구타당한 백성도 수두룩했으나 하소연할 데가 없었다. 청병에게 수모를 당한 여인들은 오히려 그 사실을 숨기기에 바빴다. 종주국 군대인 청병에게 속국 백성인 조선인은 그처럼 장난감 취급을 당해야만 했다.

청병들의 행패가 극치를 이룬 것은 이범진의 집을 강탈한 사건이었다. 그해 6월, 청나라 상무총판 진수당(陳樹棠)이 정6품인 정언(正言) 이범진의 집을 강제로 사려다 시비가 벌어졌다. 진수당은 이범진을 흠씬 두들겨 패 초죽음을 만들었다. 이범진은 대원군 시절 포도대장을 지낸 이경하의 아들로 장래가 촉망되는 젊은 벼슬아치였다. 그처럼 조선 관원의 집까지 마음대로 빼앗을 정도였으니 청병의 기세가 얼마나 등등했는지 짐작할 수 있었다. 그렇게 빼앗긴 이범진의 집은 나중에 청나라 영사관 건물이 되었다.

그 소문이 삽시간에 장안에 쫙 퍼졌다. 그처럼 명망 있는 벼슬아치가 속절없이 얻어맞으며 집을 빼앗겼음에도 조선 정부는 청군에 항의 한 마디 하지 못했다. 화가 치민 윤치호가 친청사대파의 영수격인 민영익을 찾아가 항의했으나, 민영익은 자신이 관여할 일이 아니라며 발뺌을 했다.

그 같은 사실이 신문에 보도되자, 청군에 대한 비난 여론이 들끓었다. 한 노인이 광통교에서 대중을 모아 놓고 나라의 자주를 외치는 연설을 하자 백성들이 환호하며 박수갈채를 보냈다. 그처럼 반청 감정이 표면화되자 청군 장수들이 조선 정부에 강력하게 항의했다. 조선 정부는 문제를 일으킨 장본인을 처벌하는 대신 한성순보에 보도 자제를 요청함으로써 사건을 종결지으려 했다.

묄렌도르프가 쓴 『조선약기(朝鮮略記)』에 "조선 왕은 청 황제의 유명무실한 노복이다."라는 구절이 들어 있어 논란을 일으켰다. 그 대목을 읽고 화가 치민 윤치호가 고종에게 그 사실을 아뢰었다.

"전하, 아뢰옵기 황송하오나, 목 참판이 간행한 『조선약기』에 '조선 왕은 청 황제의 유명무실한 노복이다'라는 구절이 들어 있어 민망하기 그지없었나이다."

"정녕 그런 구절이 들어 있단 말이냐?"

고종은 눈살을 찌푸리며 불쾌감을 드러냈다.

그러자 고종 옆에 앉아 있던 민비가 곱지 않은 시선으로 윤치호를 보며 물었다.

"그 아래 구절에는 무슨 말이 들어 있더냐?"

"네. 그 아래 구절에는 '그러나 중국인은 내정에는 간섭하지 않는다'

라고 되어 있었습니다."

"그래? 그렇다면 위 구절은 아래 구절을 이끌어 내려고 한 말이다."

민비는 곱지 않은 시선으로 윤치호를 보며 간단히 결론을 내렸다.

그 말을 듣자 고종은 한마디 대꾸도 하지 못하고 입을 다물었다.

절대 권력을 쥐고 있는 군주 고종의 나약한 모습을 보며 윤치호는 가만히 한숨을 내쉬었다. 그의 눈에 비친, 민비 앞의 고종은 엄처에게 주눅 든 불쌍한 남자에 불과했다. 나라의 장래가 심히 걱정되지 않을 수 없는 장면이었다.

그처럼 청병에 대한 국민감정이 악화되고 있을 때 청불전쟁이 일어났고, 그 전쟁에서 청군이 패배했다는 소식이 들려왔다. 개화파로서는 민씨 중심의 친청사대파를 타도하고 청나라로부터 독립을 쟁취할 수 있는 절호의 기회가 아닐 수 없었다. 이제 개화파는 그처럼 무기력한 청나라를 부모처럼 섬기고 있는 조정과 민씨 일당을 향해 대오각성 하라고 소리 높이 외칠 수 있었다.

"구미 각국에서는 청국인을 마치 종복처럼 취급하고 있다. 심지어 마음이 너그럽고 착한 미국인도 이제는 청국인을 축출하고 있다. 그럼에도 불구하고 수구사대파들은 빈껍데기에 불과한 청국을 상전처럼 모시고 있다. 조선이 독립할 때는 바로 지금이 아닌가 생각한다."

개화파의 우두머리 김옥균은 동지들을 모아 놓고 목소리를 높이며 기세를 드높였다.

우정총국을 설치하고
우편사업을 개시하다

　　　　　　　　　　　1884년 4월, 고종이 우정총국을 개
설하라는 전교를 내리고 홍영식을 우정총판에 임명하면서 우정총국의
개설 작업은 큰 차질 없이 진행되었다. 신식 우편의 개설은 우리나라에
서 처음 실시하는 제도로 무에서 유를 창조하는 것이어서 준비 작업이
더딜 수밖에 없었으나, 오비 스케아키(小尾輔明)와 미야자키 겐세이(宮崎言
成) 등 일본인 전문가를 고용하여 준비 작업을 서두른 결과, 비교적 순
조롭게 진행되었다.

　우정총판 홍영식이 우편사업을 개시하기에 앞서 준비해야 할 사항은
한두 가지가 아니었다. 그중에서도 서둘러야 할 것은 관계 법령의 제
정, 우정총국 청사의 건립, 전문요원의 선정 및 양성이었다. 두 지역
간에 우편물을 교환하기 전에 우편 선로를 개설하는 것도 중요한 일이
었다. 못지않게 중요한 것이 우표의 발행이었다.

　그중에서 우편 관계 법령의 제정은 일본인 전문가를 고용한 덕분에
비교적 쉽게 진행되었다. 일본인 중에서도 오비는 일본 우편사업의 창

업에 관여한 경험이 있어 일본 우편법령을 참고하여 제정 작업을 이끌어 나갔다. 그리하여 우정총국직제장정, 우정국사무장정, 우정규칙, 경성내우정왕복개설규법 및 경성·인천간왕복우정규법 등의 법령을 입안했다. 우정총판 홍영식은 그해 10월 이들 법령을 고종에게 보고하여 재가를 얻었는데, 이로써 우리나라 최초의 우편 관계 법령이 제정되었던 것이다.

외국인 전문가의 채용에 비해 내국인 직원의 선발은 뒤늦게 이루어졌다. 홍영식은 그해 10월 고종에게 주청하여 이상만, 김낙집, 안종수, 박영호, 심상기, 서재창, 홍병후, 서광용, 이상재, 신낙균, 남궁억, 조창교, 안욱상, 조한상 등 14명을 우정총국 사사(司事)로 임명했다. 10일 뒤에는 성익영을 추가로 임명했다.

사사로 임명된 자들은 대부분 외국 물을 먹은 경력이 있는 인재들이었다. 이상재와 안종수는 신사유람단에서 수행원으로 활동했고, 안욱상은 영선사 김윤식을 따라 중국 천진에 유학하여 제도학을 공부했다. 조창교는 일본 유학 중에 우편업무를 습득했다. 신낙균, 남궁억, 성익영은 동문학에서 영어를 배웠는데, 그중에서 남궁억은 묄렌도르프 밑에서 조수로 일하기도 했다. 신낙균은 영어를 잘해 우정총국 개국 축하연에 통역으로 참석했다. 김낙집은 수학자였고 서재필의 아우인 서재창은 일본 하사관학교 출신이었다.

그처럼 우정총국 사사들은 개화에 눈뜬 젊은 엘리트들로 구성되어 있었다. 그래서인지 그들을 바라보는 일반인의 시선이 곱지만은 않았다. 온건개화파로서 급진개화파와 일정한 거리를 두고 있던 김윤식은 그들을 매우 비판적인 시각으로 평가했다.

"홍영식은 우편국을 설치할 것을 처음으로 제기하여 스스로 총판이 되었다. 부박하고 젊은 사람들을 요속(僚屬)으로 삼았으니, 일세의 영준이라 자칭하는 자들이 모두 거기에 모였다."

과연 그들은 나라를 이끌어 갈 영재였을까, 시세를 좇는 부박한 무리에 불과했을까?

사사로 임명된 자들이 어떤 자리에서 어떤 일을 했는지, 구체적인 기록은 남아 있지 않다. 우정국사무장정에 의하면, 우정총국은 총판 밑에 방반(幇辦)을 두고 그 밑에 규획과(規畫課), 발착과(發着課), 계산과(計算課) 등 3과 15부와 분국을 두었다. 총판에는 홍영식을 앉혔으나 방판은 임명하지 않았고, 개설 당시 인천 한 곳에만 설치했던 분국 책임자에는 사사 이상재를 앉혔다.

규획과는 기획에 관한 사무, 즉, 뒷날의 체신부와 체신청에서 관장하는 관리 사무를 맡았다. 발착과는 우편물을 보내고 받는 일반 우체국의 우편 업무를 맡았다. 계산과는 경리 사무를 맡았다. 과는 과장을 장으로 하고 그 밑에 여러 개의 부를 두었다. 지방에는 오늘날의 우체국에 해당하는 우정분국이나 우정수납소를 설치하기로 했다.

우리나라 최초의 우체국인 우정총국 인천분국을 개설한 사람은 뒷날 사회운동가로 이름을 날린 월남 이상재였다. 우정총국 사사라는 낮은 벼슬로 그 임무를 맡았다. 신사유람단 시절 조사로 활동한 박정양의 집에서 식객 노릇을 했을 뿐 벼슬자리에 오른 적이 없는 이상재가 우정총국 사사로 발탁된 것은 홍영식과의 개인적인 친분에서였다.

우정총국 총판으로 임명되자 홍영식은 아직도 식객 신세를 면치 못하고 있는 이상재를 불러 우정총국 사사로 임명하고 인천분국장 자리에 앉히며, 장차 우정총국에 관한 일은 그에게 일임하겠다는 뜻을 내비쳤다.

"이공, 아무래도 인천분국장 자리는 이공이 맡아 주셔야겠소. 인천은 서울의 인후(咽喉)와 같은 곳 아니오. 외국인이 서울에 들어오려면 누구든 인천을 거쳐야 하니 인천보다 더 중요한 곳이 어디 있겠소. 그래서 서울과 인천 두 곳에서 먼저 우편을 개시하기로 한 것인데, 앞으로 우정총국이 제 역할을 하려면 인천분국이 잘해야 합니다. 그래서 인천분국장 자리가 매우 중요하다 하겠는데, 아무래도 그 자리는 이공이 맡아 주셔야겠소."

"저처럼 관원 경력이 전혀 없는 사람이 어떻게 인천분국장 자리를 맡습니까. 다른 좋은 분을 골라 보세요."

실제로 관원 경력이 전혀 없었기에 이상재는 진심으로 사양했다.

"아니에요. 관원이란 무릇 사심이 없고 성실하면서도 세상을 넓게 볼 줄 아는 안목을 지녀야 하는데, 그런 점에서 이공을 따를 사람이 없어요."

"그렇게 과찬의 말씀을 하시니 무어라 드릴 말씀이 없습니다. 아무튼 잘 알겠습니다. 앞으로 열심히 보필하도록 하겠습니다."

마지못한 듯 이상재는 홍영식의 말에 따르겠다고 했다.

"앞으로 인천분국 일만 잘 맡아 주신다면 장차 우정총국에 관한 일은 모두 이공에게 일임할 생각이에요. 할 일이 산적해 있는 사람이 언제까지나 우정총국 일에만 매달릴 수야 없지 않습니까."

홍영식은 다섯 살이나 위인 이상재에게 깍듯한 자세로 말했다. 그는 우정총판 자리에 오래 머무를 수 없다고 판단했기에 후임으로 이상재를 점찍었던 것이다.

　홍영식이 이상재를 처음 만난 것은 1881년 신사유람단 조사로 일본을 방문할 때였다. 그때 이상재는 조사 박정양의 수행원으로 사절단에 합류했다. 박정양의 담당 기관은 일본 내무성과 농상무성이었는데, 이상재는 농상무성이 관장하고 있는 우편사업에 대해 조사하여 방대한 보고서를 작성했다. 그 과정을 지켜보면서 홍영식은 이상재의 성실한 자세에 호감을 갖게 되었고, 우정총국을 개설하자 그를 발탁하여 인천분국장 자리에 앉혔던 것이다.

　우편 관련 법령이 제정되고 우정총국의 창립 요원이 선정되자, 홍영식은 우정총국의 업무 개시일을 10월 1일로 정했다. 양력으로 따지면 11월 18일이었다. 그는 우편 업무의 개시를 알리는 통지문을 작성하여 조선에 주재하는 청, 일본, 미국, 영국 및 독일의 공사 내지 영사에게 보냈다. 그때 우정규칙, 경성내우정왕복개설규법, 경성·인천간왕복우정규법의 사본도 같이 보냈다. 그러자 일본 공사와 미국 공사는 바로 그날로 우정총국의 업무 개시를 축하하는 인사말을 보내왔다.

　우정총국의 업무 개시를 하루 앞두고 홍영식은 고종을 알현하고 우정총국과 인천분국의 설치 장소를 보고하여 확정 짓고, 이튿날부터 우편사업이 개시됨을 알렸다. 우편사업은 한성에 우정총국, 인천에 분국을 설치하고 두 지역 간에 먼저 실시하기로 했다. 전국 각지에 우체국을 짓고 일시에 우편사업을 시작하는 것은 무리였기에 중앙정부가 있는 한성과 서울의 관문인 인천지역에서 먼저 실시한 뒤, 실시 지역을 점진적으로 넓혀 나가기로 했다.

　1884년 10월 1일, 드디어 우정총국 개국일이 밝아 왔다. 홍영식은 아침 일찍 관복으로 갈아입고 전동에 있는 우정총국으로 등청했다. 청사의 대문 위에 붙어 있는, '郵征總局'이라고 한자로 쓰인 현판이 유난히도 눈길을 끌었다. 사사와 체전부 등 우정총국 관원들도 아침 일찍 출근하여 손님 맞을 채비를 하고 있었다.

"우정총국이라? 오늘부터 문을 여는 모양인데, 무얼 하는 관아인지 모르겠네. 무얼 하는 관아인데 관아 명칭에 '칠 정(征)'자가 들어 있지? 아무리 생각해도 이해할 수가 없네."

흰 두루마기에 갓을 쓴, 점잖게 생긴 노인이 길가에 서서 '郵征總局'이라 쓰인 현판을 바라보며 혼잣말처럼 중얼거렸다.

"'칠 정'자에는 '세받을 정'이라 해서 '세금을 받는다'는 뜻도 들어 있습니다. 그러니까 우정총국이란 우체 사무를 맡아 보는 관아로서 백성들이 보내고자 하는 서간을 접수하여 보내 주는 일을 하게 되는데, 오늘 서울에서 접수한 서간을 인천으로 보내면 늦어도 이틀 후에는 배달됩니다. 서울에서 서울로 보낸다면 빠르면 당일, 늦어도 다음 날까지는 배달되고요.

우정국에 직접 찾아오셔서 서간을 부치려면 먼저 '우초'라는 전표(錢票)를 사서 서간 봉투에 붙여야 하는데, 전표를 사는 값이 바로 세금이라 생각하시면 됩니다. 그처럼 우초를 팔아 세금을 받기 때문에 '세받을 정' 자를 붙여 우정총국이라는 이름을 붙이게 된 거죠."

꽤나 유식해 보이는 노인이기에 홍영식은 직접 다가가 친절하게 설명했다. '우초(郵鈔)'란 오늘날의 '우표'를 가리키는 신조어였다.

"아, 그렇습니까? 우정총국이라는 명칭에 그처럼 깊은 뜻이 담긴 줄은 몰랐네요. 그런데 우정총국에서는 일반 백성들이 부치는 서간도 배달해 준다고 했죠?"

"물론입니다. 지금까지 운영해 온 역참제는 관청에서 필요한 공문서나 물건을 보내는 것이었는데, 오늘부터 개설하는 우정국은 일반 백성이 부치는 서간이나 물건을 접수하여 보내게 됩니다. 우편이라는 제도는 미국, 영국 등 개화된 나라에서만 실시하고 있는 것인데, 우리 백성들을 이롭게 하자는 뜻에서 대군주 전하께서 특별히 전교를 내리셔서 이번에 이 제도를 실시하게 된 것입니다."

홍영식은 공손한 자세로 친절하게 설명했다.

"아, 그렇군요."

노인은 감탄하는 표정으로 고개를 끄덕였다.

우정총국이 문을 열고 공식적인 업무를 개시하기에 앞서 우정총판 홍영식은 사사와 체전부 등 관원들을 모아 놓고 일장 연설을 했다.

"오늘부터 우리 우정총국 관원들은 개화의 첫 번째 작품인 우편을 개설하여 조선 팔도는 물론 전 세계 만민과 서간 연락을 할 수 있게 되었습니다. 우리가 공문서를 보내던 역참제를 폐지하고 신식 우편제도를 실시하려 하는 것은 백성들의 생활을 편리하게 하기 위해서입니다.

서울에 계신 어머니의 병환이 위중함을 전주에 있는 아들에게 알려야 한다고 칩시다. 전주까지 천 리 길에 하인을 보내 알리려면 몇 날 며칠이 걸릴 것이며, 얼마나 많은 노자가 필요하겠습니까? 우편이 개설되면 그런 문제가 말끔히 해결됩니다. 우편이 개설되어 서간 한 통을 띄우게 되면 불과 며칠 사이에 전달되고, 비용도 단돈 5문이면 충분합니다. 이얼마나 편리한 제도입니까?

우리가 신식 우편제도를 실시하려 하는 것은 개화된 세상을 만들기 위해서입니다. 개화된 세상을 만들기 위해 우리가 도입해야 할 제도나 문물은 쌔고 쌨습니다. 앞으로 신식 제도나 문물을 도입하여 제대로 개화된 세상을 만들려면 첫 번째 작품인 우편제도부터 성공적으로 정착시켜야 합니다. 첫 번째 단추를 잘 끼워야 모든 일이 순조롭게 진행된다는 말이죠. 그런 의미에서 여러분에게 기대하는 바 크다는 점을 명심하시고 최선을 다해 주시기 바랍니다."

홍영식은 그처럼 개화된 세상을 만들기 위해 최선을 다해야 한다고 강조했다.

우정총국 청사는 새로 짓지 않고 기존 건물을 사용하기로 했다. 우정총국 청사로는 서울 전동에 있는 전의감(典醫監) 건물을, 우정총국 인천분국 청사로는 인천감리서 건물을 사용하기로 했다. 신식 우편과 같은 새로운 제도를 실시하려면 새 건물을 지어 산뜻한 기분으로 출발함이 마땅했음에도 기존 건물을 그대로 사용하기로 한 것은 나라 살림이 그만큼 팍팍하기 때문이었다.

우정총국 청사는 이전에 전의감으로 사용하던 건물이었다. 전의감이란 조선시대 궁중에서 사용하는 의약(醫藥)에 관한 일을 맡아 보던 관청이었다. 선조 때 세워진 것으로 알려진 전의감 건물을 우정총국 청사로 사용하게 된 경위는 자세히 알려지지 않았다. 전의감이 공식으로 폐지된 것은 1894년이었는데, 이미 그전에 제 기능을 상실하고 폐업했으며, 개국 당시 그 건물이 비어 있어 우정총국 청사로 사용했던 것으로 추정된다.

우정총국 인천분국은 인천감리서 건물을 감리서와 함께 사용하기로 했다. 인천이 개항되어 바깥세상과 교통하기 시작한 것은 1883년 1월이었다. 개항하기 전의 인천은 한적한 어촌으로 갈대가 무성한 황무지였다. 그 황량한 땅에 일본인들이 들어와 영사관을 짓고 우체국이며 해운회사, 잡화상 등을 세우며 도시를 형성해 나갔다. 바로 그해에 조선 정부는 인천해관과 인천감리서를 설치하고 개항을 서둘렀다. 각국의 영사관과 외국인 거주지도 속속 조성되었다.

우정총국 인천분국이 개설된 해인 1884년 당시 인천에 설치된 신식 행정기관은 인천해관과 인천감리서밖에 없었다. 따라서 그들 두 기관 중 하나의 건물에서 우편 업무를 개시하게 된 것은 당연하다 하겠다.

문위우표 5종을
일본에서 조제하다

그렇지만, 1884년 우편제도를 처음
실시할 당시에도 우편요금은 거리에 관계없이 동일한 요금을 받는 단일
요금제를 원칙으로 했다. 다만 한성 내에서 오가는 우편물은 요금감액
제를 적용하여 반값을 받았다. 또한 우편물은 중량에 따라 요금을 달리
했다.

우정총국에서 취급하는 우편물의 종류는 서간과 관보 · 서적 둘로 나
누었는데, 그것은 형식에 불과했고 우편으로 보낼 수 있는 물건은 거의
모든 것을 취급했다. 다만 우편물의 크기와 무게에 제한을 두었다. 우
편물의 크기는 길이 1척 5촌, 너비 1척, 두께 7촌 이내로 하고, 무게는
1개당 100냥쭝까지로 했다. 독약이나 발화물, 생물, 금은보옥류 등은
우송 금지품으로 정하여 접수하지 않았다.

경성내우정왕복개설규법은 서울 시내에서 실시하는 우편물의 수집
및 배달 시간을 규정하고 있었다. 우편물 수집의 경우, 1호편이 오전 7
시 30분에서 8시, 2호편이 오후 5시에서 5시 30분까지였고, 배달의 경

우 1호편이 오전 8시 30분에서 9시 30분, 2호편이 오후 6시에서 7시까지였다. 그처럼 우정총국 개국 당시부터 1일 2회 우편물을 수집하고 배달했다. 오늘날의 우표판매소에 해당하는 우초매하소(郵鈔賣下所)는 주요 지점마다 분포되어 있었는데, 그곳에는 반드시 우편물 수취함인 우정괘함(郵征掛函)이 설치되어 있었다.

우편제도의 실시를 앞두고 우정총판 홍영식이 풀어야 할 가장 어려운 숙제는 우표의 발행이었다. 근대 우편의 특징은 우편요금을 우표로 납부하는 것이었는데, 그러기 위해서는 우표를 발행해야만 했다. 그러나 당시 우리나라는 우표를 인쇄할 수 있는 기술이 없는 데다 우표 도안을 어떻게 하는지도 몰랐다. 외국인 전문가의 자문이 필요한 이유였다.

홍영식이 우표 발행 문제를 놓고 고민하고 있을 때, 외무아문 협판 겸 조선해관 총세무사 묄렌도르프가 전문가라며 소개한 사람이 서울총해관 세무사 하스(Joseph Haas)였다. 오스트리아인 하스는 상해 주재 오스트리아 총영사를 지냈는데, 1883년 4월 묄렌도르프가 조선해관 총세무사 자리를 맡으면서 해관 업무를 개시하기 위해 중국에서 데려온 자였다. 해관 업무가 개시되자 그는 서울총해관에 배치되어 묄렌도르프 밑에서 세무사로 일했다. 해관(海關)이란 오늘날의 세관에 해당하는 기관이었다.

홍영식은 하스를 찾아가 우정총국을 개국할 때 사용할 우표의 조제 방안에 대해 자문을 구했다.

"우정총국을 개국하여 우편을 개설하려면 무엇보다 시급한 것이 우초를 만드는 일인 것 같아요. 서양식 우편제도를 실시하려면 우초를 사용해야 한다는데, 우리 조선은 여태까지 우초를 만들어 본 적도 없고 또 그것을 인쇄할 시설도 없어요. 해서 어떻게 하면 우초를 만들 수 있고 그 비용이 얼마나 드는 것인지, 그런 점이 궁금해서 찾아왔어요."

"아시다시피, 우초를 만들려면 먼저 우초의 도안을 작성해야 하고 그런 다음에 인쇄라는 과정을 거치게 되는데, 우초 도안은 발행 주체인 조선 정부에서 직접 작성해도 되지만 일반적으로 전문가에게 맡깁니다. 우초 인쇄의 경우 조선에 마땅한 시설이 없으니 외국 정부나 인쇄회사에 맡겨야겠지요. 우초를 인쇄하는 나라로는 영국이나 미국, 일본 등 몇 개 나라가 있는데, 금년 중으로 사용해야 한다면 아무래도 일본에 맡겨야 할 것 같습니다. 우초 원도를 도안하고 인쇄하려면 상당한 시일이 소요되기 때문에 우정총국 개국 일정에 맞추려면 아무래도 가까운 데 있는 나라에 맡기는 것이 좋겠지요."

예상했던 질문인지라 하스는 막힘없이 대답했다.

"무슨 말인지 알겠어요. 우초 인쇄는 일본에 맡긴다 치고, 이 우초 도안이 어떤지 봐주시겠어요?"

홍영식은 보자기를 풀어 책을 꺼내더니 책 속에 들어 있는 한지를 꺼냈다. 한지에는 태극기를 소재로 한 우표 도안이 그려져 있었다.

"이 정사각형 안에 들어 있는 그림이 뭐지요? 왜 이런 그림이 우초 도안에 들어가야 하지요?"

하스는 홍영식이 건넨 우표 도안을 찬찬히 들여다보며 질문을 던졌다.

홍영식이 제시한 우표 도안에는 정사각형의 검정 선 안에 태극기가 들어 있고, 태극기 상단에는 '大朝鮮國'이라는 국호가, 하단에는 '우표'를 가리키는 '郵鈔'가 가로쓰기로 적혀 있었다. 또한 태극기 좌우에는 우표의 액면을 나타내는 '50푼(五十分)'이 세로쓰기로 적혀 있었다. 그처럼 홍영식은 우리나라 국기로 삼은 지 2년밖에 안 된 태극기를 아무런 손질도 하지 않은 채 그대로 우표에 담고자 했던 것이다.

"네모 안에 들어 있는 것은 우리나라 국기인 태극기인데, 태극기 상단에는 우리나라 국호를, 좌우에는 우초의 값을 표시하는 '50푼'을 적었어요. 빨강과 파랑으로 이루어져 있는 태극 문양은 음과 양의 조화를 상징하는 것이고, 네 모퉁이에 있는 4괘는 음과 양이 서로 변화하고 발전하는 모습을 나타내는 것으로서 우주 만물이 음과 양의 상호 작용에 의해 생성하고 발전하는 이치를 형상화한 것이에요. 태극기가 그처럼 오묘한 뜻을 담고 있어 우초 속에 담아 보는 것이 어떨까 하는 생각에서 이런 도안을 구상해 봤어요."

"태극기 속에 그처럼 심오한 뜻이 담겨 있는 줄은 미처 몰랐습니다."

하스는 짐짓 감탄하는 표정으로 고개를 끄덕이더니 말을 이었다.

"우초 도안은 일반적으로 전문가에게 맡깁니다. 예를 들어, 딱지처럼 조그만 우초 속에 태극기를 집어넣는다 할 때 어떤 모양으로 집어넣어야 되겠습니까? 태극기를 생긴 모양 그대로 집어넣는 것도 하나의 방법이겠지만, 그렇게 되면 너무 밋밋해 보일 것입니다. 따라서 태극기의 특징을 형상화해서 집어넣는다면 보다 보기 좋은 우초가 될 수 있을 것입니다. 그런 판단은 아무래도 그 분야의 전문가가 해야 합니다. 따라서 이 우초의 도안 역시 앞으로 정하게 될 인쇄회사에 맡기기로 하고, 이 도안을 같이 보내 참고 자료로 활용하도록 하는 것이 좋을 것 같습니다."

"그렇게 합시다."

홍영식은 하스의 의견을 선선히 받아들였다.

우정총판 홍영식으로부터 우편을 개설할 때 사용할 우표를 차질 없이 공급해 줄 수 있는 회사를 선정해 달라는 부탁을 받자, 하스는 곧바로 상해 주재 일본총영사 시나가와(品川)에게 연락했다. 그는 상해영사로 근무할 때 알게 된 시나가와에게 태극기우표 원도를 보내며 두 가지 질문을 했다. 하나는 조선 정부에서 동과 은 두 가지 동전을 주조할 것인데 조각자를 일본에서 고빙할 수 있느냐는 것이었고, 또 하나는 조선 정부에서 우표를 발행하려 하는데 별지 모형의 우표를 일본에서 조제할 수 있으며 그 비용이 어느 정도 드느냐는 것이었다. 그처럼 조선 정부는 우표와 함께 새 동전의 발행도 추진하고 있었다.

하스로부터 그 같은 문의를 받자, 시나가와는 즉시 그 사실을 일본 외무상 이노우에 가오루(井上馨)에게 보고했다. 그러자 이노우에는 그 문제를 서울에서 멀리 떨어져 있는 시나가와가 직접 맡지 말고 하스와 쉽게 접근할 수 있는 인천영사 고바야시(小林)에게 넘기라고 지시했다. 또한 이노우에는 하스에게 보낼 회답 내용을 알려 주며 고바야시로 하여금 하스와 직접 교섭하도록 하는 한편, 하스로부터 주문이 올 경우 확실한 주문서를 받아 일본 정부에 통보하도록 지시했다.

그 같은 우여곡절을 거친 끝에 우리나라 최초의 우표인 문위우표는 일본 대장성 인쇄국에서 조제하기로 했다. 우표의 제작을 일본에서 맡다 보니 우표의 도안도 달라졌다. 도안자는 홍영식이 제안한 태극기 대신 중국의 성리학자 주돈이(朱敦頤)가 고안한 음양태극장(陰陽太極章)을 주도안으로 앉히고 그 주위를 당초(唐草) 문양으로 장식하는 한편, 우표의 가장자리에 국호와 액면 등을 안배했다. 그러다 보니 태극기와는 전혀 다른 모양의 우표가 되었으나, 음양태극장과 당초 문양, 글자 등을 조화롭게 배치해 놓고 보니 꽤 품위 있는 우표가 되었던 것이다.

태극기가 언제 누구에 의해 만들어졌는지에 대해서는 설이 분분하지만, 1882년 8월 박영효가 수신사로 일본에 갈 때 배 안에서 고안해 처음으로 사용했다는 설에 대해서는 이론이 없다. 조선 정부가 그 태극기를 국기로 공식 발표한 것은 1883년 1월이었다.

재미있는 것은 홍영식이 제공한 우표 원도 속의 태극기의 모양이 현재의 태극기와 똑같다는 점이었다. 빨강과 파랑으로 나뉘어 있는 태극의 문양이 오늘날의 그것과 같고, 건·곤·감·리로 나뉘어 있는 4괘의 모양도 같았다. 표준 규격이 없던 시절인지라 당시에 만들어진 태극기는 태극 문양이나 4괘의 모양이 각양각색이었는데, 묘하게도 원도 속의 태극기는 오늘날의 그것과 같은 모양을 하고 있었다.

그렇다면 홍영식이 제공한 우표 원도는 누가 작성했을까? 고종이 직접 도안했다는 설이 있고 고종과 홍영식이 합작했다는 설이 있으나, 고종이 1884년 은화의 도본을 직접 그렸다는 사실에 근거한 추측일 뿐 그것이 사실임을 입증할 만한 자료는 남아 있지 않다. 그런데 문제의 원도가 홍영식의 작품임을 입증하는, 그럴듯한 기록이 남아 있어 호사가들의 관심을 끌었다.

미국인 우표수집가 커(J. W. Kerr)는 1965년에 발간한 『조선 왕국의 우취 카탈로그와 핸드북』이라는 책자에서 "이 원도는 홍영식이 1883년 상해(上海) 방문 중에 허친슨(Hutchinson)이라는 미국인과 상의하여 디자인한 것인데, 홍에게는 유감스러운 일이나 인쇄하기 전에 일본인에 의해 수정되었다."고 기술한바 있다. 위의 설명문과 함께 우표의 원도를 게재했을 뿐 그 밖에 어떤 설명도 붙이지 않았고, 그 자료의 신빙성을 입증할 만한 출처도 밝히지 않았다.

커의 글에는 오류가 있었다. '미국인 허친슨'은 '영국인 허치슨 (Hutchison)'의 오기였다. 영국인 허치슨은 홍콩우체국에서 부국장까지 지낸 자로 묄렌도르프와도 친분이 있어 우정총국을 개국할 때 고문 자리를 맡기로 약속한바 있었으나, 우정총국이 문을 닫은 뒤에 입국했기 때문에 실제로 우정총국에 근무하지는 않았다.

홍영식이 그런 사연이 있는 허치슨과 1883년 상해에서 만났다는 점에도 미심쩍은 부분이 있다. 1883년은 보빙사절단이 미국에 간 해로, 홍영식은 그해에 미국과 일본 외에는 외국에 나간 적이 없었다. 다만 미국에서 정기여객선을 타고 귀국할 때 요코하마와 홍콩을 거쳤는데, 그때 여객선회사의 사정에 의해 상해에 들렀을 가능성은 배제할 수 없다. 아니면, 홍콩에 기착했을 때 그곳에서 허치슨을 만나 우표 도안에 대해 의견을 나누었을 수도 있다. 이런저런 사정을 감안할 때, 홍영식이 우정총국 개국을 앞두고 우리나라에서 최초로 발행하게 될 우표의 도안에 대해 남다른 관심을 기울였던 것은 분명한 것 같다.

당시에 발행한 우표는 5문, 10문, 25문, 50문, 100문 등 5종이었다. 이 우표는 액면 금액이 당시에 통용된 화폐 단위인 '문(文)'으로 표시되어 있어 '문위우표(文位郵票)'라 불렀다. 1문은 당시의 화폐 가치로 볼 때 1푼에 해당되었다.

문위우표의 발행일은 우정총국이 우편 업무를 개시한 날인 1884년 11월 18일, 음력으로는 10월 1일이었다. 그러나 5종의 우표가 모두 그날 발행된 것은 아니었다. 5문과 10문 2종의 우표는 미리 인쇄되어 발행일 이전에 도착했으므로 우정총국 개국일에 맞추어 발매할 수 있었으나,

25문, 50문, 100문 3종은 우정총국이 문을 닫은 뒤인 이듬해 4월에 도착해 쓸모가 없게 되었다. 갑신정변의 실패로 우정총국이 문을 닫은 뒤여서 그들 우표는 한 장도 사용하지 못한 채 전량 폐기되었다.

1884년 11월 18일 우정총국을 개국하고 신식 우편제도를 실시하게 되자, 이제 남은 과제는 전국 각 고을에 우체국을 설치하여 백성들이 보내는 편지가 전국 각지로 원활하게 전달되도록 하는 것이다. 그리고 그 역할은 우정총국 설립자인 홍영식 자신이 맡을 수밖에 없다. 그리하여 모든 백성이 집에 편안히 앉아 소식을 주고받게 함으로써 개화의 참맛을 즐길 수 있도록 해야 한다.

그렇게 해서 개화의 첫 작품인 우편사업이 제대로 정착되면 전보나 전기, 철도와 같은 또 다른 개화의 제도를 도입함으로써 온 백성의 삶을 이롭게 해야 하며, 그렇게 될 날도 그리 멀지 않을 것이다. 생각이 거기에 미치자, 홍영식은 가슴이 터질 것 같은 기쁨을 맛볼 수 있었다.

3부

광명의 세계를 꿈꾸며
거사를 치르다

일본공사 다케조에가
개화파의 정변을 부추기다

청의 패전으로 드디어 조선이 독립을 이룩할 수 있는 기회가 열리고 있다며 환호하고 있을 때, 본국에 가 있던 일본공사 다케조에 신이치로(竹添進一郎)가 근무지인 서울로 돌아온다는 소문이 들려왔다. 그 소식을 듣자 누구보다 기분이 언짢은 사람은 개화파의 수장 김옥균이었다.

다케조에가 또다시 묄렌도르프의 꾐에 빠져 개화파의 일을 방해한다면 개화파의 거사는 와해될 것이다. 대리공사 시마무라는 시대 상황이 바뀌었으므로 걱정할 필요가 없다고 했으나, 마음 한구석이 찜찜해지는 것은 어쩔 수 없었다. 일본의 도움을 얻지 못한다면 친청사대파를 제거하는 것은 사실상 무망한 일이었다.

1884년 10월, 다케조에가 인천을 거쳐 서울로 돌아왔다. 외무독판 김홍집과 협판 김윤식이 야인으로 물러나 있는 김옥균에게 편지를 보내 다케조에에게 인사하러 가자고 했다. 김옥균은 거절했다. 그날 마침 신축 운동장에서 축구놀이를 하기로 한 데다 미국공사 푸트, 영국영사 애스턴 부부와 만찬을 하기로 되어 있어 시간을 내기도 어려웠다. 만찬에는 민영익 등 민씨 일파도 참석하게 되어 있었다.

그날 김홍집과 김윤식이 다케조에를 찾아가자, 기분파인 다케조에는 청불전쟁과 천하대세를 논하고 나서 외무독판 김홍집에게 모욕적인 언사를 했다.

"내 들으니, 귀국 외아문에는 아직도 청국의 노예 노릇을 하는 자가 몇 있다고 하던데, 내가 그들과 자리를 같이하는 것을 부끄럽게 생각하오."

이어 그는 외무협판 김윤식도 빼놓지 않고 씹었다.

"당신은 본디 한학에 능하고 청국과 가깝게 지내면서 어찌하여 청국에 가서 벼슬을 하지 않소?"

다케조에는 그처럼 외교관으로서는 상상할 수도 없는 인신공격의 말을 서슴지 않고 퍼부었다.

다케조에가 서울로 돌아온 지 며칠 안 되어 김옥균은 한성순보의 발간 업무를 맡아 서울에 머무르고 있는 일본인 청년 이노우에 가쿠고로(井上角五郎)를 불러 물었다. 장기간 본국에 가 있다 임지로 돌아온 다케조에가 과연 어떤 생각을 품고 있는지, 그 점이 궁금했던 것이다.

"다케조에 공사가 새로 부임한 뒤로 귀담아들을 말이 있던가?"

"어제 가 보았는데, 별로 한 이야기는 없었으나 기색이 매우 활발하여 실로 예전의 다케조에가 아니었습니다."

이노우에는 공손한 자세로 말했다. 자신을 서울로 데려온 사람이 김옥균이나 다름없기에 그는 김옥균을 스승처럼 깍듯이 대했다.

이노우에는 일본의 대표적인 지식인 후쿠자와 유기치(福澤諭吉)의 수제자로 게이오의숙(慶應義塾)을 졸업하자 후쿠자와의 지시로 조선으로 건너와 한성순보의 발간 업무를 맡고 있었는데, 일본 부국강병론의 신봉자로서 큰 뜻을 품고 있어 조선의 정세를 유심히 살피고 있는 중이었다. 박영효가 한성판윤이 되자 한성순보의 발행을 추진했던 것도 백성의 개명과 국론 통합을 위해 반드시 신문이 필요하다는 후쿠자와의 권고를 따른 것이었다.

"앞으로도 공사의 동정을 잘 살피고 들은 대로 알려 주기 바라네."

김옥균은 9살 연하인 이노우에게 살갑게 대했다.

글 잘하고 말 잘하는 김옥균의 또 하나의 장기는 사람 사귐이었다. 그는 나이나 빈부귀천을 가리지 않고 많은 사람들과 폭넓게 사귀었다. 외국인도 예외일 수 없었다. 그는 14세나 아래인 윤치호와도 스스럼없이 나랏일을 논했고, 윤치호가 일본에 머무르고 있을 때는 수시로 편지를 주고받았다. 그가 일본인인 이노우에게 일본공사 다케조에의 동정을 알려 달라고 부탁할 수 있었던 것도 그만큼 허물없이 지낸 덕분이었다.

다케조에의 의중이 몹시도 궁금했던지라, 김옥균은 마침내 그날 오후 일본공사관으로 찾아갔다. 다케조에는 조선으로 건너오는 도중 배 안에서 감기에 걸렸다며 이불을 뒤집어쓰고 누워 있었다. 두 사람은 다케조에의 침실에서 대화를 나누었다.

간단한 인사말을 마치자, 김옥균이 먼저 그동안 쌓였던 울분을 토로했다.

"귀공도 알다시피, 누란의 위기에 처해 있는 우리 조선을 구하려면 먼저 청국으로부터 독립해야 하오. 그러려면 귀국처럼 유신을 단행하여 정부를 혁신하고 병력을 증강해야 하는데, 그러기 위해 무엇보다 필요한 것이 자금이오. 이 때문에 이 사람이 국왕 전하께서 친히 작성해 주신 국채위임장을 받아 가지고 귀국으로 건너갔던 것인데, 귀국 정부에서 냉대한 바람에 일이 와해되고 말았소.

부득이 미국 공사에게 부탁해 보았지만 그 일도 실패로 끝났소. 할 수 없이 제일은행에서 10만 원, 20만 원이라도 대여받으려 했으나, 그 일마저도 이노우에 외무경이 외면한 바람에 무산되고 말았소. 도대체 왜 일이 이렇게 꼬인 것이며 누구의 잘못인지 모르겠소."

"누구의 잘못이라 하겠습니까. 일시 오해로 그리된 것이니 너그럽게 양해해 주시오."

다케조에는 부끄러운 표정을 지으며 사과했다. 그는 김옥균이 말할 때마다 고개를 끄덕여 동감한다는 뜻을 표시하곤 했다.

"만약 다른 나라에서 귀국의 개혁을 돕겠다고 한다면 어찌 하시겠습니까?"

헤어질 무렵 다케조에가 뜻밖의 말을 했다.

"나는 3년 전부터 우리나라가 구습을 타파하고 독립을 이룩하려면 귀국의 힘을 빌릴 수밖에 없다고 생각했소. 그래서 시종일관 그런 방향으로 노력했소. 그럼에도 불구하고 귀국 정부의 무상한 변덕으로 우리 당은 회복하기 어려운 상처를 입었소. 지금 공이 하는 말이 무슨 뜻인지 나는 잘 모르겠소."

뼈가 있는 말이었으나 김옥균은 웃는 얼굴로 말했다.

"무릇 한 나라의 정책이란 때에 따라 변하고 대세에 따라 변하는 것이어서 반드시 어느 하나의 원칙을 고수해야 하는 것은 아니지 않습니까. 너무 나무라지 마세요."

다케조에 역시 웃으면서 말했다.

조선의 개혁을 돕겠다고 한 다케조에의 말은 천군만마의 힘이 되었다. 다케조에와 헤어지자 김옥균은 곧바로 박영효를 찾아갔다. 그리고 다케조에와 나눴던 이야기를 그대로 전했다. 일본 정부의 정책이 크게 변했다는 사실을 알게 되자 박영효도 몹시 기뻐했다. 드디어 기다리고 기다리던 기회가 다가오고 있음을 감지한 두 사람은 이처럼 좋은 기회를 놓쳐서는 안 된다며 거사를 서두르기로 뜻을 모았다.

박영효와 헤어지자, 김옥균은 다시 홍영식을 찾아갔다. 마침 그 자리에는 서광범이 먼저 와 있었다. 김옥균은 다케조에와 나눴던 대화를 되풀이하여 설명했다. 그러자 홍영식은 몹시 기뻐하며 화답했다.

"우리가 오늘날처럼 위중한 시대를 맞아 한목숨을 버림으로써 크게 개혁하려는 뜻을 품었더니, 하늘이 어여삐 여겨 우리를 돕는 것 같소이다. 시운이 마치 물줄기가 합쳐져 흐르는 것 같이 크게 열리는 것 같소이다. 그렇다면 지난번 일본인들을 고용하려던 계획 또한 있으나마나한 것이 되겠네요."

일본인을 고용하려던 계획이란 개화파가 거사를 단행하기로 하고, 일본인 용사 수십 명을 구하기 위해 일본에 사람을 파견했던 것인데, 그 계획을 가리키는 것이었다. 그처럼 개화파 핵심 인물들은 거사에 필요한 무기와 화약을 구입하고 용사들을 확보하기 위해 부지런히 움직이고 있었다.

이튿날, 박영효가 일본공사관으로 찾아가 다케조에를 만났다. 이런저런 이야기를 나눈 끝에 다케조에가 파격적인 말을 했다.

"청국이 곧 망할 테니 개혁에 뜻을 둔 사람이라면 이런 기회를 놓쳐서는 안 될 것이오."

그는 그처럼 개화파를 자극하는 말을 서슴지 않았다.

일본 용사 수십 명을 고용하기로 했다는 사실에서 알 수 있듯, 이미 개화파는 정변을 일으키기로 뜻을 모으고 있었다. 다만 정변을 일으키려면 일본의 협력과 지원이 필수적인데, 서울로 돌아온 다케조에가 어떤 자세를 취할 것인지 그 점이 몹시 궁금했던 것이다. 그러던 차에 다케조에가 생각보다 적극적인 자세로 개화파를 지지하는 모습을 보이자, 개화파 사람들은 고무된 나머지 다케조에가 오히려 과격한 행동을 하지 않을까 하고 걱정하기까지 했다. 평소 유약한 인물로 알려졌던 다케조에가 그처럼 적극적인 표현을 한 것으로 볼 때, 일본 정부의 대조선 정책에 큰 변화가 있다고 판단했던 것이다.

그 같은 일본 정부의 정책 변화는 고종을 알현하는 다케조에의 자세에서도 여실히 드러났다. 그해 11월 초, 다케조에는 외무독판 김홍집을 통해 고종에게 독대를 청했다. 독대에 앞서 다케조에는 일본인이 만든 무라타(村田)총과 외무경이 선물하는 총 등 16자루를 고종에게 예물로 선사했다. 이어 마련된 독대 자리에서 다케조에는 일본이 임오군란 때 입은 손해배상금으로 조선에서 받은 돈 중 40만 달러를 고종에게 바쳤다.

"이 돈은 저희 천황께서 특별히 귀국의 양병비(養兵費)로 정하여 독립 기금으로 드리는 것이오니 결코 다른 비용으로 사용해서는 아니 됩니다."

이어 그는 천하대세를 논하며 청불전쟁에서 청나라가 패배할 것이라 단정하고, 대원군이 중국에 유폐되어 있는 것은 사리에 맞지 않다고 주장했다. 또한 조선은 내정을 개혁하여 구미의 법을 따라야 할 것이므로 하루속히 독립을 도모하는 것이 일본 정부의 소망이라고 덧붙였다. 그는 그처럼 고종에게 친청정책에서 벗어나 개혁의 길로 나아가야 한다고 주장했다.

11월 3일은 일본 천황의 탄생일인 천장절(天長節)이었다. 일본공사관은 교동에 새로 지은 공사관에서 축하 잔치를 벌였다. 초청 대상자는 서울에 있는 각국 공사와 영사였고, 조선인으로는 홍영식을 비롯한 김옥균, 박영효, 서광범 등 개화파 요인 외에 외무독판 김홍집과 전영사 한규직이 초청되었다. 묄렌도르프도 그 대상이었다.

술이 얼큰해지고 분위기가 고조될 무렵, 다케조에가 청국 영사격인 진수당(陳樹堂)을 가리켜 '무골 해삼'이라 일컬음으로써 좌중을 어리둥절케 했다. 그 말을 조선어로 통역했으나 알아듣지 못한 진수당이 묄렌도르프에게 무슨 뜻이냐고 물었다. 묄렌도르프도 알아듣지 못하고 영국영사 애스턴에게 물었으나, 애스턴 역시 모른다고 했다.

그 자리에서 다케조에가 김옥균에게 다가가 귀엣말로 사과했다.

"내가 지난해 어떤 사람이 하는 말을 곧이듣고 당신을 믿을 수 없다하여 몇 가지 험담을 이노우에 외무경, 마쓰카타(松方正義) 대장경 등 몇몇 사람에게 이야기한 적이 있었소. 그 때문에 당신이 작년에 우리나라에 가서 숱한 곤란을 겪은 것을 잘 알고 있었으나, 지금은 후회해도 소용이 없소. 당신도 나라를 위해 애썼던 것이요, 나 또한 나라를 위해 그리했던 것이니 마음속에 담아 두지 않기 바라오."

"잘 알고 있소이다."

김옥균은 가볍게 받아넘겼다.

우정총국 개국 축하연 자리를
거사 장소로 정하다

일본으로부터 적극적인 지지와 협력을 얻을 수 있다는 확신을 갖게 되면서 개화파의 거사계획은 구체화되었다. 개화파가 정변을 일으킴에 있어 걸림돌로 작용할 것은 서울에 주둔하고 있는 청나라 군사였는데, 그들을 제압하려면 일본군의 도움이 반드시 필요했다. 그동안 개화파 주역들은 일본의 속셈을 알 수 없어 주저하고 있었는데, 평소 소심하던 다케조에가 개화파에 대해 전폭적인 지지를 표명하며 적극적인 자세를 보이자, 드디어 개화파는 거사를 단행하기로 뜻을 모았던 것이다.

거사의 큰 원칙은 친청사대파 요인들을 제거하고 새로운 내각을 구성하여 내정을 개혁함으로써 자주독립국가를 이룩한다는 것이었다. 그때 그들이 내건 목표는 크게 세 가지였다.

첫째, 비상수단을 발휘하여 민영익 이하 친청사대파 괴수들을 제거함으로써 청나라의 간섭을 끊고 독립국가를 세운다.

둘째, 궁중의 요망한 무리들을 소탕하고 민비로 하여금 정사에 관여하지 못하게 한다.

셋째, 고종에게 건의하여 튼튼한 책임 내각을 구성한다.

그처럼 거창한 정변을 모의한 주모자는 홍영식을 비롯한 김옥균, 박영효, 서광범 등 개화파의 중심인물들이었다.

그들은 친청사대파 요인들을 제거하는 방안으로 세 가지 계책을 마련해 놓고 신중히 검토했다. 첫째는 미구에 개최하게 될 우정총국 개국 축하연에 친청사대파 괴수들을 초청하여 한꺼번에 처치하는 것이었다. 둘째는 어두운 밤에 청국인으로 변장한 자객을 시켜 민영목, 한규직, 이조연 등을 암살한 뒤 그 죄를 민태호 부자에게 뒤집어씌우는 것이었다. 셋째는 경기감사 심상훈을 매수하여 백록동정자에서 잔치를 벌이게 한 뒤 그 자리에 모인 친청사대파를 처치하는 것이었다. 심상훈의 소유인 백록동정자는 송림이 우거진 가회동 뒷산에 자리하고 있어 거사하기에 안성맞춤이었다.

그중에서 제2안은 민씨 일당의 내부 반목과 갈등을 교묘하게 이용한다는 이점이 있으나 성사 가능성이 낮아 제쳐 놓았고, 제3안은 경기 감사 심상훈이 곧 교체된다는 소문이 있어 폐기했다. 그러다 보니 자연스럽게 제1안인 우정총국 개국 축하연 자리에서 거사하는 것으로 낙착되었다.

당시는 정당이 없고 신문이 없고 뜬소문만 난무할 뿐 여론이 없던 시절인지라 개혁을 도모하기 위해서는 나라를 어지럽히는 간신들을 척살하고 왕을 중심으로 새로운 내각을 구성하여 개혁정치를 펼치는 수밖에 없었다. 그 같은 비상수단을 쓰지 않는 한, 외세에 힘입어 일신의 안녕과 영달만을 추구하는 친청사대파를 제거할 방법이 없었다.

개화파 중심인물 중에서 박영효가 자주 만나 정변을 모의하고 전략을 논의한 사람은 김옥균이었으나, 실제로 박영효가 가장 높이 평가한 사람은 홍영식이었다. 김옥균은 글 잘하고 말 잘하고 시문서화(詩文書畵)에 두루 능한 재사였으나 덕과 지모가 부족했다. 또한 행동보다 말이 앞서는 경향이 있었다. 그에 비해 정부의 요직을 두루 거치며 나랏일에 전념하고 있는 홍영식은 총명한 데다 성실한 성품이어서 고종의 신임이 두터웠다. 게다가 문벌이 좋고 학식이 풍부한 데다 온후하고 싹싹한 성품이어서 주위의 평판도 좋았다. 실력으로 보나 인품으로 보나, 개화파의 지도자로 내세우기에 적합한 사람이었다.

이 때문에 박영효는 거사의 책임을 홍영식에게 맡기고자 했다. 개화파의 행동대장격인 박영효는 개화파 주역들이 각기 맡아야 할 역할을 나름대로 정리했는데, 홍영식에게 가장 중요한 역할을 부여하고자 했다.

홍영식: 모의 총람의 제일인자

박영효: 집행의 총지휘

서광범: 참모 계획

김옥균: 일본공사관과의 교섭 및 통역

서재필: 대문을 막고 병사를 영솔

이규완 · 윤경순: 사관학교 생도 10여 명을 인솔하고 방화와 주륙 등
　　　　하수 임무 일체를 맡음

그처럼 정변을 기획하고 관리하는 총책임자 자리는 김옥균도 박영효

자신도 아닌 홍영식에게 맡기고자 했다. 그리고 실제로 거사의 현장을 지휘하는 책임은 박영효 자신이 맡기로 했다.

　실제 거사에 사용할 병력으로는 박영효가 광주유수 시절 양성한 군사 1천여 명을 이용하기로 했다. 박영효가 양성한 병사들은 그가 광주유수 자리에서 물러날 때 서울로 징발되어 전영사 한규직과 후영사 윤태준 등이 나누어 거느리게 되었으나, 그중 일부 병사는 교관 신복모가 거느리고 있어 실제로는 박영효의 수하나 다름없었다. 거기에 서울에 주둔하고 있는 일본군 200명을 더하면 꽤 쓸 만한 병력이 되었다.

　이에 비해 친청사대파가 거느리고 있는 병력은 일반 병사 400명과 잡졸 800명이었으나, 제대로 훈련된 병력이 아니어서 두려워할 만한 상대가 아니었다. 1,500명 남아 있는 청나라 군사들이 움직이지 않는 한 친청사대파와의 무력 대결은 충분히 승산이 있었다.

거사의 큰 원칙이
일본공사관 별실에서 결정되다

일본 천황의 탄생일인 천장절 행사를 마치고 난 다음 날, 개화파 중심인물들은 일본 대리공사 시마무라를 박영효의 집으로 초청했다. 그들은 그 자리에서 국정을 개혁하기 위해 거사를 단행하기로 했음을 밝혔다. 예상하고 있었다는 듯 시마무라는 전혀 놀라는 기색을 보이지 않으며 구체적인 계책이 무엇이냐고 물었다.

이튿날, 개화파의 우두머리 김옥균은 영국영사 애스턴과 미국공사 푸트를 찾아다니며 분위기를 살폈다. 먼저 애스턴을 찾아가 물었다.

"어제 일본공사관 연회 때 일본공사가 보여 준 언행에 대해 어떻게 생각하시오?"

"글쎄올시다. 뼈 없는 해삼을 먹겠다는 뜻이었을까요."

애스턴은 농담조로 응수했다.

"다케조에 공사의 행동을 보니 예전과는 판이하게 달랐어요. 혹시라도 일본이 청국과 전쟁의 실마리를 만들려는 것 아닐까요?"

애스턴의 속마음을 떠보려는 듯 김옥균이 넌지시 물었다.

"그렇지 않을 겁니다. 지금 일본 육·해군이 청국보다 강한 듯하나 일본 재정이 매우 어려운 형편이어서 청국과 한판 붙는 것이 쉽지 않을 겁니다. 내 생각에는 다케조에 공사가 조선인들에게 강함을 보이려고 일부러 그런 행동을 취했던 것 같습니다."

애스턴은 대범하게 받아넘겼다.

이에 비해 푸트는 진지했다.

"어젯밤 일은 공과 내가 본 대로예요. 다케조에 공사가 다시 오면서 유약하던 태도가 많이 변했으니 그 점은 기쁜 일임에 틀림없어요. 그러나 지금 귀국을 위해 무엇보다 중요한 것은 청국과 일본이 다 같이 군대를 철수하는 것이에요. 이 일에 도움이 된다면 나 자신도 미력이나마 보탬이 되고자 노력할 터이니, 정세의 흐름을 살펴 일을 서서히 추진하기 바랍니다."

푸트는 또다시 거사를 서두르지 말고 천천히 추진하라고 충고했다.

그 무렵, 서울 시내에는 청나라와 일본 군대 간에 곧 전쟁이 벌어질 것이라는 소문이 파다하게 퍼지고 있었다. 서울에 주둔하고 있는 양국 군대가 곧 결판을 벌일 것이라는 소문이 꼬리에 꼬리를 물고 이어졌다.

그 소문이 사실임을 입증이라도 하려는 듯, 일본공사관은 일본인 전사자들의 초혼제를 지낸다는 구실로 남산 밑에서 씨름과 격구시합을 벌였다. 김옥균도 초청받았으나 참석하지 않고 서광범과 서재필을 대신 보냈다. 서재필은 일본에서 교육받은 사관생도들을 거느리고 참관했다. 일본군 중대장 무라카미(村上)는 병사들을 두 편으로 갈라 한 편은 백기, 한 편은 적기를 들고 시합하도록 했다. 다케조에는 관람석에 앉아 적기가 이길 때마다 손뼉을 치며 기뻐했다. 백기는 청국군, 적기는 일본군으로 편을 갈랐던 것이다.

이튿날, 김옥균은 일본공사관을 찾아가 바둑 시합을 벌였다. 서울에서 고수라는 기사 두 명과 일본공사관 직원 중에서 고수인 자를 골라 대국시키고, 김옥균과 다케조에는 관전했다.

바둑 시합은 핑계에 불과했다. 김옥균은 다케조에와 거사에 대해 깊이 있는 대화를 나누기 위해 일부러 바둑 시합 자리를 마련했던 것이다. 바둑 시합이 끝나자, 김옥균은 다케조에와 별실로 옮겨 거사계획의 일부를 털어놓았다. 다케조에는 김옥균의 이야기를 주의 깊게 경청하며 그의 계획에 전적으로 찬동했다. 거사의 큰 원칙은 바로 그날 그 자리에서 결정되었다.

이튿날 김옥균은 이인종 등 행동대원들을 불러 그의 집 밀실에서 술을 마셨다. 행동대원은 대부분 상놈 출신이었으나 이인종은 양반이었다. 그는 종5품 판관을 지낸 벼슬아치로 김옥균의 핵심 참모였다. 그는 행동대원들을 포섭하는 임무를 맡고 있었는데, 실제로 행동대원들을 모아 탑골승방과 박영효의 압구정 별장에서 훈련시키는 교관 역할도 함께 수행했다. 거사에 참여하기를 주저하는 자가 있으면 상놈도 좋은 관직을 얻을 수 있다는 말로 설득하곤 했다.

중요한 정보를 수집하는 것도 이인종 등 행동대원들의 몫이었다. 청나라 장수 원세개(袁世凱)가 며칠 전부터 병사들에게 명령을 내려 야간에도 군복과 신발을 벗지 못하도록 단속하고 있다는 정보를 물고 온 것도 그들이었다. 우영사 민영익 역시 청나라 군대가 주둔하고 있는 동별궁에 머무르며 병사들을 단속하고 있었다. 한규직, 윤태준, 이조연 등이 이끄는 다른 부대 군사들도 경계 태세를 강화하고 있었다. 그처럼 거사 일정이 구체화되기 전부터 양대 세력 간에 전운이 감돌고 있었다.

며칠 뒤, 남산 밑에 주둔하고 있는 일본군이 한밤중에 야간훈련을 실시했다. 난데없는 포격 소리에 놀란 서울 시민들이 밤잠을 설쳤다. 이튿날 아침, 밤잠을 제대로 이루지 못한 고종이 김옥균을 불렀다. 일본군이 사전 통보도 없이 야간훈련을 실시하여 백성들을 놀라게 한 이유가 무엇인지 다케조에에게 물어보고 오라는 지시를 내렸다.

다케조에를 만나기에 앞서 김옥균은 외아문으로 찾아가 사건의 전말이 어떻게 되느냐고 물었다. 외아문에서 일본공사관을 찾아가 지난밤 포격 소리에 놀란 서울 시민들이 밤잠을 이루지 못했음을 지적하고, 사전에 알리지도 않고 포격 소리를 냈던 이유가 뭐냐고 따졌다. 그러자 다케조에가 내놓은 대답이 실로 엉뚱했다.

"지금 천하 각국의 병사들은 상시적으로 훈련을 실시하고 있소. 만일 대사격이나 대훈련을 실시했다면 마땅히 귀 아문에 알려야 하겠으나, 야간훈련이란 병사들의 근태를 살피기 위해 불시에 시행하는 것이어서 공사에게도 알리지 않소. 오로지 병사를 통솔하는 지휘관이 자기 판단 하에 실시하는 것이오. 그런데도 중국인이나 조선인들이 놀라고 두려워했다는 것은 참으로 뜻밖이오."

다케조에는 태연히 웃으며 상식 밖의 궤변을 늘어놓았다. 그는 그처럼 일본 군대가 남의 나라에서 포성을 울리며 야간훈련을 실시하는 것을 당연시하는 태도였다.

포격 소리에 놀란 사람은 서울 시민만이 아니었다. 미국 공사와 영국 영사, 독일 영사 등이 차례로 외아문을 방문하여 포격 소리가 났던 이유를 물으며 이해할 수 없다는 표정을 짓곤 했다.

외아문을 나서자, 김옥균은 그길로 홍영식을 찾아갔다.

"죽첨(竹籤) 공사가 새로 도임한 뒤로 놀라운 일이 계속 일어나고 있음은 어리석은 백성들도 다 알고 있는데, 그러다 보니 청국 병사들의 경계가 더욱 엄해지고 있고, 또 사대당들의 의심이 점점 심해지고 있어 장차 무슨 변이 생길지 알 수 없소이다. 참으로 큰 걱정이 아닐 수 없어요."

홍영식이 자못 근심 어린 표정을 지으며 먼저 입을 열었다.

"일본군의 훈련은 참으로 뜻밖이었소. 오늘날 우리가 좌우를 돌보지 않고 변혁을 도모하고자 하는 것은 누란의 위기에 처해 있는 나라의 현실로 볼 때 불가피한 선택이라 하겠소. 죽첨 공사가 다시 와서 과격한 일이 많이 생기는 것이 걱정스럽긴 하나, 오히려 그것이 복이 될지 누가 알겠소. 폐일언하고 속히 도모하되 늦추지 않는 것이 상책이라 생각하오."

김옥균은 웃는 얼굴로 말하며 거사를 서둘러야 한다고 강조했다.

"나도 그렇게 생각하오. 그러나 죽첨 공사가 하는 일이 일본 정부의 정략에서 나온 것인지, 아니면 죽첨 공사 개인의 일시적인 기분에서 한 일인지, 그 점이 궁금하오."

"그게 무슨 말씀이오? 무릇 외국에 사신으로 나가 있는 자가 어찌 본국 정부의 훈령도 받지 않고 자의로 행동할 수 있단 말이오. 더구나 죽첨은 천성이 나약한 서생인데, 어찌 정부의 명을 받지 않고 이처럼 무모한 일을 할 수 있겠소. 너무 의심하지 맙시다."

김옥균은 충고하듯 말하고, 홍영식과 머리를 맞대고 앉아 구체적인 거사 방안을 논의했다.

홍영식은 일찍이 개화파의 일원이 되었으나 맡고 있는 관직이 많은 데다 맡은 일에 충실한 성격이어서 거사계획에 적극적으로 참여하기 어려웠다. 그러나 거사계획이 구체화되고 급물살을 타기 시작하면서 그 날 밤에 이르러서는 그 뜻을 더욱 굳히게 되었다. 두 사람은 밤새워 추진 방안을 논의하다 먼동이 튼 뒤에야 헤어졌다.

절대 권력을 틀어쥐고 있는 군주 고종으로부터 누구보다도 두터운 신임을 받고 있고, 30세밖에 안 된 나이에 오늘날의 차관에 해당하는 협판 자리에 올랐기에 장래가 탄탄히 보장되어 있다고 할 수 있는 홍영식이 개화파의 거사에 앞장서기로 한 것은, 백척간두에 서 있는 나라를 살리는 길은 청의 지배에서 벗어나 개화를 추진하는 길밖에 없다는 굳은 신념 때문이었다. 따라서 그는 그 길이 정도가 아님을 잘 알면서도 인위적인 정치 개혁을 단행하여 개화파 중심의 정부를 구성함으로써 일본을 모델로 한 자주적인 개화운동을 펼쳐 나가기로 굳게 결심했던 것이다.

거사에 실패할 경우 자칫 역적으로 몰려 멸문지화(滅門之禍)를 당할 수도 있었으나, 개인이나 가족의 이해관계를 따지기에는 나라가 돌아가고 있는 꼴이 너무나도 한심하고 백성들의 삶이 너무나도 비참했다. 30세밖에 안 된 창창한 나이에 '모의 총람의 제일인자'라는 역할을 맡아 거사에 앞장서지 않을 수 없는 이유였다.

고종으로부터 일본군이 남산 밑에서 야간훈련을 실시한 까닭을 알아보라는 지시를 받은 지 3일 만에 김옥균은 다케조에를 찾아갔다. 일본군이 야간훈련을 실시한 배경에 대해서는 이미 여러 사람에게 들은 바 있어 긴 이야기를 나눌 필요가 없었고, 다케조에 역시 고종에게 좋은 말로 아뢰어 달라는 말로 이야기를 매듭지었다. 김옥균과 다케조에는 그때 이미 한배를 탄 동지나 다름없었다.

그날 밤, 김옥균은 고종을 알현하고 다케조에와의 면담 결과를 보고했다.

"오늘 일본공사관에 가서 죽첨 공사에게 힐문했더니, 죽첨 공사가 한 대답이 이러했습니다.

'지금 청국과 불란서가 교전하고 있는 것은 마치 이웃집에 도둑이 들고 불이 난 것과 같아 수비를 조금도 소홀히 할 수 없습니다. 그리고 야간훈련 같은 일은 언제나 불시에 실시하는 것입니다. 외국에 나가 있는 군대 또한 이런 일을 게을리할 수 없습니다.

지난날 밤의 일은 실로 제가 모르는 바입니다. 나중에 들으니, 청국 진영의 원세개와 귀국의 우영사 등에서 밤만 되면 계엄을 실시하여 군사들이 옷을 벗지 않고 마치 전시처럼 대비하고 있다고 합니다. 지금 양국 군대가 한곳에 주둔하면서 비록 적대시하는 일은 없으나 한쪽에서는 계엄을 실시하고 있으니, 일본군의 처지로서는 어찌 홀로 가만히 보고만 있겠습니까. 그래서 무라카미 대위가 뜻밖의 일에 대비하기 위해 야간훈련을 실시했던 것입니다. 일의 전말이 이러할지라도 대군주께서 놀라셨다 하니 황송스럽기 그지없습니다.'

다케조에는 이렇게 말하며 몇 차례나 고개를 조아렸습니다."

김옥균은 그처럼 교묘한 말로 다케조에의 입장을 대변했다.

"청국 진영이나 전영사, 좌영사, 우영사가 까닭 없이 계엄을 실시하여 일본인들의 의구심을 자아내게 한 것은 사려 깊지 못한 일이로다."

고종은 그처럼 탄식하며 친청사대파에 대해 불편한 심기를 드러냈다.

묵씨가 곧
조선 왕이오 조선 정부다

앞에서 살펴본 바와 같이, 개화파의
정변은 개화파 단독의 힘으로는 성사시킬 수 없었다. 정변을 성공으로
이끌려면 반드시 한반도 정세에 영향을 미치고 있는 외국 여러 나라의
이해와 협조가 선행되어야만 했다.

당시 한반도 정세에 직접적인 영향을 미친 나라 중에서 개화파가 기
대를 걸고 있는 나라는 바로 한반도 이웃에 있는 일본이었다. 일본처럼
직접적인 이해관계는 없으나 보다 강력한 군사력을 보유하고 있는 미국
이나 영국도 무시할 수 없는 상대였다. 이 때문에 개화파는 일본공사에
못지않게 미국공사와 영국영사에게도 많은 공을 들이고 있었다.

그러던 어느 날, 미국공사 푸트 부처가 김옥균의 집으로 찾아왔다.
공사 부인을 먼저 돌려보내고 나서, 김옥균은 푸트와 마주앉아 진지한
대화를 나눴다.

"귀공도 알다시피, 지금 우리 조선의 정세가 매우 위중하오. 청국과
일본 등 주변국들은 남의 나라에 군대를 주둔시킨 채 일전을 불사할 태

세를 취하고 있고, 정권을 틀어쥐고 있는 친청사대파는 나라의 안위보다 개인의 이익을 추구하기에 급급하고, 위정자의 가렴주구에 시달리고 있는 백성은 도탄에 빠져 있소. 제반 정세가 이대로는 잠시도 더 끌고 갈 수 없는 형편이라 하겠소. 해서 우리 개화당은 불원간에 목숨을 내놓고서라도 개혁을 도모하고자 하는데, 귀공의 생각은 어떠하오?"

김옥균은 마음속에 담아 두었던 이야기를 털어놓으며 상대방의 반응을 살폈다.

짐작하고 있었다는 듯, 푸트는 조금도 놀라는 기색을 보이지 않으며 조용히 입을 열었다.

"공들이 오래전부터 나라를 위해 목숨을 걸겠다는 뜻을 가지고 있음은 잘 알고 있고, 존경해 마지않는 바이오. 그럼에도 불구하고 공사로 부임한 이래 미국 정부가 비밀리에 지시한 사항이나 개인적으로 마음속에 품고 있던 사항을 하나도 이루지 못했소. 해서 마땅히 일찍 귀국했어야 함에도 머뭇거리고 있었던 것은 귀국의 독립에 대해 귀공들에게 거는 기대가 크기 때문이었소.

청국 병사를 철수시켜 달라는 공들의 부탁에 대해서도 깊이 생각했소. 다케조에 공사가 일본에 가 있는 동안 시마무라 씨와 상의하여 그로 하여금 일본 외무상과 의논하도록 한 일도 있었소. 그것은 물론 나 개인의 의견만은 아니었소. 바라건대, 공들은 나라와 자신을 위해 조용히 기다려 봄이 어떻겠소?"

그처럼 푸트는 개화파의 거사계획에 찬동하면서도 너무 서두르지 말라고 충고했다.

그 무렵, 미국공사 푸트는 공사 자리를 사임하고 귀국하는 문제를 놓고 심각한 고민에 빠져 있었다. 곧은 성격의 소유자인 푸트로 하여금 공사 자리를 놓고 갈등하게 한 문제는 크게 두 가지였다. 하나는 묄렌도르프와의 불화였고, 또 하나는 조선 공사에 대한 미국 정부의 푸대접이었다.

조선 정부의 사실상의 외교 책임자인 묄렌도르프와의 갈등은 1883년 푸트가 공사로 부임한 뒤 얼마 안 되어 시작되었다. 공사로 부임하자 푸트는 정동에 있는 집을 사 수리하는 데 상당한 시일이 소요되었기 때문에 한동안 박동에 있는 묄렌도르프 집에 머물렀다. 그처럼 서로 돕고 의지하는 동안 두 사람은 매우 우호적인 관계를 맺을 수 있었다.

둘 사이에 틈이 벌어진 것은 어떻게 보면 우연이었다. 묄렌도르프가 대단치 않은 병으로 며칠 결근한 동안 미국공사 푸트가 고종을 설득하여 보빙사절단을 미국에 파견하기로 했다. 푸트는 일국의 공사로서 마땅히 해야 할 일을 했다며 당연하게 생각했으나, 외아문 협판으로 조선 정부의 외교 업무를 좌지우지하고 있던 묄렌도르프는 자신의 소관 업무를 사전 상의도 없이 추진했다며 몹시 화를 냈다. 묄렌도르프는 "미국 공사가 내 병을 그 따위로 이용하다니 야비하다."고 일기에 적을 만큼 몹시 불쾌하게 생각했다.

그때부터 두 사람 사이가 삐걱거리기 시작했다. 서양의 어느 나라보다 미국을 좋아했던 고종은 바로 그해 여름 푸트에게 미국 정부를 통해 프랑스, 러시아와 수호통상조약을 맺을 수 있도록 주선해 달라고 부탁했다. 푸트의 보고를 받은 미국 정부는 두 나라에 사신을 보내 조선 정부의 뜻을 전했다. 따라서 이듬해 봄이면 두 나라에서 조선에 사신을 보낼 것으로 기대하고 있었다. 그런데 1884년 1월, 느닷없이 묄렌도르프가 북경 주재 프랑스 및 러시아 공사에게 편지를 보내 그들 나라가 조선과 조약 맺기를 바란다면 자신이 소개하겠다며 푸트의 공을 가로채려 했다.

그 일이 표면화되면서 두 사람 사이가 소원해지기 시작했다. 푸트의 입장에서 보면, 무엇보다 조선의 외교권을 전횡하려는 묄렌도르프의 처사가 못마땅했다. 묄렌도르프는 외아문 협판이 된 지 1년이 채 안 되어 조선의 외교와 세관 업무를 혼자서 맡아 쥐락펴락했다. 푸트는 조선어 통역인 윤치호에게 그런 문제점을 지적하며 조선의 앞날을 크게 걱정했다.

"무릇 조선의 외교나 세관 등에 관한 일은 모두 다 목씨의 손아귀에 들어 있다. 외아문 관리들은 모두 그의 부림을 받고 있어 내가 비록 외아문에 가서 일을 의논한다 해도 필경에는 목씨가 결정하게 된다. 내가 불가불 목씨와 일을 상의하지 않을 수 없는 이유다. 흙이나 나무와 다를 바 없는 귀국의 관원들과 상의한다는 것은 시간만 낭비하는 꼴이다.

한탄스러운 것은 조선 정부에 사람이 없어 목씨로 하여금 모든 외교권을 장악하게 했기 때문에 외국인들은 조선 천지에 목씨가 있는 것만 알고 다른 사람이 있는 것은 모르게 된다는 것이다. 그리하여 몇 해가 지나면 조선에 오는 관원이나 상인들은 목씨와 더불어 일을 의논하고 결정하지 않을 수 없을 것이다. 그런즉 목씨의 권세는 일취월장하여 천하 사람들은 오래지 않아 '목씨가 곧 조선 왕이요 조선 정부이다. 목씨가 진짜 왕도 정부도 아니나, 그 무진장한 권력으로 하지 못할 바가 없다.'고 하게 될 것이다."

'목씨(穆氏)'란 고종이 묄렌도르프에게 내린 이름 '목인덕(穆麟德)'에서

'목'자를 성으로 삼아 부른 호칭이었다.

날카로운 지적이었다. 조선의 관원들이 얼마나 무지몽매하고 무기력했는지 짐작할 수 있는 대목이었다. 정말 부끄럽고 창피한 일이 아닐 수 없었다.

그처럼 조선 천지를 손아귀에 쥐고 흔들고 있는 묄렌도르프에게 대항하여 무모하게 대드는 사람이 둘 있었으니, 하나는 조선 제일의 한량 김옥균이었고 또 하나는 허우대가 큰 미국공사 푸트였다.

푸트는 묄렌도르프가 조선의 외교권을 마음대로 행사하는 것에 반대했고, 특히 청나라의 이익을 위해 행사하는 것에 반대했다. 그렇게 되면 묄렌도르프를 조선 정부의 외교 고문으로 채용한 취지에 어긋나기 때문에 반대했다. 또한 조선 정부의 부탁으로 이미 미국이 주선에 나선 일에 묄렌도르프가 개입하는 것에 반대했고, 조선의 자주적인 외교권 행사에 청나라를 개입시키려는 처사에 반대했다. 그는 영사관을 찾아온 홍영식에게 그 같은 문제점을 지적하며 조선 정부가 발분하도록 촉구하곤 했다.

푸트를 괴롭힌 또 하나의 문제는 주한미국공사의 지위를 격하시킨 것이었다. 1884년 9월 미국 정부는 주변국인 중국이나 일본에 비해 국격이 낮다고 판단했던지 주한미국공사의 지위를 '특명전권공사'에서 '변리공사 및 총영사'로 격하시켰다. 은둔의 나라 조선에 와서 외교관으로서 조선의 개화에 보탬이 되겠다는 큰 포부를 품고 있는 푸트에게 충격적인 조치가 아닐 수 없었다. 그러자 그는 공사 자리를 내놓고 본국으로 돌아가기로 결심했다.

푸트가 공사직을 사임하고 귀국하려 한다는 소문이 들려오자, 홍영식이 곧바로 미국공사관으로 달려갔다.

"공이 이제 귀국하려 하는 것은 우리 조선의 일이 제대로 되어 가는 것이 없고, 백성들이 괴로움을 당하고 있음에도 공의 힘으로는 어찌할 수 없고, 완고한 자들을 가르칠 수 없다고 판단했기 때문일 것이오. 공의 그런 괴로운 마음을 헤아릴 수 있고 스스로도 부끄럽게 생각하기 때문에 개탄하고 있소이다.

하지만 공이 귀국하고 나면 어느 누가 공처럼 우리 조선을 위해 진심으로 걱정하고 애써 주겠소. 생각하면 할수록 슬플 뿐이오. 공은 어찌하여 한때를 기다려 우리 조선이 기틀을 다진 후에 돌아가려 하지 않소. 그리되면 공은 가히 끝맺음을 볼 수 있을 것이며, 우리 조선도 공이 염려해 주신 덕분에 발전하게 될 것이오. 나는 나 개인이 아닌 우리 조선을 위해 속마음을 토로하는 것이오."

홍영식은 푸트의 귀국을 진심으로 안타까워하며 말렸다.

"솔직히 말해 줘서 고맙소. 내가 귀국을 생각하게 된 까닭을 이야기하겠소. 작년 봄 처음 조선에 왔을 때, 우리 미국 정부는 나에게 전권을 주며 비준을 교환하도록 했소. 내가 판단하여 서울에 머무르겠으면 머무르고 불가하다고 판단하면 조선에 주재하지 말고 이웃나라를 돌아다니면서 때때로 조선의 형세를 살피라 했소.

하지만 내 생각은 달랐소. 조선에 주재할 수 없는 경우를 제외하고는 서울에 상주하며 두 나라 간의 우의를 다지고 조선의 발전을 돕겠다고 기약했소. 그런 까닭에 여러 가지 어려움이 있었음에도 가족을 데리고 서울에 와서 살게 되었소. 나는 오로지 우리 두 나라가 화목하게 지내기를 바랐고, 이 푸른 눈으로 조선의 이익을 돌보았던 것이오.

서울에 도착한 지 얼마 안 돼 목씨를 만나게 되었소. 나는 이 사람과 함께 외교나 통상 등 조선에 유익한 일을 의논하며 조선의 개혁정치를 도우려 했소. 그것이 또한 목씨를 조선의 외교 고문으로 앉힌 까닭이라 할 것이오. 그런데 이 사람은 심사가 공평치 못해 나를 자기 당으로 삼으려는 생각만 했소. 물론 나는 그의 뜻을 따를 수 없었고, 그래서도 안 되는 것이었소.

그래서 외아문과 상의할 일이 있으면 나는 반드시 외무독판에게 말했소. 그 까닭은 목씨가 비록 고문 자리에 있기는 하나 전권하는 권한이 없으며, 나는 당당히 미국 정부의 흠차(欽差)공사로서 조선 정부와 더불어 수호통상을 하러 온 것이지 목씨를 위해 온 것이 아니기 때문이었소."

푸트의 이야기는 길게 이어졌다.

그때부터 묄렌도르프는 푸트에게 악감정을 품기 시작했다. 외무협판인 자신을 제치고 직속상관인 외무독판을 직접 상대하는 데 대한 반감이었다. 서울에 주재하는 외교관은 물론 서울을 드나드는 외국인들이 모두 굽실거리며 모든 일을 자신과 상의하는데, 유독 미국 공사만이 뻣뻣하게 굴었다. 그러자 묄렌도르프는 푸트를 헐뜯으며 미국과 관련된 일은 무엇이든 작정하고 방해했다. 그처럼 묄렌도르프는 일국의 나랏일을 업무적인 자세가 아닌 감정적인 자세로 대했다.

그러자 어느 날, 푸트가 묄렌도르프를 만나 쏘아붙였다.

"나는 미국 정부의 명에 따라 조선 정부에 사절로 온 것이지, 그대에게 온 것이 아니다. 내가 왜 매사를 그대와 상의해야 하는가?"

그 말을 들은 묄렌도르프는 푸트를 더욱 미워하게 되었다.

푸트는 심성이 곧고 바른 사람이었다. 그는 묄렌도르프와 타협하지 않는 대신 조선이 문명 세계로 발전해 나가도록 하는 일에 일조하고 싶었다. 그런 일이라면 미국 공사로서 무슨 일이든 도우려 했다. 그가 묄렌도르프와 타협하지 않는 것도 묄렌도르프의 자세에 문제가 있기 때문이었다. 묄렌도르프는 조선의 이익보다 청나라의 이익을 위해 일했고, 친청사대파와 손잡고 개인의 세력을 확장하고 있었기에 같이 손잡을 수 없었던 것이다.

조선으로 하여금 문명 세계로 발전해 나가도록 하는 데 밑거름이 되겠다는 푸트의 마음에 찬물을 끼얹는 것이 또 있었다. 너무나도 수준이 낮은 조선 관원들의 공무 자세였다. 그들은 좀처럼 의견이 합치되는 일이 없을 뿐만 아니라 서로 원수처럼 지냈다. 정책이나 외교의 옳고 그름, 국가의 안위, 백성의 도탄 등에 관심을 가진 자는 없고 오로지 사리사욕을 채우기에 급급했다. 그런 자들과 조선의 개화를 논하는 것은 마치 나무에 올라가 물고기를 얻으려 함이나 다를 바 없었다. 그가 조선 개화의 꿈을 버리고 귀국을 결심하지 않을 수 없는 또 하나의 이유였다.

"더욱이 지난 며칠 동안 목씨가 여러 관원들을 지휘하여 서로 돕고 있어 목씨와 우리 미국인은 이제 그 형세가 양립할 수 없게 되었소. 이런 꼴을 보고도 머리를 숙이고 마음을 낮춰 가며 괴롭게 시일을 보내는 것이 귀국을 위해 무슨 이익이 되겠소. 이것이 바로 내가 귀국하려는 이유요. 다시 말해, 나의 이상을 능히 펼 수 없기에 허둥지둥 고향으로 돌아가려는 것이오. 만일 내 이상을 펼 수 있는 길이 있다면 왜 아니 머무르겠소."

푸트는 귀국을 결심할 수밖에 없는 비통한 심정을 숨김없이 토로했다.

"대저 나무는 스스로 썩은 뒤에 벌레가 생기고 사람은 반드시 스스로 업신여긴 뒤에 사람들이 업신여기는 것이오. 지금 목씨의 잘못을 모르는 사람은 아무도 없소."

홍영식은 그렇게 전제하고 나서 묄렌도르프의 잘못을 조목조목 나열했다. 구체적인 예로, 미국이 조선과 수호통상조약을 체결할 때는 공정했는데 묄렌도르프가 참여하여 영국과 조약을 체결할 때는 우리의 권리를 많이 빼앗겼음을 첫 번째 잘못으로 꼽았다. 미국의 경우 조선으로 하여금 자유롭게 세칙을 정하도록 함으로써 많은 이익을 얻도록 했는데, 영국과 세칙을 정할 때는 많은 권리를 포기하게 했음을 또 하나의 잘못으로 꼽았다. 조선 정부는 제물포를 각 나라 사람들이 같이 주거하는 조계지로 삼으려 했는데, 묄렌도르프가 어느 지역을 골라 일본인에게 아첨하고 다른 지역을 골라 청나라 사람들을 기쁘게 한 뒤 나머지 처진 땅을 서양인 거류지로 삼았음을 세 번째 잘못으로 꼽았다.

홍영식은 그처럼 묄렌도르프의 잘못을 지적하고 조선 정부 관원들의 용렬함을 꼬집고 난 뒤, 푸트에게 아리송한 질문을 던졌다.

"지금 여기에 한 기름등이 있어 불빛이 매우 밝으나 밖에 있는 물건에 가려 안의 빛이 능히 밖을 비추지 못하고 밖의 물건은 능히 밝은 빛을 받지 못하고 있다고 합시다. 어떤 사람이 가리고 있는 물건을 걷어내 그 빛을 내보내려 하나 그 물건이 너무 뜨겁고 단단해서 쉽게 걷어낼 수가 없기 때문에 부득이 그 물건을 깨뜨려 그 빛을 사방에 전하고자 합니다. 그때 누군가가 옆에서 그 광경을 지켜보고 있었다면 잘한 일이라 하겠소, 잘못한 일이라 하겠소?"

"공의 질문은 큰 뜻을 내포하고 있어 가볍게 대답하기는 어렵소. 나의 어리석은 소견을 말한다면, 지금 이 등은 사면으로 바람이 부는 곳에 놓여 있어 그 가리고 있는 물건은 부는 바람에 의해 깨질 수도 있고 불이 붙어 깨질 수도 있고 열이 심해 깨질 수도 있는데, 어찌하여 반드시 손으로 두드려서 깨려 하나요?

요행히 손으로 깨뜨리는 것이 순조롭게 이루어진다면 좋겠지만, 만약 일이 뜻대로 되지 않는다면 손을 델 수도 있고 옷을 태울 수도 있어 그 위태로움을 측량할 수 없을 것이오. 자칫 역적의 이름을 뒤집어쓸 수도 있으니 어찌 위태롭다 하지 않겠소. 이런 까닭으로 나는 조용히 기회를 엿보아 등을 가리고 있는 물건들이 스스로 깨지기를 기다리는 것이 옳은 계책인 것으로 생각하오."

홍영식과 푸트는 그처럼 등불을 비유 삼아 오랜 시간 거사를 단행해야 하느냐 때를 기다려야 하느냐는 문제를 놓고 논쟁을 벌였다. 푸트는 여전히 거사의 원칙에는 찬성했으나 그 시기가 이름을 이유로 기회가 올 때까지 기다리라고 충고했다.

개화파와 친청사대파 간에
치열한 첩보전이 전개되다

그 무렵 개화파의 스승 유대치가 병이 들어 개화파 모임에 참석할 수 없었다. 박규수, 오경석, 유대치로 이어진 개화파의 세 스승 중 마지막 남은 유대치마저 병이 들었으니 개화파 사람들의 걱정이 크지 않을 수 없었다. 오경석과 동갑인 유대치는 벌써 54세가 되어 노년으로 접어들고 있었다.

김옥균, 박영효, 서광범 등 개화파 핵심 인물들이 모여 술을 마신 뒤 투병 중인 유대치를 수표교 집으로 찾아갔다. 유대치가 아픈 몸을 추스르고 일어나 그들을 맞았다.

"죽첨 공사가 다시 서울로 온 뒤로 온 세상이 시끄러워져서 마치 파도가 치고 구름이 일듯이 물의를 일으키고 있어 매우 위태롭게 생각합니다. 이렇게 될 줄 알았다면 일을 진작 도모하는 것이 낫지 않았을까 싶은 생각도 드는데, 일본 정부의 정략을 귀공들은 과연 깊이 알고 있나요?"

유대치가 문제의 핵심을 끄집어냈다. 거사를 앞두고 있는 개화파의 입장에서 과연 일본을 믿어도 되겠느냐고 묻는 것이었다.

"현 시점에서는 일본 정부의 정략에 대해 논의하지 않는 것이 좋을 것 같습니다. 설사 일본 정부의 원조를 받지 못한다 하더라도 현재 우리가 처해 있는 상황이 배수의 진을 친 데다 양식마저 떨어진 형국이어서 매우 절박합니다. 참으로 일본 정부의 협조 여부를 기다릴 수가 없습니다. 그런데 마침 다시 돌아온 다케조에가 과격하게 나와 오히려 우리에게 화를 미칠 염려가 있으니 이 또한 시운이라 하겠습니다. 우리는 이제 운수는 하늘에 맡기고 한번 죽기로 결정한바 있습니다. 바라옵건대, 선생께서는 안심하시고 몸조심하소서."

김옥균이 말했다. 그는 개화파가 처해 있는 입장이 배수진을 친 것처럼 매우 위급한 상황임을 솔직히 털어놓았다.

"정말 염려되는 것은 과연 우리가 거사를 할 만한 힘을 갖추고 있느냐는 것이오. 일본 군사는 100여 명에 불과한데, 비록 군기는 청국 군대보다 강한 듯하나 인원수가 너무 적으니 그 점이 큰 걱정이 아닐 수 없소."

유대치는 여전히 심각한 표정을 지으며 문제점을 지적했다.

핵심을 찌르는 말이었다. 청불전쟁에서 비록 청군이 패했다 하나, 아직도 서울에 남아 있는 청군은 1,500명이나 되었다. 그 숫자도 정확한 것은 아니었다. 청불전쟁으로 3천 명이던 청나라 군사 중 절반이 철수했다는 소문에 따라 추정한 수치일 뿐, 현재 서울에 청군이 얼마나 남아 있는지 정확한 숫자는 알 수 없었다.

일본군도 마찬가지였다. 현재 서울에 주둔하고 있는 일본군이 몇 명이나 되는지 정확한 숫자는 알 수 없었다. 일본공사관 직원이나 일본군 장교들의 말을 듣고 150명인 것으로 추정할 뿐이었다. 그 숫자도 청군과 비교하면 10분의 1밖에 안 되었다. 그처럼 숫자로 보아 열세인 일본군을 믿고 정변을 일으킨다는 것은 누가 보아도 무모한 일이라 아니할 수 없었다.

일본공사 다케조에가 큰소리치고 있는 것은 사실이나, 막상 청군과 일본군 간에 전쟁이 벌어지면 일본이 어떤 자세를 취할 것이며, 얼마나 많은 병력을 얼마나 빠른 시간에 한반도에 투입할지 아무도 예측할 수 없었다. 그런 문제는 국가 기밀에 속하는 사항이어서 아무도 섣불리 말하려 하지 않았다.

그럼에도 불구하고 김옥균과 박영효 등 개화파 지도자들은 미구에 거사를 단행하는 쪽으로 일을 몰고 갔다. 그것은 반드시 거사에 성공할 것이라는 확신에서 내린 결론이 아니었다. 궁지에 몰린 쥐가 고양이에게 달려들 듯, 권력의 핵심에서 밀려난 개화파가 국가 권력을 움켜쥐고 있는 친청사대파를 물기 위해 달려드는 것이나 다를 바 없었다. 다시 말해, 개화와 수구라는 시대사상의 충돌에서 패배한 개화파가 시세의 흐름을 반전시키기 위해 정변이라는 극단적인 수단을 택했던 것이다.

이튿날, 친청사대파의 움직임에 관한 정보를 수집하고 있던 행동대장 이인종이 김옥균의 집으로 달려가 보고했다. 우영사 민영익이 그날 새벽 느닷없이 청군 장수 원세개를 찾아가 밀담을 나눴는데, 헤어질 때 원세개가 진중에 명령을 내려 단속이 더욱 엄해졌다는 것이다.

그 보고를 받자 김옥균은 즉시 행동대원 고영석을 보내 민영익이 몇 시에 돌아왔는지 알아보라고 했다. 민영익의 진영에 다녀온 고영석은 민영익이 새벽 3시 40분에 원세개와 함께 우영으로 돌아왔고, 원세개는 다시 청장 오조유(吳兆有)의 진영을 찾아갔다 동틀 무렵에 하도감으로 되돌아갔다고 했다. 민영익은 그 무렵 목구멍에 병이 났음을 핑계로 궁중 출입을 하지 않았기에 진짜 이유가 무엇인지 궁금증을 자아냈던 것이다.

김옥균은 이튿날 오위장 양홍재를 불러, 지난밤 민영익이 원세개를 방문한 이유가 무엇이냐고 물었다. 양홍재는 민영익의 방문 사실은 알고 있었으나, 그 이유에 대해서는 알지 못한다고 했다. 다만 원세개가 우영에 도착하여 민영익과 필담을 나눴는데, 필담 원고는 민영익이 상자 속에 깊숙이 감춰 두었으므로 기회가 닿는 대로 뽑아 보겠으며, 그 내용을 알게 되면 즉시 찾아와 보고하겠다고 했다. 양홍재는 민영익이 수족처럼 부리는 수하인데, 개화 세상을 동경해서인지 이따금 김옥균을 찾아와 민영익의 동정을 알려 주곤 했다.

깊은 궁궐 안의 소식을 전해 준 사람은 내시였다. 밤이 이슥하면 내시가 김옥균의 집으로 찾아와 상감과 중전의 일상생활 등 시시콜콜한 일까지 알려 주었다. 중전마마의 봉서를 전하는 무감들이 민영익, 민태호, 민영목 등의 집을 수시로 왕래한다는 사실도 알렸다. 원세개 일당이 중전 민씨를 중심으로 모종의 음모를 꾸미고 있음도 귀띔했다.

어느 날 각감 박대영이 찾아와 놀라운 소식을 전했다. 전날 밤 민영익이 대궐로 찾아와, 그동안 연경당 앞에 방치해 두었던, 묄렌도르프가 독일에서 사 온 대포 2문을 수리할 데가 있다며 청군 장수 오조유가 주둔하고 있는 하도감으로 옮겼다는 것이다.

그처럼 개화파의 거사 일정이 확정되기도 전에 개화파와 사대파 간에 치열한 첩보전이 전개되고 있었다. 첩보전의 지휘자는 개화파의 경우 김옥균이었고, 뚜렷한 지휘 체계가 갖추어져 있는 것은 아니었으나 친청사대파의 경우 민영익이 그 역을 맡고 있었다.

김옥균과 박영효 등 개화파 지도자들에게 정보를 제공한 사람은 행동대원들만이 아니었다. 서울에 주재한 외교관들도 곧잘 그들을 찾아와 대화를 나누며 정보를 흘렸다.

어느 날 영국영사 애스턴이 김옥균을 집으로 찾아와 청국과 러시아 사이에 모종의 교섭이 진행되고 있음을 알렸다. 러시아의 남하정책을 철저히 봉쇄하고 있는 나라가 영국이기에 당연한 귀띔이라 할 수 있었다.

한성순보의 발간 업무를 맡고 있는 일본인 이노우에 가쿠고로도 김옥균에게 유용한 정보원이었다. 어느 날 이노우에가 김옥균을 찾아와 오랜 시간 이야기를 나눴다.

"근일 일본공사관의 동정이 예전과는 크게 달라진 것 같습니다. 공들과의 관계는 여전하지요?"

이노우에가 물었다. 조선의 대표적인 지식인인 데다 자신보다 10여 살 연상이기에 그는 언제나 김옥균을 스승처럼 깍듯이 대했다.

"우리가 언제 일본공사관과 가깝게 지낸 적이 있었나."

김옥균은 부러 딴청을 부리며 상대방의 말에 관심이 없는 척했다.

"무슨 말씀을 하십니까. 공들이 우리 공사관과 가깝다는 것은 천하가 다 아는 사실인데요. 아무래도 지금처럼 협조적인 분위기가 조성되고 있을 때 큰일을 도모해야 하는 것 아닙니까?"

이노우에는 김옥균의 엉뚱한 반응을 무시하고 직설적으로 말했다.

"나도 그런 생각이 없는 것은 아니나, 아직 귀국 정부의 뜻을 알 수 없는 데다 다케조에 공사가 하는 말만 믿고 가벼이 움직일 수는 없지 않소. 그래서 말인데, 그대가 나를 위해 후쿠자와 유기치(福澤諭吉) 선생에게 자세히 알아보고 근일의 귀국 정부의 뜻을 알려 주는 것이 어떻겠소?"

김옥균은 그때에야 비로소 속마음을 털어놓았다.

"그 일에 대해서는 제가 지인에게 서신을 보냈으니 다음 선편에 회신이 올 것 같습니다. 공들이 하는 일은 제가 살펴 알고 있으나, 공들이 저에게 숨기기만 하니 그 점이 매우 섭섭합니다."

이노우에는 섭섭한 마음을 솔직히 토로하고 나서, 그동안 민영익, 김윤식 등 친청사대파 인사들과 필담을 나눴던 내용을 숨김없이 알려 주었다.

어느 날 후영사 윤태준이 김옥균을 찾아왔다. 윤태준은 임오군란 때 민비를 화개동에 있는 자신의 집에 숨긴 뒤 여주를 거쳐 충주로 피신시킨 공로로 이조연과 함께 특별 과거를 통해 승진 가도를 달렸다. 그리하여 친군영 우영사를 거쳐 후영사로 임명되어 군권을 거머쥐고 있었다. 민영익과 결의형제를 맺을 만큼 가까웠는데, 꾀가 많아서인지 '여우'라는 별명이 붙어 있었다. 개화파가 숙청 대상 1호로 삼고 있는 자였다.

"요즘 들으니, 죽첨이 공과 새로 교분을 맺어 그새 자못 친해졌다 하니, 공은 일본 정부의 근황을 자세히 알고 있을 것 아니오. 숨기지 말고 이야기해 주시기 바라오."

윤태준이 먼저 입을 열었다. 그는 서재필의 이모부로 김옥균과는 막역한 친구 사이였다. 그렇기에 김옥균과는 정치 이념이 다르고 노선이

달랐음에도 자신의 방문 목적이 일본 정부의 최근 동향을 알고 싶다는
데 있음을 숨기지 않고 물을 수 있었던 것이다. 과연 일본이 청나라를
상대로 전쟁을 일으킬 것이냐는 점이 몹시도 궁금했던 것이다.

'죽첨(竹籤)'이란 일본공사 다케조에 신이치로(竹籤進一郞)의 성을 우리말
로 표기한 것이었다.

"내가 목인덕과 사이가 좋지 않았고 그로 인해 죽첨과의 사이도 벌어
졌기 때문에 작년에 일본에 갔을 때 허다한 곤경에 처했다는 것은 공이
잘 알고 있을 것이니, 죽첨과 나의 교분 또한 미루어 짐작할 수 있을 것
이오. 이번에 죽첨이 조선에 와서 한 여러 가지 온당치 못한 일에 대해
나는 여러 차례 비웃었소. 만약 일본이 장차 청국과 전쟁을 일으킬 뜻
이 있다면 어찌 어린애 장난처럼 경박하게 굴겠소.

그런 점으로 미루어 볼 때, 일본 정부가 결코 청국과 전쟁을 일으킬
뜻이 없음을 알았소. 내가 살펴본 바로는 죽첨이 공사로 부임한 이래
꾸미고 있는 일들이 하나도 유약하지 않음이 없으며, 특히 강자에게 굽
히는 본색을 드러냈는데, 그로 인해 외국 사람들의 비웃음거리가 되고
있고 일본 내에서도 비판이 없지 않은 것으로 알고 있소."

진심을 털어놓을 수 있는 상대가 아니기에 김옥균은 그처럼 이야기를
부정적인 방향으로 몰고 갔다.

"아, 그렇군요."

수긍한다는 듯 윤태준은 고개를 끄덕거렸다.

"그렇기 때문에 지금 배상금을 상환하는 일을 가지고 죽첨이 불학무
식한 조선 사람들에게 강한 기세를 보이려 한 것이오. 공이 사직한 것
도 그의 술책에 빠진 것이어서 매우 한스럽게 생각하는 바이오."

김옥균은 여전히 다케조에와 별로 가까운 사이가 아닌 것처럼 가장했다. 윤태준은 고개를 끄덕거리며 듣고만 있었으나, 그의 얼굴에는 반기는 기색이 역력했다.

　개화파와 친청사대파는 그처럼 서로 속이고 속으며 첩보전을 전개하고 있었다.

거사를 서두르지 말고
기회가 올 때까지 기다려라

김옥균과 박영효 등 개화파 사람들이
머지않아 정변을 일으키려 한다는 사실은 친청사대파는 물론 청군 장수
들도 알고 있고, 서울에 주재하는 외교관들도 알고 있었다. 따라서 친
청사대파와 청군 장수들은 자주 회동하여 밀담을 나누고 경비를 강화하
고 있었다. 그런가 하면, 미국공사나 영국영사 등 개화파와 가까운 외
교관들은 개화파 사람들을 만날 때마다 거사 시기를 늦추라고 충고하곤
했다.

거사일을 10여 일 앞둔 어느 날, 김옥균이 영국영사 애스턴을 찾아갔
다. 화제가 청불전쟁에 이어 일본과 청국 간의 관계로 넘어가자, 김옥
균이 넌지시 거사 문제를 꺼냈다.

"조선의 내정이 날로 위급해지고 있어 청국과 불란서가 싸우는 틈을
타 내정 개혁을 도모하고자 하는데, 공의 생각은 어떠하오?"

"공들이 나라를 위해 결정한 뜻을 살펴 아는 바 있기에 이미 파크스
공사에게도 보고한 바 있소. 공사가 내년 봄에 조선에 올 것인데, 그때

공들과 인사를 나누게 될 것이오. 공들은 그때까지 시기를 늦추는 것이 어떻겠소?"

애스턴은 은연중에 거사 시기를 늦추는 방안을 제시했다.

파크스(Harry S. Parkes)는 주일영국공사를 거쳐 주중영국공사로 활동하고 있었는데, 1883년 11월 조선과 수호통상조약을 체결한 장본인이었다. 당시 영국은 조선을 하찮게 여겨 중국공사로 하여금 조선공사를 겸임케 하고 서울에는 영사만을 상주시켰다. 그렇게 볼 때, 파크스 공사는 애스턴 영사의 직속 상사였던 것이다.

"만약 기다리기만 하다 일은 성사되지 않고 위험이 닥쳐오게 되면 어떻게 해야 하오?"

"그것은 내가 답변할 수 있는 문제가 아닌 것 같소. 그러나 나의 얕은 소견으로는 이웃 나라가 귀국을 위해 변혁을 꾀할 수도 있는 것 아니겠소."

"공은 일본이 그런 일을 할 것이라고 보는 거요?"

김옥균은 웃는 얼굴로 물었다.

"농담으로 한 말이오. 그러나 나의 얕은 소견으로는 머지않은 장래에 귀국에 갑작스러운 변고가 생길 것이니, 공들은 모름지기 조심하기 바라오."

"그 점은 나도 염려하는 바이오. 우리야 조선 사람이니 죽더라도 한이 없겠으나, 만일 변고가 생기게 되면 각국 사람에게 누가 될 것이니 그 점이 실로 걱정이오."

"만일 변고가 생기면 공들은 어떻게 처신하겠소?"

애스턴 역시 웃으며 물었다.

"만일 변고가 생기면 마땅히 국왕과 더불어 생사를 같이해야지요."

"그렇다면 나는 어떻게 처신해야 하오?"

"공도 역시 우리와 같이 처신해야 할 것이오. 외국에 사신으로 나와 있으니 그 나라에 변란이 생기면 각국 사신은 그 나라 임금과 안위를 같이하는 것이 곧 공법(公法)일 것이오."

"공의 말씀이 참으로 옳은 것 같소. 그러나 임금이 통제할 수 없을 만큼 위태로운 형세에 이르게 되면 어떻게 해야 하오?"

"그것은 지나친 걱정이오. 사세가 그 정도에 이르면 그것은 사람의 힘으로는 어찌할 수 없는 것 아니겠소. 우리 대군주께서는 각국 사신에 대하여 늘 걱정하고 계시니 그 지경에 이르기 전에 위험한 처지에 이르지 않도록 보호하실 것이오."

김옥균은 그렇게 결론을 내리고 나서 영국영사관을 빠져나갔다.

김옥균은 그길로 미국공사 푸트를 찾아갔다. 푸트를 만나 똑같은 문제를 놓고 격론을 벌였다.

"공들이 만일 시일을 끌 수 없는 상황이거든 잠시 국내 산천을 유람하거나 상해(上海)나 나가사키(長崎) 등 해외를 여행하다 몇 개월 뒤에 돌아와서 일을 꾸미는 것도 나쁘지 않을 것이오. 내가 지금 하는 말은 나의 진심을 토로하는 것이니 양찰하기 바라오."

푸트는 간곡한 말로 거사를 미루라고 권했다.

"지금 나라가 풍전등화와 같은 위기에 처해 있는데, 나 혼자서 한가하게 외국 여행을 떠날 수는 없지 않소."

김옥균은 푸트의 권고를 완곡하게 거절했다.

"나는 그동안 평양 등 평안도 일대를 유람하고자 한 지 오래되었으나 시간이 나지 않아 미루었소. 지금은 추운 계절이긴 하나 춥고 더운 것을 따지지 않고 공을 위해 잠시 다녀올까 하오. 마침 나가사키에 있는 우리 군함을 급히 인천으로 오도록 연락했으니, 그 배가 온 뒤 나와 함께 잠시 평양에 다녀오는 것이 어떻겠소? 그렇게 합시다."

푸트는 다시 간곡한 말로 같이 여행을 떠나자고 했다. 진정한 우정에서 우러나온 말이었다. 자칫 실패로 끝날 수도 있는 정변을 막아야 한다는 사명감에서였다. 벼슬자리마저 잃어 외로운 김옥균에게 더없이 고마운 말이었다.

미국공사 푸트는 의리의 사나이였다. 개화파가 정변을 꾸미고 있음을 훤히 알고 있음에도 친청사대파에게는 전혀 내색하지 않았다. 친청사대파가 접근하며 구체적으로 물어도 모르는 척했다. 그런 의미에서 볼 때, 그는 개화파의 진정한 정신적 지지자였다.

그날 김옥균은 미국공사관에서 저녁밥을 얻어먹었다. 그리고 푸트와 밤늦도록 이야기하다 밤이 깊어서야 헤어졌다. 김옥균과 푸트는 그처럼 흉금을 털어놓고 이야기를 나눌 수 있는 지기나 다름없었다.

거사 시기를 늦추라고 충고한 사람은 외교관들만이 아니었다. 개화파의 스승 유대치도 김옥균 등을 만날 때마다 "모든 일에는 시기가 중요하므로 적절한 때가 오기를 근신하며 기다려야 한다."고 타이르곤 했다. 그 역시 개화파의 힘으로 정변을 단행하는 것은 아직은 시기상조라 보았던 것이다.

드디어 거사의 날이 다가오고 있었다. 날짜는 확정되지 않았으나 우정총국은 이미 개국했기에 계속 미룰 수도 없었다. 아무리 늦어도 음력 10월 중에는 단행해야만 했다.

거사의 큰 원칙은 이미 정해져 있었다. 우정총국 개국 축하연을 계기로 민영익, 민태호 등 민씨 일파와 그들에 추종하는 친청사대파 몇몇을 제거한 뒤 고종을 설득하여 개화파 중심의 개혁 내각을 구성하기로 했다. 만일의 경우에 대비하여 왕궁의 수비는 일본군에 맡기기로 했다. 청군이 개입할 경우에 대비하여 행궁을 창덕궁에서 바로 옆에 있는 경우궁으로 옮기기로 했다. 창덕궁은 너무 넓어 수비하기에 불편하다는 단점이 있었다. 청군과의 교전 등으로 사태가 불리하게 전개될 경우, 왕과 궁인들을 모시고 강화도로 피난하는 문제까지도 검토했다.

　그처럼 역모나 다름없는 거사계획은 홍영식을 비롯하여 김옥균, 박영효, 서광범 등 개화파 핵심 인물만이 알고 있는 기밀사항이었다. 그리고 그 계획이 제대로 성사되려면 일본공사 다케조에의 협조와 지원이 반드시 필요했다. 그럼에도 불구하고 다케조에에게 거사계획의 전모를 알리며 의견을 조율하는 과정을 거치는 것은 지극히 어려운 일이었다. 개화파가 아무리 일본과 가까운 사이라 할지라도 그 같은 기밀사항을 터놓고 의논하는 데에는 한계가 있을 수밖에 없었다.

　거사일을 확정하기에 앞서 김옥균은 혼자서 다케조에를 찾아갔다. 양자 간에 솔직히 의견을 교환하고 조율하기 위해서였다. 일본 정부의 대조선 정책을 탐지하고 양자 간의 이견을 조율하는 일은 아무래도 사교와 외교에 능한 김옥균이 맡을 수밖에 없었다.

　김옥균은 다케조에에게 그동안 일어났던 일을 두루 알리고, 영국 영사 및 미국 공사와 나누었던 대화도 그대로 전했다. 그 말을 듣자 다케조에는 김옥균이 교제에 민첩하다며 손뼉을 치며 칭찬했다. 이어 김옥균이 민태호, 민영익을 비롯한 민씨 몇몇과 간신 몇몇을 제거하겠다고 하자, 다케조에는 그 말에도 찬동했다.

"지금 우리가 거행하고자 하는 것은 곧 일의 실마리를 터놓는 것일 뿐이고 끝매듭은 귀국 정부의 선택에 따라 결정됩니다. 지금까지 이 사람은 조금도 숨김없이 말했으니 귀공도 조금도 숨기지 마시기 바라오."

김옥균은 웃는 얼굴로 말했다.

"공은 어찌 그리 의심이 많소. 내가 아무리 변변치 못하나 이미 공사의 직을 가지고 외국에 주재하고 있어 그 직책이 매우 중하오. 무릇 외교란 천 리 만 리 사이를 각 정부가 조석으로 연락할 수 없기 때문에 공사를 두어 정부를 대신하여 외교에 관한 업무를 맡기는 것인데, 어찌 그것을 모르시오."

다케조에 역시 웃으며 대꾸했다.

다케조에의 적극적인 자세가 일본 정부의 방침임을 확인하자, 김옥균은 자신감을 얻었다. 그는 세부적인 계획을 하나하나 설명하며 다케조에의 의견을 물었다. 큰 원칙에는 줄곧 찬성하던 다케조에가 세부사항에 대해서는 찬성하기도 하고 반대하기도 했다. 첫 번째로 이의를 제기한 사항은 어가의 이동이었다. 만일의 경우, 고종이 탄 어가를 강화도까지 모시고 가야 한다고 하자 다케조에는 고개를 가로저으며 반대했다.

"대군주 한 분을 강화도로 모셔 가는 것은 어렵지 않으나 비빈이나 궁녀들이 동행하면 문제가 커져요. 만일 동행하던 비빈이나 궁녀들이 청국 병사의 수중에 떨어지게 되면 그 뒷감당을 어떻게 하겠소?"

다케조에의 반대에 대해 김옥균은 몇 마디 반론을 펼쳤으나 상대방의 반대가 워낙 완강하자 그 문제는 재론하지 않기로 했다. 고종이 머무르게 될 행궁을 경우궁으로 옮기는 문제도 다케조에가 반대함에 따라 다시 논의하기로 했다. 또 일본군으로 하여금 왕을 보호하게 하려면 왕의 친서가 필요하다고 하자, 다케조에는 고종이 글자 한 자만 써 보내도 좋다고 했다. 고종의 친서는 박영효가 직접 가져가기로 했다. 거사에 필요한 자금은 일본공사관에서 조선에 있는 일본 상인들로부터 염출하기로 했다.

김옥균과 다케조에는 그처럼 세부 사항까지 하나하나 짚어 가며 입을 맞췄다.

"가령 중국 군사가 천 명이 된다 해도 우리 일개 중대의 군사가 먼저 북악을 점거하면 2주 동안은 지탱할 수 있고, 남산을 점거하면 2개월 동안은 수비할 수 있으니 결코 걱정할 것이 없어요."

다케조에는 그렇게 큰소리쳤다.

"오늘 이후로 이 사람은 귀 공사관을 다시는 방문하지 않겠소. 다만 거사 일시를 정하거나 모의 실행 절차 등을 결정할 경우에는 박영효나 홍영식 중 한 사람을 보내 귀공에게 알리도록 하겠소. 오늘 헤어지면 생사가 어떻게 될지 모르니 일단 헤어지는 것이 좋겠소."

김옥균은 그렇게 말하고 자리에서 일어났다.

다케조에는 손뼉을 치고 좋아하며 중문 밖까지 나와 김옥균을 전송했다.

이튿날 김옥균은 박영효, 서광범과 함께 핵심 참모 이인종 등을 동대문 밖에 있는 절 탑골승방으로 불러 근일 중에 거사할 뜻을 밝히고 자세한 행동지침을 논의했다. 부평에 있는 신복모도 불러 올렸다. 일본 육군도야마(戶山)학교 출신인 신복모는 당시 해방총관(海防總管) 민영목 밑에서 교관 노릇을 하고 있었는데, 개화파의 행동대장으로 활동한 지 오래였다.

행동대장 신복모를 소환한 것은 거사 시기가 임박했음을 의미했다.

개화파의 결정적인 흠은
인재 부족이다

그 무렵 홍영식은 우정총국의 개설로 몹시 바쁜 나날을 보내고 있었다. 서울과 인천 지역에서만 실시하는 우편업무는 순조롭게 진행되고 있었으나, 앞으로 우편사업을 전국으로 확대하려면 해야 할 일이 한두 가지 아니었다. 당시는 전국 각 지방을 연결하는 도로가 닦여 있지 않은 시절인지라 우편사업을 제대로 실시하려면 우선 도로를 개척하는 일부터 서둘러야만 했다. 갓 출범한 우정총국의 빈약한 조직으로는 감당하기 어려운 일이었다.

서울과 인천에서 우편제도를 실시하고 나자 다음번 실시 지역으로 부산을 정했다. 실시 시기는 이듬해 1월이었다. 우편의 실시 지역을 부산까지 확대하려면 우선 서울에서 부산까지 우편물을 운송할 수 있는 우편 선로를 개척해야 하는데, 그 과제를 수행하기 위해 12월에 우정총국 사사 신낙균과 일본인 고문 오비(小尾輔明)를 부산으로 내려보내기로 했다. 부산에 분국이 세워지고 나면 개성과 평양 등지로 분국을 넓혀 나가는 문제도 아울러 검토할 계획이었다.

인천에 있는 일본영사관 내에서 운영되고 있는 일본 우편국을 폐지하는 것도 신속히 처리해야 할 문제였다. 그동안은 조선 정부에서 우편사업을 실시하지 않았기 때문에 일본 우편국의 운영에 대해 시비할 수 없었으나, 이제는 조선 정부에서 우편제도를 실시하고 있는 만큼 더 이상 일본의 주권 침해를 용납할 수 없었다. 따라서 일본 우편국에서 운영하고 있는 우편 업무는 한성·부산 간에 우편이 개통되는 대로 인수하기로 합의했으나, 일본이 그 약속을 지킬지는 두고 볼 일이었다.

　그처럼 자신이 맡고 있는 우편 업무만 해도 눈코 뜰 새 없이 바쁜데, 천지개벽을 시도하는 개화파의 거사계획마저 겹쳐 홍영식의 어깨를 무겁게 짓누르고 있었다. 당시 개화파가 안고 있는 가장 심각한 문제는 인재 부족이었다. 개화파의 중심인물로는 홍영식 외에 김옥균, 박영효, 서광범, 서재필 등을 들 수 있었다. 그 밖의 인물은 그들의 지시에 따라 움직이는 행동대원에 불과할 뿐, 거사를 논하는 자리에는 참여시킬 수 없었다. 한때 개화파로 분류되었던 김홍집, 어윤중, 김윤식, 윤웅렬 등 온건개화파는 그들과 등을 돌린 지 오래였다.

　중심인물 중에서도 으뜸은 글 잘하고 말 잘하고 다재다능한 김옥균이었다. 그러나 천하의 재사 김옥균에게도 단점이 있었다. 재사라는 사람이 흔히 그렇듯 말이 앞서는 경향이 있었다. 아이디어가 좋아 일은 잘 벌였으나 마무리할 줄은 몰랐다. 경제관념도 희박했다. 말을 잘해 돈은 잘 빌렸으나 갚는 데는 서툴렀다.

　또 하나의 중심인물인 서광범은 이조참판 서상익의 아들로, 좋은 집안에서 태어나 호화롭게 살다 보니 사치를 좋아했다. 22세 때 과거에 합격하여 대교(待敎)에 임명되면서 관원생활을 시작했는데, 1882년 두 차례나 일본을 다녀온 데다 이듬해에는 보빙사절단으로 미국을 다녀왔기에 자연스럽게 개화파로 성장했다. 재주는 인정받고 있었으나 병약하여 정변과 같은 큰일을 주도해 나가기는 어려웠다.

갑신정변과 같은 상전벽해의 변혁을 추구하려면 인재도 많이 모아야 하지만 거사 자금을 마련하는 것도 못지않게 중요한 일이었다. 중심인물인 김옥균에게 그런 능력이 부족해서였을까, 거사 동지인 박영효가 그 역할을 대신했다.

12세에 철종의 부마가 되어 남다른 특권과 지위를 누렸기 때문인지 박영효는 보스 기질이 있었다. 그는 거사 자금을 마련하기 위해 거사를 1년 앞두고 교동 저택을 5천 원을 받고 일본공사관에 팔았다. 왕실 부마가 되면서 하사받은 집이어서 대지가 2천 평이 넘는 대저택이었다. 일본공사관은 그곳에 2층 양옥을 짓고 공사관 건물로 사용했으나 갑신정변 때 성난 주민들이 방화하는 바람에 소실되었다.

교동 저택을 처분하기 전까지 박영효는 곧잘 그 집을 개화파의 집회 장소로 제공했다. 궁방(宮房)이라 불린 그 집은 궁궐로 간주되어 비밀이 보장되었기 때문에 개화파에게 더없이 좋은 아지트가 되었다. 압구정에 있는 박영효의 별장도 개화파의 은밀한 회합 장소로 이용되었다. 박영효는 이따금 개화파 사람들을 그 집에 초청하여 연회를 베풀며 사기를 북돋우곤 했다.

개화파의 결정적인 흠은 인재 부족이었다. 특히 국정을 담당한 관원으로서의 경력을 쌓음과 동시에 백성들로부터 신망을 받고 있는 인사가 없다시피 했다. 개화파를 이루고 있는 인사들이 20~30대의 청장년층이었으니 그럴 수밖에 없었다.

그들의 면면을 살펴보자. 개화파의 우두머리인 김옥균은 호조참판까지 올랐으나 일본으로만 나돌아 다녔을 뿐 이렇다 할 관직에 앉아 차분히 경력을 쌓을 겨를이 없었다. 박영효는 한성판윤과 광주유수를 지냈으나 그 기간은 1년밖에 안 되었다. 서광범은 승정원 동부승지까지 지냈으나 그 역시 일본과 미국 등지로 돌아다니기에 바빴다.

개화파 중에서 과거에 급제한 뒤 관원으로서 제 코스를 밟아 착실히 성장한 사람은 오로지 홍영식 하나였다. 그는 18세 때 칠석제에 급제한 뒤 규장각의 여러 관직을 거쳐 홍문관 부제학, 협판교섭통상사무, 병조참판, 우정총국 총판 등의 요직을 두루 거쳤다. 그렇게 성장하는 동안 직무에 충실했기에 고종의 총애를 한 몸에 받고 있었다. 총명하면서도 모나지 않은 성품에 대인관계가 좋아 민영익 등 민씨 일파와도 가깝게 지냈고, 청국 장수 원세개와도 교분이 두터웠다. 그럼에도 불구하고 30세밖에 안 된 탓에 백성들의 신망을 얻기에는 아직은 일렀다.

초기의 개화파 중에는 백성들의 신망을 얻은 관원이 전혀 없었던 것은 아니다. 개화파가 처음 형성될 무렵에는 김홍집을 비롯하여 어윤중, 김윤식, 윤웅렬, 민영익 등 장래가 촉망되는 관원들이 개화파로 활동하며 개화사상의 도입과 전파에 앞장섰다. 그러다 그들의 지위가 높아져 보수적인 색채를 띠게 되면서 김옥균 등 급진개화파와는 일정한 거리를 두게 되었다. 이 때문에 세상 사람들은 그들을 온건개화파로 분류했다.

그처럼 개화파는 중심인물이 몇 명 안 되는 데다 명망 있는 인사가 없어 백성들의 신망을 얻기 어려웠다. 게다가 유학과 사대사상에 찌들 대로 찌든 유생들은 개화와 개혁을 추구하는 개화파에 뿌리 깊은 반감을 지니고 있어 개화파의 입지는 갈수록 좁아지고 있었다.

이래저래 개화파가 택할 수 있는 패는 정변밖에 없었다. 관료로서 장래가 창창한 홍영식의 입장에서 보면 서두를 이유가 전혀 없었다. 그대로 나간다 해도 언젠가는 일인지하에 만인지상이라는 영의정 자리에까지 오를 것이요 그때쯤이면 소신껏 이상을 펼칠 수 있을 것이나, 그때까지 기다리기에는 덧없이 흐르는 세월이 너무나도 야속했다.

또 그때까지 기다리다 보면 권력과 멀어지고 있는 김옥균이나 박영효 같은 동지들은 한물간 야인으로 전락할 수도 있었다. 그 같은 상황 변화를 감지했기에 정변이라는 극단적인 수단을 택했던 것이요, 거사를 단행하기로 결정한 이상 반드시 성사시켜야만 했다.

고종으로부터
친수밀칙을 받아 내다

김옥균이 다케조에와 거사의 큰 원칙
에 합의하고 다시는 일본공사관을 방문하지 않겠다고 선언한 뒤부터 다
케조에와의 연락은 홍영식이 맡았다. 그로부터 며칠 뒤 홍영식이 찾아
가자, 다케조에는 중요한 정보라며 심각한 표정으로 이야기를 꺼냈다.

"오늘 독일영사를 찾아갔더니 이상한 말을 했어요. 요즘 조선의 국내
정세를 살펴보면 당파가 갈라져 있어 반드시 한바탕 변이 일 텐데, 그
럴 경우 우리는 어떻게 처신해야 할 것인지 상의해야 하지 않느냐고 물
었어요. 그 말을 들으니 기밀이 누설된 것 아니냐는 생각이 들던데, 아
무래도 김 군과 상의해 보는 것이 좋을 것 같소."

다케조에가 지칭한 '김 군'이란 김옥균을 가리켰다.

"알겠소이다. 김공과 상의해 보지요."

집으로 돌아온 홍영식은 즉시 몇 자 적어 김옥균에게 보냈다.

편지를 받자, 김옥균은 곧바로 홍영식의 집으로 달려갔다. 두 사람
은 머리를 맞대고 상의한 끝에 독일 영사가 했다는 말은 묄렌도르프에

게 들은 것이고, 묄렌도르프는 민씨 일당에게 전해 들은 것이라는 결론을 내렸다. 그들은 일부 기밀이 누설되었음을 인정하고 하루라도 빨리 거사를 단행하기로 뜻을 모으고, 그 사실을 다케조에게 알렸다. 그와 동시에 이틀 뒤 동지들을 모아 거사 날짜를 확정 짓기로 했다. 아무튼 다케조에가 제공한 정보는 거사일을 앞당기는 데 일조했다.

이튿날, 김옥균은 고종의 부름을 받고 입궐했다. 고종과의 면담은 그가 요청했다. 정변이라는 중대사를 앞두고 굳이 고종을 만나려 한 것은 고종을 설득하여 개화파 편으로 끌어들이기 위한 전략이었다. 정변을 성공으로 이끌려면 무엇보다 고종의 이해와 협조가 절실하고, 그러기 위해서는 날로 악화되고 있는 국내외 정세를 제대로 이해시킬 필요가 있다고 판단했기에 단독 면담을 신청했던 것인데, 마침 고종이 독대의 시간을 허락했던 것이다.

김옥균이 안내된 곳은 궁궐 내실이어서 주위에 엿듣는 자가 없었다. 물실호기(勿失好機)라, 좋은 기회를 놓칠 수 없기에 김옥균은 고종에게 큰절을 올리고 공손한 자세로 말을 꺼냈다.

"지금 천하대세가 날로 어지러워지고 있고 국내 정세도 날로 위급해지고 있음은 전하께서도 통촉하고 계시는 바이온데, 신이 다시 한 번 자세히 아뢰어도 되겠습니까?"

김옥균이 간곡한 어조로 말하자 고종은 쾌히 승낙했다.

김옥균은 다시 한 번 옷깃을 여미고 나서 평소 마음속에 품고 있던 생각을 거침없이 쏟아냈다.

"전하, 우선 국제 정세를 살펴보건대, 청국은 청불전쟁의 패배로 국세가 완전히 기울고 있는데, 근일에는 청·일 간의 관계가 심상치 않습니다. 우리 조선에 주둔하고 있는 양국군이 일촉즉발의 위기에 처해 있습니다. 게다가 노국(露國)이 동방정책을 펼치며 접근하고 있어 그 폐해가 언제 어떻게 미칠지 알기 어렵습니다. 지난 10여 년간 서양 제국의 동양에 대한 정책이 크게 변하고 있어 옛날의 방식으로는 안온하게 나라를 지킬 수 없는 형세가 되었습니다.

한편 국내 정세를 살펴보면, 당오전의 폐해가 혹심하여 백성들의 생활이 비참하기 그지없으며, 목인덕 같은 외국인을 그릇 고용한 탓으로 빚어진 실책이 한두 가지가 아닙니다. 게다가 간신들이 발호하여 전하의 총명을 흐리게 함과 동시에 청국을 등에 업고 권세를 부리고 있는 것은 통탄할 일이 아닐 수 없습니다."

고종의 마음을 흔들어 놓아야 소기의 목적을 달성할 수 있다고 판단했기에 김옥균은 목소리에 힘을 주어 열변을 토했다.

그때 느닷없이 중전 민비가 침실에서 나오며 나직한 목소리로 입을 열었다.

"내 경의 말을 오랫동안 듣고 있었소. 사세의 절박함이 이 지경에 이르렀으니, 장차 이를 어찌하면 좋겠소?"

민비가 그렇게 물으며 고종 곁으로 다가가 앉자, 고종도 대비책이 뭐냐며 채근했다. 그러자 김옥균은 다케조에와 교섭했던 내용이며 개화파의 계획을 조심스럽게 설명했다.

"다케조에와 신이 처음에는 뜻이 맞지 않아 방해받은 일이 많았음은 전하께서도 잘 알고 계시는 바이오나, 이제는 서로가 친근해져 대화가 통하게 되었습니다. 더욱이 일본 정부의 방침이 전일과는 크게 달라서 조선에 대한 관심이 아주 많아졌습니다. 따라서 일본과 청국 사이에 문제가 생길 날도 멀지 않다고 생각되는바, 차제에 우리 조선 정부도 어떤 대책을 세워야 할 것입니다."

"그렇겠구면."

수긍한다는 듯 고종은 고개를 끄덕거렸다.

"만일 일본과 청국이 교전한다면 그 승패가 어찌될 것 같소?"

민비가 물었다.

"일본과 청국이 단독으로 교전한다면 승패를 헤아리기 어렵습니다. 하오나 일본과 불국이 합세하게 된다면 승산은 필경 일본에 있다 하겠습니다."

김옥균은 서슴지 않고 대답했다.

"그렇다면 우리가 독립을 꾀할 묘책도 여기서 찾아야 하는 것 아닌가?"

고종이 반기는 표정으로 물었다.

"참으로 지당하신 말씀이오나, 지금 전하를 모시고 있는 신하들은 모두 청국에 빌붙어 종복 노릇을 하고 있으니, 일본이 비록 우리 독립을 도와주고자 하여도 쉽지 않을 것입니다. 신이 이런 말씀을 드리는 것은 본디 생사에 관계되는 일이오나, 지금 국가의 위급이 조석에 있사온데 신이 어찌 이 한 몸을 아끼오리까."

"경의 말은 나를 의심하는 것 같으나, 지금 사세가 국가 존망에 관계되는 것인데 한낱 부녀자의 몸으로 어찌 국가 대계를 그르칠 수 있겠소. 경은 숨김없이 이야기해 주기 바라오."

민비가 웃는 얼굴로 말했다.

민비의 말이 참인지 거짓인지 알 수 없어 김옥균은 잠시 머뭇거리고 있었다.

"경의 말은 내가 이미 짐작하노니, 무릇 국가 대계와 위급 사항에 관해서는 전적으로 경의 뜻에 따를 것이니 경은 의심하지 마라."

김옥균의 마음을 읽고 있었던지 고종이 그렇게 격려했다.

진심이 느껴지는 말이었다. 고종의 마음이 움직이고 있다고 판단한 김옥균은 절호의 기회를 놓칠 수 없기에 또다시 머리를 조아리며 입을 열었다.

"신이 비록 감당하기 어렵사오나, 오늘 밤의 성교(聖敎)가 정녕 귀에 남아 있사온데 어찌 감히 저버리오리까. 바라옵건대, 전하께서 혹시라도 친수밀칙(親手密勅)을 내려 주신다면 항상 몸에 지니고 다닐까 하옵니다."

그 말을 듣자, 고종은 모처럼 갖게 된 군신 간의 대화에 흡족했던지 김옥균의 요청을 쾌히 받아들였다. 고종은 친히 붓을 들어 "국가 대계가 위급한 때의 조처는 경의 지모에 일임한다."라고 쓴 뒤 수결을 하고 옥새를 눌렀다.

임금이 친히 쓴 친수밀칙을 받자 천하를 얻은 기분이었다. 김옥균은 감격한 나머지 다시 일어나 큰절을 올리고 나서 고종이 내린 글을 조심스럽게 받았다.

감동을 받기는 민비도 마찬가지였다. 김옥균의 화려한 변설에 현혹되었음인지, 민비는 동갑인 김옥균을 바로 보내지 않았다. 술과 안주를 가져와 김옥균을 대접하며 많은 이야기를 나눴다. 그날 김옥균이 창덕궁을 빠져나온 것은 먼동이 튼 뒤였다.

고종이 직접 써 준 친수밀칙을 품에 안고 퇴궐하는 김옥균은 천군만마의 지원을 얻은 기분이었다. 나라가 위급한 때의 대처 방안은 자신의 뜻에 맡기겠다는 임금의 약속을 받아 냈으니 더 이상 바랄 것이 없었다. 이제 계획대로 밀고 나간다면 거사는 성공한 것이나 다름없었다.

말에서 떨어진 홍영식이
죽음을 암시한 시를 쓰다

거사일을 나흘 앞두고 거사에 참여할 개화파 사람들이 동대문 밖에 있는 김옥균의 별장에 모였다. 김옥균, 홍영식, 박영효 등 개화파의 핵심 인물은 물론 실제로 총칼을 들고 친청사대파 요인들을 처치하는 것이 임무인 행동대원들도 모두 참석했다. 그 자리에서 김옥균은 10월 17일(양력 12월 4일) 우정총국 낙성식을 개최하는 날 안동별궁에 방화함을 신호로 행동을 개시한다고 선언했다.

별궁에 화재가 일면 서울을 수비하고 있는 병사들이 모두 달려와 불을 꺼야 하기에 군대 책임자인 4영사가 한자리에 모일 것이며, 방화로 어수선한 분위기를 틈타 친청사대파 두목들을 한꺼번에 처치하기로 했다. 회의가 한창 진행되고 있을 때 대궐에서 홍영식과 서광범을 찾는다는 전갈이 와 회의가 중단되었다.

방화 대상으로 지정된 궁궐은 지금의 풍문여고 자리에 있던 안동별궁이었다. 이 별궁은 1882년 왕세자 이척(뒷날의 순종)과 세자빈 민씨의 혼례를 위해 지은 결혼식장이었다. 세자빈 민씨는 민비가 친정 일가에서 간택했는데, 바로 민태호의 딸이자 민영익의 여동생이었다. 그처럼 조선 왕가는 3대에 걸쳐 민씨 집안에서 왕비를 골랐다. 안동별궁은 우정총국으로부터 몇 백 보밖에 떨어져 있지 않는 데다 서광범의 집과 바로 붙어 있어 개화파가 거사하기에 안성맞춤인 장소였다.

이튿날 영국영사 애스턴이 김옥균과 함께 박영효, 서광범을 저녁 식사에 초대했다. 김옥균이 회식 장소를 향해 출발하려는데 홍영식이 편지를 보내왔다. 다케조에가 그날 저녁 개화파 핵심 인사들을 만나고 싶어 한다는 전갈이었다. 김옥균은 애스턴과 저녁 식사가 끝나는 대로 가겠으니 홍영식으로 하여금 먼저 가서 기다리도록 하고 회식 장소로 향했다.

김옥균 등은 애스턴과 저녁 식사를 마치고 교동에 있는 일본공사관으로 향했다. 휘영청 밝은 달이 서울 시내를 환히 비추고 있었다. 이미 오래전에 도착한 홍영식은 공사관에서 기다리고 있었다. 주인 자리는 공사 다케조에 대신 서기관 시마무라 히사시(島村久)가 차지하고 있었고, 그 옆자리에는 통역 아사야마 겐조(淺山顯藏)가 앉아 있었다.

"당초에는 다케조에 공사가 공들을 만나려 했으나 큰 원칙은 이미 결정되었고, 결정된 사항에 대하여 재론하는 것은 오히려 무익한 일이라 생각하여, 오늘밤에는 권도(權道)로 이 같은 실례를 범하게 되었습니다. 하오나 그 마음이 금석처럼 굳음을 표시하면서 저로 하여금 대신 공들을 영접케 했습니다."

시마무라는 다케조에 대신 주인 자리에 앉아 있는 이유를 그렇게 설명했다.

그러자 김옥균이 이해한다고 말하고, 별궁에 방화하는 것을 신호로 거사를 단행하겠다며 구체적인 내용을 설명했다.

"그 날짜가 언젭니까?"

시마무라가 기뻐하며 거사 날짜부터 물었다.

"우선 이달 20일로 정했소."

김옥균은 머뭇거리지 않고 대답했다. 음력 10월 20일은 양력으로 12월 7일이었다. 물론 그것은 거짓말이었다. 그들이 정한 날짜는 그보다 빨랐으나 사전에 누설될까 봐 둘러댔던 것이다.

"어찌 그리 늦습니까?"

시마무라가 눈을 치켜뜨며 물었다.

"20일 이전은 달이 밝은 것이 흠이오. 오늘처럼 달이 밝으면 들 입(入) 자와 사람 인(人)자도 구분할 수 있을 것 아니오."

김옥균이 재치 있게 둘러댔다. 그 말이 재미있었던지 시마무라는 하하 웃었다.

"암튼 귀국 우선(郵船) 치도세마루(千歲丸)가 인천항에 도착하기 전에 거사를 단행하려 하오."

김옥균이 덧붙였다. '우선(郵船)'이란 우편물을 실어 나르는 배를 가리켰다. 일본의 우편선 천세환(千歲丸)은 10월 20일 인천에 도착할 예정이었다.

"치도세마루가 도착하기 전에 거사를 단행하려 하다니, 그게 무슨 뜻입니까?"

"귀국 정부의 결정이 어떻게 변할지 종잡을 수 없기 때문이오. 만일 조그만 사세의 변동이 있게 되면 다케조에 공사가 오늘 결정한 일이 내

일 또 어떻게 변할지 알 수 없기에 하는 말이오. 해서 치도세마루가 인천에 도착하기 전에 거사하겠다는 것이오."

그 말을 듣자 시마무라는 멋쩍게 웃었다.

일본 정부의 대조선 정책의 변화는 곧잘 치도세마루를 통해 일본공사관에 전달되었다. 따라서 일본의 잦은 정책 변화에 불안을 느낀 개화파 인사들은 우편선 치도세마루가 도착하기 전에 거사를 단행하기로 했던 것이다.

김옥균은 미리 알리지 못한 세부 사항에 대해 자세히 설명하고 다케조에에게 전해 달라고 부탁했다. 다만 어가를 강화도로 옮기는 것은 다케조에가 한사코 반대했기에 없던 일로 하기로 했다. 그러나 거사가 성사된 뒤 잠시 어가를 경우궁으로 옮기는 것은 대궐을 수비함에 있어 불가피한 일이어서 다시 한 번 양해를 구했다.

김옥균 등은 시마무라와 새벽 2시에 헤어졌다. 그들은 그길로 이동(泥洞)에 있는 박영효의 집으로 갔다. 그 집에는 이인종, 이규정, 황용택, 이규완, 신중모, 임은명, 김봉표, 이은종, 윤경순 등 거사에 참여할 장사들이 모여 있었다. 김옥균은 그들에게 오는 17일 오후 8~9시에 우정총국 개국 축하연에 맞추어 별궁에 방화하라고 지시했다. 그날 비가 내려 불을 지르기 어려우면 18일로 연기하기로 했다. 거사 날짜는 그렇게 10월 17일(양력 12월 4일)로 확정되었다.

이에 앞서 우정총판 홍영식은 전영사, 후영사, 좌영사, 우영사 등 4영사에게 그날 우정총국 개국 축하연이 개최됨을 통보하고 참석 여부를 확인했다. 그처럼 전영사 한규직, 후영사 윤태준, 좌영사 이조연, 우영사 민영익은 숙청 대상 1호로 점찍혀 있었다.

이어 각 행동대원들에게 거사 당일에 맡을 역할을 정해 주었다. 별궁 방화의 책임은 이인종이 맡되, 그의 지휘 아래 이규완, 임은명, 윤경순, 최은동 4인이 같이 움직이도록 했다. 그리하여 포대자루 수십 개에 장작을 넣어 서광범의 집에 보관해 두었다 별궁으로 옮겨 석유를 붓도록 했다. 그리고 별궁 행랑에 화약을 장치하여 폭발시키도록 했다.

별궁에 화재가 발생하면 각 영사가 달려가 불을 끄는 것이 관례여서 우정총국 연회장에 모인 영사들은 당연히 화재 현장으로 달려갈 것이므로 그곳에서 처치하기로 하고, 영사 1인에 행동대원 2인씩을 붙여 주었다. 만일의 경우에 대비하여 일본인 1인씩을 추가로 배정했다. 일본인 역시 조선 옷을 입도록 했다. 그리하여 민영익은 윤경순과 이은종이, 윤태준은 박삼룡과 황용택이, 이조연은 최은동과 신중모가, 한규직은 이규완과 임은명이 각각 맡아 처치하기로 했다.

대신들의 출입문인 창덕궁 금호문은 신복모가 지키기로 했다. 신복모는 장사 43인을 소집하여 박영효의 집 근처인 진골에 매복해 두었다가 별궁의 방화를 신호로 금호문 밖으로 달려가 민태호, 민영목, 조영하 등이 대궐로 입궐할 때 처치하기로 했다.

전영사 소대장 윤경완은 윤경순의 아우였다. 윤경순은 일찍이 개화파의 행동대원으로 참여했으나 윤경완은 그때 비로소 형을 따라 거사에 참여하기로 결정했다. 그는 며칠 동안 꾀병을 앓으며 결번하다 그날 밤 자원하여 궁내 합문의 수비를 맡았다. 그는 전영사 병정 50명을 거느리고 있다 궐내로 들어오는 자들을 막기로 했다.

궁중 내에서 개화파의 거사에 협조하기로 한 자가 또 있었다. '고대수'라는 별명으로만 알려져 있는 여인이었다. 민비를 모시고 있는 궁녀 고대수가 맡기로 한 역할은 화약을 대통에 넣어 두었다 밖에서 불길이 일면 통명전에 방화하는 것이었다. 42세인 고대수는 남자 5~6명을 당해 낼 만큼 힘이 장사였는데, 10여 년 전부터 개화파와 연락하며 기밀 사항을 알려 주곤 했다. 민비의 충실한 궁녀였던 고대수가 어떻게 해서 개화파와 가까워졌는지는 베일에 가려 있었다.

거사에 실수가 없도록 하기 위해 암호를 '천(天)'으로 정하고, 일본 말로는 '요로시(ㅋㅁシ)'로 응답하도록 했다. 거사가 밤에 진행되므로 어둠 속에서 동지를 확인하고 적을 구분하려면 암호가 필요했다. 조선시대에는 군대와 순라군 사이에 서로 연락하는 신호로 3자 이내의 군호를 정하여 사용했다.

이튿날 아침 일찍이 부평에 있는 신복모가 서울로 올라왔다. 행동대장 이인종이 신복모와 여러 동지들을 거느리고 압구정 근처에 있는 박영효의 별장으로 가서 사냥을 했다. 4영사를 처치하기 위해 차출된 일본인 4명도 동행했다. 거사 동지들끼리 서로 얼굴을 익히고 손발을 맞추기 위해서였다. 박영효의 압구정 별장은 외딴 곳에 떨어져 있는 데다 경치가 좋고 천렵하기도 좋아 개화파 동지들이 비밀리에 모일 때 곧잘 이용하곤 했다.

그날 밤 그들 개화파 동지들은 사동에 있는 서재창의 집에 모여 술을 마셨다. 서재창은 서재필의 아우로 일본 육군도야마학교 출신인데, 우정총국이 개국하면서 사사로 발탁되었다.

그날 개화파에게 뜻하지 않은 사고가 발생했다. 서재창의 집에서 술을 마신 개화파 동지들은 김옥균의 집으로 자리를 옮겨 거사 절차를 논의하기로 했다. 서재창의 집에서 크게 취한 홍영식이 이동하던 중 말에서 떨어져 왼쪽 팔에 가벼운 상처를 입었다.

　김옥균의 집에 도착하자 홍영식은 지필묵을 찾더니 한시 한 수를 갈
겼다.

　　　　我落之時地治我血(아락지시지치아혈)

　　　　我死之時天鑑我心(아사지시천감아심)

　　　　惟我同心同我誓心(유아동심동아서심)

　　　　若背此心蒼天必誅(약배차심창천필주)

　　　　내가 땅에 넘어질 때 땅이 내 피를 다스렸네.

　　　　내가 죽을 때 하늘이 내 마음 살피리라.

　　　　나와 같은 마음 가졌거든 나와 함께 맹세할지어다.

　　　　만약 이 마음 배반한다면 반드시 하늘이 벌하리라.

　홍영식은 그처럼 죽음을 각오한 비장한 시를 일필휘지로 내리갈겼다.
그 시를 읽는 동지들의 표정은 곱지 않았다. 박영효는 눈살을 찌푸린
채 입을 꼭 다물고 있었고, 김옥균은 못마땅하다는 표정으로 고개를 설
레설레 젓고 있었다.

낙성식 잔치는 끝나 가는데
방화 소식이 들려오지 않다

거사 날짜가 정해지자 개화파 주역들은 바쁘게 움직였는데, 그중에서도 가장 바쁜 사람은 우정총국 개국 축하연의 주인공 홍영식이었다. 축하연 개최 일자를 확정하기에 앞서 그는 각국 공사와 영사가 참석할 수 있는지의 여부를 확인하는 작업부터 했다. 당시 우리나라에 공사 내지 영사를 파견한 나라는 미국, 일본, 영국, 독일, 청국 등 5개국에 불과했다.

청나라는 속국임을 이유로 조선에 공사관을 두지 않고 공사도 임명하지 않았다. 다만 조선과 체결한 무역장정(貿易章程)에 의해 상무위원을 파견했는데, 상무총판 진수당(陳樹棠)이 사실상 총영사와 같은 역할을 했다. 따라서 그들 5개국의 공사 내지 영사의 참석 여부를 문의한 끝에 결정한 날짜가 12월 4일(음력 10월 17일)이었다. 축하연의 개최 시각은 오후 7시였다.

그들 외교관 외에 반드시 초청해야 할 사람은 새로 편성된 군대 조직의 우두머리인 전영사, 후영사, 좌영사, 우영사 등 4영사였다. 제거 대상 1호로 꼽고 있는 인물들이어서 반드시 초청해야만 했다. 그 밖의 초청 대상은 외아문 독판 등 구색을 맞추는 데 필요한 사람들이어서 참석 여부에 대해 신경 쓸 필요가 없었다. 아무튼 조선 개화의 첫 번째 산물인 우정총국 개국 축하연은 서구식 문명제도의 도입을 축하하는 본연의 의미에서 벗어나 새로운 정치를 꿈꾸는 정변의 장소로 탈바꿈했다.

행사의 성격으로 볼 때 그것의 공식 명칭은 '우정총국 개국 축하연'이라 함이 마땅했으나, 당시는 '우정국 낙성식'이라는 이름으로 개최했다. 우체국 창구를 설치하기 위해 청사 내부를 전면 수리하는 과정을 거쳤기 때문에 당시에 흔히 사용하던 '낙성식'이라는 명칭을 붙였던 것이다.

낙성식을 하루 앞두고 홍영식은 참석자들에게 초청장을 보냈다. 날짜를 미리 정하기 어려운 데다 외국 사신들의 일정을 확인하는 절차를 거치다 보니 그처럼 늦어졌던 것이다.

초청장을 받고 참석할 수 없다고 회답한 사람은 일본공사 다케조에와 독일부영사 부들러(Budler)였다. 다케조에는 병을 핑계로 내세웠고, 부들러 역시 병중이어서 참석할 수 없다고 했다. 4영사 중 후영사 윤태준은 궁중 숙직을 하는 날이어서 참석할 수 없었다. 따라서 윤태준은 별도로 처치할 수밖에 없었다.

거사를 이틀 앞둔 개화파에게 뜻밖의 사실이 문제점으로 대두되었다. 고종이 올빼미족이라는 점이 걸림돌로 작용했다. 고종은 밤에 일하는 버릇이 있어 해가 돋은 뒤에 잠자리에 들었다가 황혼이 되어서야 일어나는 날도 있었다. 만일 거사 시간에 왕이 신하들을 모아 놓고 정사를 논하고 있다면 거사하는 데 방해가 될 수밖에 없었다.

김옥균은 고종을 모시는 내시를 불러 고종으로 하여금 거사일 저녁 일찍 잠자리에 들게 하는 묘책이 없느냐고 물었다.

"낼모레는 매우 중요한 일이 있는 날이어서 전하께서 낮에는 근신(近臣)들을 보시고 밤에는 일찍 침전에 드시도록 해야 하는데, 어떻게 하면 좋겠는가? 좋은 계책이 없겠는가?"

"좋은 계책이 없는 것은 아닙니다만 뜻대로 될지는 모르겠습니다. 전하께서 모레 밤에 보실 문서를 미리 갖다 드리면 자연히 모레 낮에 보시게 되므로 밤에는 피곤하셔서 일찍 잠자리에 드시게 될 것입니다."

내시 김태수는 그렇게 약속하고 궁중으로 돌아갔다.

거사를 하루 앞둔 날 밤늦게 다케조에가 김옥균에게 사람을 보내왔다. 거사일을 코앞에 두고 심부름꾼을 보낸 것으로 볼 때 급한 일이 생긴 것이 틀림없었다. 심부름꾼이 전하는 말인즉, 며칠 전 이노우에 가쿠고로가 민영익을 찾아갔더니 "지금부터 30일 이내에 반드시 이상한 일이 생길 것이니, 외국인인 당신은 스스로 근신해야 할 것이다."라고 말했다는 것이다.

그 말을 듣자 다케조에는 행여 개화파의 모의가 누설되지 않았나 싶어 거사 시기를 조정하는 것이 어떻겠느냐고 물어 왔던 것이다. 그러나 거사일은 바로 다음 날이었고, 화살은 이미 시위를 떠난 격이어서 그대로 진행하기로 했다.

드디어 거사일인 12월 4일이 밝아 왔다. 개화파 동지들은 각자 밀령을 받고 긴장된 마음으로 거사 시각이 열리기를 기다리고 있었다. 이날 행사의 주인공인 홍영식은 아침부터 우정총국에 나가 행사 준비 작업을 지휘했다. 연회 장소의 좌석이 제대로 배치되었는지 살피고, 초청 인사들이 제대로 참석하는지 다시 한 번 확인했다. 박영효는 다케조에를 찾아가 서로 맹세를 어기지 말자며 상대방의 눈치를 살폈다. 변덕이 심한 다케조에가 혹시라도 변심하지 않을까 하는 우려에서였다.

김옥균은 오후 4시 우정총국에 들러 준비 작업이 차질 없이 진행되고 있음을 확인하고 집으로 돌아갔다. 궁중에서 심부름꾼 노릇을 하는 변수가 찾아와 어제 환관에게 부탁했던 일이 제대로 이행되고 있다고 보고했다.

"대군주께서 오늘 날이 밝은 뒤부터 밀린 공사(公事)를 재결하기 위해 그대로 잠자리에 들지 않으셨고, 여러 승후관은 오늘 오후 2시에 입대했는데, 일찍 물러가게 했습니다."

역관 집안 출신인 변수는 1882년 김옥균을 따라 일본으로 건너가 교토(京都)에서 양잠술과 화학을 공부한 학도였다. 임오군란이 발발했다는 소식을 듣고 귀국한 그는 임오군란이 진압되고 그해 8월 박영효를 수신사로 파견할 때 수행원이 되어 다시 일본으로 건너갔다. 이듬해에는 미국에 보빙사절단을 파견할 때 또다시 수행원으로 발탁되어 미국을 방문한 뒤 전권대신 민영익과 함께 우리나라 사람으로는 처음으로 세계 일주를 했다. 미국에 다녀오자 군국사무아문 주사로 임명되어 궁중에서 일하며 대궐 안의 정보를 정탐하여 개화파에 알리는 정보원 역할도 겸하고 있었다.

김옥균은 변수를 환관에게 보내 그날 밤 자신이 궁중에 도착하는 대로 고종에게 사건의 개요를 보고할 수 있도록 채비해 달라고 지시했다.

그 시각, 홍현에 있는 서재필의 집에는 거사에 참여할 장사들이 모두 모여 있었다. 김옥균은 서재필의 집으로 가 장사들을 격려한 뒤 날이 저물자 다시 우정총국으로 갔다.

우정총국 낙성식에 참석한 인사는 행사의 주인공인 홍영식을 비롯하여 총 19명으로 외국인과 조선인이 반반쯤 섞여 있었다. 외국인으로는 미국공사 푸트와 서기관 스커더(Scudder), 영국영사 애스턴, 일본공사관 서기관 시마무라(島村久)와 통역 가와카미(川上立一郞), 청 상무총판 진수당과 서기관 담갱요(譚賡堯), 그리고 묄렌도르프가 참석했다. 조선인 관원으로는 주인 홍영식을 비롯하여 김옥균, 박영효, 외무독판 김홍집, 전영사 한규직, 좌영사 이조연, 우영사 민영익, 승지 서광범과 민병석 외에 미국공사 통역인 주사 윤치호와 신낙균이 참석했다.

신낙균은 우정총국 사사인 데다 영어를 할 줄 안 덕분에 통역으로 참석했다. 주인공인 홍영식이 기다란 테이블의 위쪽에 앉고 박영효가 맞은편 자리에 앉았으며, 미국공사 푸트가 상객으로 홍영식의 우측에 앉고 외무독판 김홍집이 좌측에 앉았다. 나머지 사람들은 지정된 자리에 앉았다.

술과 안주가 나왔다. 참석자들은 술잔을 부딪치며 축하의 말을 주고받았다. 시국이 수상한지라 누구도 말로 표현하지 않았으나 참석자들의 얼굴에는 긴장감이 감돌고 있었다. 김옥균은 시마무라와 나란히 앉아 일본 말로 이야기를 주고받았다.

그때 김옥균이 시마무라에게 느닷없는 질문을 던져 좌중을 긴장시켰다.

"그대는 하늘(天)을 아시오?"

"요로시(ヨロシ)."

시마무라는 태연히 대꾸했다.

두 사람은 그날 밤의 암호를 주고받으며 의미 있는 눈빛을 교환했다.

그럼에도 불구하고 기다리고 기다리는 방화 소식은 들려오지 않았다. 그때 누군가 김옥균에게 다가가 홍현에서 사람이 찾아왔다고 전했다. 홍현은 오늘날의 정독도서관 남쪽에 있는 고개로, 김옥균이 살고 있는 동네였다.

김옥균이 문밖으로 나가자 연락 임무를 맡고 있는 박제경이 숨을 헐떡거리며 보고했다.

"별궁 방화는 기량을 다해 시도해 보았으나 도저히 되지 않았습니다. 어떻게 해야 할까요?"

"별궁 방화가 뜻대로 안 되거든 근처에 있는 아무 집에나 불을 지르라고. 연소하기 쉬운 초가집을 골라도 좋고."

김옥균은 나직한 목소리로 급히 지시하고 자리로 돌아갔다.

시마무라가 무슨 일이냐고 물었다. 김옥균이 일본 말로 사실대로 말하자, 시마무라의 얼굴빛이 달라지며 어떻게 해야 하느냐고 물었다. 김옥균은 다른 방도가 있으니 염려하지 말라고 안심시켰으나 불안감은 갈수록 증폭되었다. 연회석의 음식은 바닥나고 있는데, 방화 소식이 들려오지 않으니 초조할 수밖에 없었다.

별궁에 방화하기로 한 행동대원 이규원과 윤경순은 그날 오후 8시 별궁 뒷문으로 가서 문을 열려 했으나 자물쇠가 굳게 잠겨 있어 열 수 없었다. 두 사람은 있는 힘을 다해 자물쇠를 깨뜨리고 문을 열었다. 그들은 미리 준비한 포대자루에 석유를 뿌리고 불을 붙였다. 불꽃이 큰 소리를 내고 튀며 순식간에 불바다를 이루었다. 그때 사용하기로 한 폭발물은 김옥균의 집 하인인 고영석이 독자적으로 만든 것이었는데, 그 장치를 제대로 다룰 줄 모르는 윤경순이 잘못 다루는 바람에 얼굴에 화상을 입었다. 워낙 담대한 성격인지라 윤경순은 욱신거리는 화상에도 굴하지 않고 방화에 열중했다.

별궁의 화재는 각처에서 모여든 병졸과 순라군에 의해 이내 진화되었다. 궁궐이 견고하게 지어진 데다 가연성 물질이 섞여 있지 않아 화재가 쉽게 잡혔던 것이다. 거사를 성공으로 유도하기 위해 단행했던 별궁 방화는 그처럼 한때의 소화 시험으로 싱겁게 끝나고 말았다.

궁전에 불이 나면 그 책임은 경비를 맡고 있는 전·후영사와 좌·우영사가 지게 되고, 따라서 그들이 모두 나와 불을 끄게 될 것이어서 그 틈을 이용하여 4영사를 척살하기로 했던 것인데, 그 일이 무산되었으니 낭패가 아닐 수 없었다. 그래서 차선책으로 민가에 불을 지르라고 지시했던 것인데, 그 소식도 들려오지 않았다.

민영익에게 중상을 입히고
창덕궁으로 쳐들어가다

낙성식 잔치는 끝나 가는데 방화 소식은 들려오지 않았다. 김옥균은 초조함을 견디지 못해 다시 문밖으로 나갔다. 그때 연락과 정찰 임무를 맡고 있던 유혁로가 달려와 급히 보고했다.

"다른 곳의 방화도 모두 여의치 않습니다. 별궁 방화가 발각된 바람에 순라군이 사방으로 퍼져 있어 방화하는 것 자체가 어렵습니다. 그래서 장사들이 모두 이곳으로 오겠다고 아우성인데, 어찌 하면 좋겠습니까?"

"그건 방법이 아닌 것 같다. 장사들이 이곳으로 몰려오게 되면 자칫 혼란 중에 외국 공사들을 다치게 할 수도 있으니, 순라군이 없는 곳으로 가서 다시 방화를 시도하는 것이 좋겠다."

김옥균은 그렇게 지시하고 연회장으로 되돌아갔다. 좌중의 시선이 그에게 집중되었다. 특히 눈치 빠른 민영익이 자못 의심하는 듯한 눈초리로 그를 쏘아보고 있었다. 시마무라도 불안한 얼굴로 바라보았다.

그때 갑자기 바깥이 소란해지더니 "불이야! 불이야!" 하고 외치는 소리가 들려왔다. 누구보다 먼저 윤치호가 창문 쪽으로 달려가 창문을 열어젖혔다. 근처에 있는 자기 집에 불이 난 것이 아닐까 하고 염려했던 것이다. 불이 난 곳은 우정총국 이웃에 있는 초가였는데, 불길이 활활 일며 화광이 충천했다. 그러자 불안에 떨고 있던 민영익이 아버지 민태호의 집이 근처에 있다며 연회장 밖으로 뛰어나갔다.

화재가 이웃집 초가에서 난 것임을 확인하자, 일행은 다시 자리에 앉아 술을 마시며 이야기를 나눴다. 그때 미국공사 푸트가 태연한 자세로 좌중을 둘러보며 이야기를 꺼냈다.

"우리나라에 어떤 농부가 있었는데 아주 점잖은 사람이었어요. 밤에 손님이 와서 자고 있는데, 가까운 집에 불이 났어요. 같이 자고 있던 손님이 몹시 놀라며 두려워했어요. 그러자 주인이 손으로 벽을 어루만지며 '내 방의 벽이 매우 차니 우리 집에 불이 나지 않았음을 가히 알 수 있습니다. 왜 이리 경동하십니까?'라고 말했어요. 그 한마디로 그 사람의 진중함을 가히 알 수 있죠."

이미 정변이 시작된 것을 눈치 챘음에도 푸트는 태연히 말하며 뒤숭숭한 연회장의 분위기를 진정시키려고 노력했다.

윤치호가 푸트의 이야기를 통역했으나 분위기가 어수선해 제대로 듣는 사람이 없었다. 윤치호가 다시 행사의 주인공인 홍영식을 향해 통역하려 하자, 묄렌도르프가 자리에서 일어나며 집에 가겠다고 했다. 푸트가 왜 그러냐고 묻자, 묄렌도르프는 불난 곳이 자기 집과 가까워 가지 않을 수 없다고 했다. 그러자 이조연과 한규직도 장수의 소임으로 불을 끄러 가지 않을 수 없다며 자리에서 일어났다.

그때 한 남자가 피를 철철 흘리며 연회장으로 뛰어 들어왔다. 모두가 놀라 쳐다보니 민영익이었다. 누구에게 칼을 맞았는지 그의 얼굴은 오른쪽 귀에서 눈두덩까지 쪼개져 있었고, 등이며 팔, 손목까지 군데군데 칼자국이 나 있었다. 온몸이 피투성이였다.

밖에서는 여러 사람이 모여 웅성거리는 소리가 끊임없이 들려왔다. 곧 무슨 일이 터질 것 같은 분위기가 조성되자, 손님들은 북쪽 창문을 열고 도망치기 시작했다. 김옥균은 박영효, 서광범과 함께 북쪽 창문을 뛰어넘어 우정총국 앞문 쪽으로 달려갔다. 윤치호 역시 창문을 뛰어넘어 달아나다 보니 미국공사 푸트가 보이지 않았다. 연회장으로 돌아와 보니 그때까지 푸트는 묄렌도르프와 함께 민영익을 간호하고 있었다.

윤치호는 미국공사관 직원 사 서기를 불러 총을 가지고 있느냐고 물었다. 사 서기는 총을 가지고 있다고 했다. 윤치호는 다시 푸트에게 총을 가지고 있느냐고 물었다. 푸트는 하인이 가지고 있다고 했다. 그는 연회장 밖으로 나가 하인에게 총을 받아 푸트에게 건넸다.

연회장을 먼저 빠져나온 전영사 한규직과 승지 민병석은 관복을 벗어 던지고 사람들 틈에 섞여 빠져 달아나려 했다. 이에 앞서 한규직은 병사들을 모아 놓고 총에 탄환을 채우고 손에 칼을 잡고 엄히 경비하라고 명령했다. 그때 한 방의 포 소리가 크게 울리자, 손님과 하인은 물론 병사들마저 창과 칼을 버리고 담을 뛰어넘어 도망쳤다. 당시의 병사들은 그처럼 겁이 많고 나약했다.

한편 연회장을 빠져나온 김옥균, 박영효, 서광범 등 정변의 주역들은 교동 일본공사관으로 향했다. 애초의 계획은 4영사를 처치한 뒤 창덕궁으로 직행하는 것이었다. 계획을 바꾸어 일본공사관부터 찾아간 것은 혹시라도 일본공사 다케조에가 별궁 방화에 실패한 것을 이유로 거사에 협조한다는 약속을 취소하지 않을까 하는 우려에서였다. 그만큼 다케조에에 대한 개화파의 불신이 깊었던 것이다.

그들은 마주 오는 사람들을 만날 때마다 '천, 천'이라는 암호를 중얼거리며 걸음을 재촉했다. 도중에 행동대장 이인종과 서재필을 만났다. 두 사람에게 장사들을 모아 경우궁 밖에서 대기하라고 지시했다.

한편, 그날 행사의 주인공인 홍영식은 뜻밖의 상황을 맞아 마음이 몹시 초조했다. 애초의 계획대로라면 김옥균 등 거사의 주역들과 함께 창덕궁으로 달려가야 했으나, 빈사 상태에 놓여 있는 민영익을 그대로 버려두고 연회장을 빠져나갈 수는 없었다. 비록 이념과 노선이 달라 암살 대상에 올리긴 했으나, 그와 민영익은 한때 같은 개화파였고 동료 관원이었다. 당시의 조정 관원 중에서 가장 장래가 촉망되는 인물이었기에 선의의 경쟁자이기도 했다. 그런 민영익의 목숨이 경각에 달렸는데, 나 몰라라 팽개치고 거사의 현장으로 달려갈 수는 없었다.

그는 그때까지 남아 민영익을 보살피고 있는 묄렌도르프와 상의한 끝에 민영익을 근처에 있는 묄렌도르프의 집으로 옮겼다. 묄렌도르프는 미국공사관 주치의 알렌(Horace N. Allen)을 불러 민영익의 상처를 응급조치하도록 했다. 알렌은 중국을 거쳐 조선으로 건너온 지 며칠 안 된, 젊은 미국인 의사였다.

일본공사관은 병사들이 물 샐 틈 없이 늘어서 지키고 있었다. 김옥균은 아사야마를 불러 다케조에와의 면담을 요청했다. 공사 다케조에 대신 서기관 시마무라가 내당에서 나왔다. 우정총국 연회에 참석했던 시마무라는 벌써 공사관으로 돌아가 있었다.

"공들은 어찌하여 대궐로 가지 않고 여기로 오셨나요?"

시마무라가 큰 소리로 물었다.

그의 물음에는 김옥균 등이 듣고 싶어 하는 대답이 들어 있었다.

"알겠소. 공들의 뜻이 변하지 않았으니 안심이 되오."

김옥균은 더 이상의 확인 절차를 거칠 필요가 없다고 판단하고 공사관을 빠져나갔다.

그들은 창덕궁을 향해 걸음을 재촉했다. 행동대장 김봉균과 이석이 등이 오래전부터 동네 어귀에서 대기하고 있었다. 또 다른 행동대장 신복모는 장사 40여 명을 여기저기 매복시켜 놓고 있었다.

휘영청 밝은 달이 대낮처럼 환히 거리를 비추고 있었다. 창덕궁 출입문인 금호문은 굳게 닫혀 있었다. 문지기 군사를 불러 문을 열라고 하자, 열쇠가 없어 열 수 없다고 했다.

"지금 화변이 일어나 시급히 고해야 하는데, 왜 문을 열지 않는가?"

김옥균이 목소리를 높여 꾸짖자, 수문장이 김옥균의 음성을 알아듣고 자물쇠를 땄다. 수문장 역시 김옥균과 내통한 자였다.

김옥균, 박영효, 서광범 등 거사의 주역들은 김봉균과 이석이 등 장사들을 거느리고 창덕궁으로 들어갔다. 이따금 군졸들이 순라를 돌고 있을 뿐 궁궐 안은 조용했다. 내전으로 통하는 숙장문에 이르자, 김봉균과 이석이를 인정전으로 보내며 그곳에 매설한 화약을 30분 뒤에 터뜨리라고 지시했다.

협양문으로 다가가자 파수를 보던 무감이 큰소리를 지르며 앞을 가로막았다. 대궐에 드나드는 신하는 누구나 예복을 입어야 하는데, 그들은 평복을 입고 있어 저지당할 수밖에 없었다.

"너희들은 궐문 밖에서 무슨 일이 일어났는지 정녕 몰라서 막으려 하는 거냐?"

김옥균이 크게 꾸짖으며 밀치고 들어갔다.

무감 등이 크게 놀라며 무슨 일이 일어났느냐고 물었으나, 김옥균은 대꾸도 하지 않고 편전이 있는 합문으로 향했다. 그곳에는 윤경완이 병사 50여 명을 거느리고 지키고 서 있었다. 김옥균은 윤경완에게 군사를 단속하여 명령을 기다리라고 지시하고 편전으로 들어갔다. 편전에 있던 변수가 다가와 주상은 이미 잠자리에 들었고, 궁중에서는 아직 어떤 낌새도 눈치 채지 못하고 있다고 소곤거렸다.

잠시 뒤 내시들이 대청 밖으로 나오며, 무슨 일로 이 밤중에 평복으로 들어왔느냐며 따졌다. 김옥균이 환관 유재현에게 고종을 깨워 달라고 하자, 유재현은 이유가 뭐냐며 계속 캐물었다. 유재현은 고종과 민비의 신임을 두텁게 받고 있어 웬만한 관원은 우습게 아는 자였다. 그 역시 개화파의 제거 대상으로 점찍혀 있었다.

"지금 나라에 위태로운 일이 생겨 시급히 상을 뵈어야 하는데, 너희 환관 무리가 어찌 그리 말이 많은가?"

김옥균이 큰소리로 꾸짖자 유재현은 입을 다물고 침전으로 들어갔다.

"지금 김옥균이 참내하였는가? 무슨 일이 생겼는가?"

고종이 김옥균의 목소리를 알아듣고 침상에서 몸을 일으켰다.

김옥균은 박영효, 서광범과 함께 침실로 들어가 우정총국에서 발생한 사건의 개요를 설명하고, 일이 급박하게 진행되고 있으므로 잠시 창덕궁을 피해 다른 궁으로 옮겨야 한다고 말했다.

그러자 옆에 있던 중전 민비가 의심스럽다는 눈초리로 보며 캐물었다.

"경 등이 말하는 변란이 청국 측에서 일으킨 것이오, 일본 측에서 일으킨 것이오?"

김옥균이 미처 입을 열어 대답하기도 전에 지축을 뒤흔드는, 강력한 폭발음이 울려 퍼졌다. 통명전에 매설한 폭탄이 터졌던 것이다.

느닷없는 폭탄 소리에 얼이 빠진 고종과 민비는 김옥균의 대답을 들을 틈도 없이 침전을 빠져나갔다. 김옥균은 급히 서재필을 불러 고종을 호위하도록 지시했다.

"현 상황에서는 일본공사관에 요청하여 일본 군사로 하여금 호위토록 한다면 만전을 기할 수 있습니다."

고종을 뒤따르던 김옥균이 각본대로 일본공사관에 도움을 청해야 한다고 건의했다.

고종은 별 생각 없이 그렇게 하라고 했다.

"만약 일본 군사를 불러 호위케 된다면, 장차 청국 군사는 어찌할 것이오?"

민비가 미심쩍다는 표정으로 이의를 제기했다.

"청국 군사 또한 와서 호위케 해도 됩니다."

김옥균은 임기응변으로 둘러댔다.

김옥균은 즉시 유재현을 불러 일본공사관에 가서 호위장을 데려오라고 지시했다. 또한 뒤따르는 수하에게 청국군이 주둔하고 있는 동별영으로 가서 청국군의 지원을 요청하라는 지시도 내렸다. 그러나 그것은 속임수였다. 그는 이미 수하에게 가는 척만 하라고 지시해 놓았던 것이다. 그는 다시 변수를 불러 일본공사관에 가서 모든 계획이 뜻대로 진행되고 있음을 알리라고 했다.

일본공사는 와서
짐을 호위하라

폭탄 터지는 소리 한 방에 행궁을 옮기는 문제는 예상보다 쉽게 해결되었다. 궁궐을 무너뜨릴 듯한 굉음에 넋을 잃은 고종과 민비, 그리고 궁인들은 묵묵히 경우궁을 향해 창덕궁을 빠져나가고 있었다.

"죽첨 공사에게 호위를 부탁하긴 하였습니다만, 친필 칙서를 보내지 않아 하명하신 대로 움직일지 걱정입니다."

김옥균이 그처럼 다케조에 공사에게 부탁한 호위 요청에 중대한 결함이 있었음을 지적했다.

"그럼 어찌하면 좋겠는가?"

"친필 칙서를 보내 주셔야 할 것 같습니다."

김옥균은 그렇게 말하고 품 안에서 연필을 꺼내 고종에게 올렸다. 그러자 옆에 있던 박영효가 품 안에서 백지를 꺼냈다. 고종은 요금문으로 향하는 길에서 발걸음을 멈추고 '日本公使來護朕'이라는 일곱 글자를 연필로 썼다. "일본공사는 와서 짐을 호위하라"는 뜻이었다. 김옥균은 그 종이를 박영효에게 건네며 급히 다케조에 공사에게 가서 전하라고 지시했다.

고종 일행이 목표 지점인 경우궁 후문에 도착하자, 대문이 굳게 닫혀 있었다. 김옥균은 윤경완으로 하여금 담을 넘어가 자물쇠를 부수고 대문을 열게 했다. 안으로 들어갈 때마다 대문이 닫혀 있어 여섯 차례나 자물쇠를 부수고 대문을 열어야 했다. 창덕궁의 정문인 돈화문에서 약간 떨어져 있는 경우궁은 정조의 후궁이자 순조의 생모인 수빈 박씨의 사당이어서 평일에는 사용하지 않았다.

그때 전영사 윤태준과 경기감사 심상훈이 야간근무를 하다 고종과 중전이 궁을 옮겼다는 소식을 듣고 달려왔다. 연회장을 빠져나가 병사의 옷으로 바꿔 입고 도망쳤던 한규직도 창덕궁을 거쳐 그곳으로 왔다. 일본공사관으로 심부름 갔던 유재현도 돌아왔다. 그들이 한결같이 하는 말이 바깥에는 아무 이상 징후가 보이지 않았다는 것이다.

그러자 눈치 빠른 중전 민비가 김옥균을 불러 따졌다.

"도대체 어떻게 된 거요? 바깥에는 아무 이상이 없다는데, 왜 이렇게 행궁을 옮기며 소란을 피우는 거요?"

그때 마침 창덕궁 쪽에서 세상을 뒤흔들 듯한 폭발음이 두 차례나 연이어 울렸다. 물실호기(勿失好機)라, 좋은 기회를 놓쳐서는 안 된다고 판단한 김옥균이 민비의 말에 대답하는 대신 한규직을 향해 호되게 꾸짖었다.

"군사를 통솔하는 장수의 소임을 맡고 있는 자가 이처럼 위급한 변란을 당했다면 마땅히 군사를 거느리고 와서 주상을 호위해야 하거늘, 어찌하여 그처럼 불경스러운 복장을 하고 단신으로 와서 주상의 심기를 어지럽히는가? 지금 이 같은 변란이 어디서 일어났는지 그대는 본디 알고 있을 것 아닌가?"

그는 다시 환관 유재현을 향해 목소리를 높였다.

"너희 쥐새끼 같은 무리들이 대세를 알지도 못하면서 국기를 뒤흔드는 변란 중에 아녀자의 짓을 하고 있으니 그대로 내버려 둘 수는 없다. 이후로는 말을 많이 하여 인심을 어지럽히는 자는 그대로 참할 것이다."

이어 그는 윤경완을 불러 자신의 명령대로 이행하라고 지시했다. 그러자 어수선하던 분위기가 이내 숙연해졌다. 사세가 불리하다고 판단한 한규직은 입을 굳게 다물고 침묵했다.

일행이 경우궁 뜰에 이르자, 박영효와 함께 일본공사 다케조에가 병사들을 거느리고 왔다. 그때 비로소 고종과 민비, 비빈들은 안심하고 정전에 자리를 잡아 앉았고, 김옥균과 다케조에는 좌우에 시립했다. 일본 병사들은 대문 안팎을 경호하며 아무도 출입하지 못하도록 했다.

고종의 주위는 개화파 행동대원들이 경호했다. 전영사 소대장 윤경완은 당직 병사들을 거느리고 정전 안팎에 늘어서 있고, 서재필은 사관생도 신중모, 이규완 등 13명을 거느리고 고종 뒤에 시립했다. 이인종, 이창규, 이규정은 수 명의 병사들을 거느리고 정전 밖에 시립해 있었다. 그처럼 개화파 행동대원들이 정전을 철통같이 에워싸고 있었다. 그때 청국군 한 부대가 경우궁 근처에 와서 멀찌감치 살펴보다 돌아갔다.

좌영사 이조연이 뒤늦게 경우궁으로 들어왔다. 그는 우정총국 연회장에서 몸을 숨긴 뒤 창덕궁으로 갔다 대가가 경우궁으로 옮겨 갔다는 말을 듣고 그곳으로 찾아왔는데, 오던 길에 홍영식을 만나 같이 들어왔다. 우정총국 개국 축하연의 주인공인 홍영식은 빈사 상태에 빠져 있는 민영익을 묄렌도르프의 집으로 호송한 뒤 뒤늦게 달려오는 길이었다.

경우궁 정문은 특별히 선발된 무관 10여 명이 지키고 있었다. 그들은 변고를 듣고 달려오는 대신이 있으면 먼저 명함을 들여보내 허락을 받은 자만을 궁 안으로 들여보냈다. 뒤늦게 도착한 이조연은 한규직, 윤태준, 유재현 등과 모여 뭔가 수군거리고 있었다.

그러자 그들의 행동을 지켜보고 있던 박영효가 큰소리로 꾸짖었다.

"지금 나라가 변란을 당해 일본공사는 벌써 군사를 거느리고 와서 호위하고 있거늘, 어찌하여 영사의 중임을 맡고 있는 자들이 군사를 데리고 와서 호위할 생각은 하지 않고 그곳에 모여 수군거리고만 있는가? 도대체 이유가 뭐요?"

"알겠습니다. 곧 밖에 나가 군사를 데리고 오겠습니다."

그 말을 듣자, 윤태준이 밖으로 나가겠다며 서둘렀다. 박영효가 장사들에게 눈짓해 뒤따르도록 했다.

개화파가 정변을 일으켰음을 눈치 챈 윤태준은 한시라도 바삐 청군 장수 원세개(袁世凱)에게 달려가 구원을 청하겠다는 생각에 잰걸음으로 소중문을 빠져나갔다. 그러나 그곳이 사지임을 누가 알았으리오. 소중문 밖에서 대기하고 있던 윤경순이 휘두르는 칼에 윤태준은 그대로 쓰러졌다. 개화파의 처리 대상 1호였던 윤태준은 그렇게 4영사 중 첫 번째 희생자가 되었다.

윤태준이 떠나고 나자, 이조연과 한규직이 김옥균에게 뭔가 이야기하려 했다. 김옥균 역시 박영효가 했던 대로 빨리 막사로 돌아가 병사들을 거느리고 와서 호위의 임무를 다하라고 소리쳤다. 그러자 이조연이 큰 소리로 주상을 뵙고자 하니 들어가게 해달라고 외치며 정전으로 들어가려 했다. 서재필이 칼을 빼어들고 앞을 가로막았다.

"나에게 이 문을 지키라는 명령이 내려진 이상 어떤 사람도 문안으로 들여보낼 수 없소."

서재필이 칼을 뽑아든 채 버티고 서 있는 데다 장사들이 눈알을 부라리며 쳐다보자, 이조연은 힘없이 돌아섰다. 이조연과 한규직은 막사로 돌아가기로 하고 경우궁 후문으로 향했다.

각 문에는 장사들이 지키고 서 있었다. 이조연과 한규직 두 영사가 후문을 나서자, 지키고 있던 장사들이 달려들어 단칼에 처치했다. 그렇게 해서 개화파의 제거 대상 네 영사 중 세 영사가 일시에 처치되었고, 우영사 민영익은 칼침을 맞아 중태에 빠져 있었다.

한편 김옥균은 어명을 빙자하여 민영목, 민태호, 조영하 등 친청사대파 중신들을 급히 입궁시켰다. 민영목은 사관생도가 전하는 왕명을 받고 입궐하기 위해 경우궁 정문으로 갔다. 사관생도가 그를 후문으로 안내하려 했으나 그는 그 말을 무시하고 앞문으로 들어갔다. 정문 안에서 대기하고 있던 이규완과 고영석이 그를 간단히 처치했다.

조영하는 강화회담을 할 때 일본과의 수교를 주장한 인물로 일본을 잘 이해하는 편이었다. 게다가 조대비의 조카로 왕가의 척신이어서 박영효는 살려 주려 했다. 그러나 그의 행동으로 볼 때 친청사대파가 분명하며 그 역시 제거해야 한다는 김옥균의 주장에 따라 처치되었다.

민씨 일파의 두목이며 친청사대파의 영수격인 민태호는 민영익의 친부인 데다 세자빈의 아버지여서 그 위세가 하늘을 찌를 듯했으나, 그도 경우궁으로 들어서자마자 장사들이 휘두르는 칼에 맥없이 쓰러졌다.

그렇게 해서 친청사대파의 두목 6명이 경우궁에서 한꺼번에 처치되었다. 개화파의 제거 대상 중에서 살아남은 자는 오로지 민영익 하나였다. 민영익 역시 칼침을 맞아 빈사 상태에 빠져 있어 아직은 생사를 가늠할 수 없었다. 따라서 시체나 다름없는 민영익에 대해 더 이상 신경 쓸 필요는 없었다.

　정적인 친청사대파 두목들을 제거했으니, 이제 남은 과제는 개화파 내각을 구성하여 개혁정치를 펼치는 것이었다. 고종은 이미 개화파가 마음대로 끌고 다니는 포로나 다름없었다. 이제 남은 과제는 남별영에 주둔하고 있는 원세개 중심의 청국군의 반격을 막아 내는 것이었다.

　그 일만큼은 몇 명 안 되는 혁명군으로는 감당할 수 없어 일본군의 힘을 빌리지 않을 수 없었다. 숫자로 보면 청국군에 비해 턱없이 부족했으나, 일본군은 훈련이 잘되어 있는 데다 사기가 살아 있어 믿을 만했다. 게다가 한 달 전에 임지로 돌아온 주한일본공사 다케조에가 줄곧 큰소리치고 있어 믿지 않을 수도 없었다.

　불안에 떨고 있는 각국 사신들을 위무하는 것도 게을리할 수 없는 일이었다. 고종은 각국 공사 내지 영사에게 내시를 보내 위로했다. 먼저 새벽 4시에 미국공사 푸트에게 내시를 보내 위로하고, 얼마 뒤 다시 변수를 보내 미국공사로 하여금 행궁에 와서 같이 변을 피하는 것이 어떻겠느냐고 물었다. 영국과 독일 영사에게도 내시를 보내 똑같이 위무하고 행동을 같이하자고 제의했다. 고종의 외로움이 얼마나 컸는지 짐작할 수 있는 대목이었다.

　행궁에서 같이 피난하자는 고종의 제의에 대해 미국공사의 통역 윤치호는 반대했다. 날씨는 차고 행궁에는 거처할 방도 많지 않은데, 외국 사절의 가족까지 합류하여 법석대면 그 모양이 우습지 않겠느냐는 것이 반대하는 이유였다. 차라리 병사들을 보내 외국 공사관을 보호해 주는 것이 보다 바람직하다는 의견을 내놓았다.

영국영사 애스턴이 미국공사 푸트를 찾아가, 경우궁으로 가서 고종과 함께 머물러야 하느냐는 문제를 놓고 상의했다. 논의 끝에 그들은 행궁에 가지 않기로 하고, 윤치호를 보내 그 사실을 통보했다.

윤치호는 고종을 알현하기 위해 해군소위 버나도우(John B. Bernadou)와 함께 경우궁으로 갔다. 미국공사관에서 무관으로 근무하고 있는 버나도우는 스미소니언박물관을 위해 조선 골동품을 수집한 인텔리 청년이었다.

두 사람이 행궁에 도착하자, 일본군 병사들이 총을 들고 궁문을 지키고 있었다. 윤치호가 찾아온 뜻을 밝히자 궁문이 열렸다. 임금이 있는 궁궐로 들어가자 홍영식을 비롯하여 김옥균, 박영효, 서광범 등이 모여 있었다. 병조판서 이재원, 경기감사 심상훈의 얼굴도 보였고, 사관장 서재필과 그 밖에 여러 장사들이 칼을 뽑아들고 지키고 있었다. 유재현 등 환관들은 왕을 시립하고 있었다. 관원들은 모두 평복 차림이었다. 한쪽 방에는 다케조에와 시마무라가 앉아 있었다.

윤치호는 왕이 머무르고 있는 방으로 들어가 고종 앞에 무릎을 꿇고 큰절을 올렸다. 문안 인사를 올리고 바라보니 고종의 얼굴에는 근심이 가득했다. 중전 민비는 시녀의 옷으로 갈아입고 시녀들 틈에 앉아 있었다. 동궁은 탕건과 두루마기 차림으로 시녀들 사이를 왔다 갔다 했다. 온 방에 근심이 가득 차 있었다. 그럼에도 불구하고 고종은 부드러운 목소리로 윤치호를 위로하려 했다.

"요즘 날씨도 차가운데 잘 지내고 있으며, 미국공사도 강녕하더냐?"

"네. 염려해 주신 성의(聖意)에 힘입어 잘 지내고 있사오며, 미국공사 역시 강녕하십니다. 아뢰올 말씀은, 미국공사가 만약 호위병이 있으면 궁으로 찾아와서 알현하겠다고 하는데, 전하의 뜻이 어떠한지 알지 못하겠나이다."

윤치호가 울먹이는 목소리로 말했다.

"미국공사가 오겠다면 오도록 해야지. 염려하지 말거라. 짐이 즉시 병사를 보내 미국공사와 영국영사를 호위해 오도록 하겠다."

고종은 반기는 얼굴로 호위 병사를 보내겠다고 쾌히 약속했다.

한편, 홍영식과 김옥균은 버나도우에게 그날의 사건의 개요를 설명하고, 미국의 호의와 성원이 매우 중요함을 강조했다. 그러자 버나도우는 만일 공사의 답이 있으면 알려 주겠다고 약속했다. 그 뒤 미국공사 푸트가 보낸 답변은 "일이 여기에 이르렀으니 오직 내정을 잘 개혁하라"는 것이었다.

아무튼 윤치호와 버나도우는 고종의 배려로 좌영과 우영 병사 20여 명을 거느리고 미국공사관으로 돌아갔다. 보부상도 20여 명 따라갔다. 그사이 일본공사관에서 보낸 일본 병사 4명이 미국공사관 정문을 지키고 있었다. 윤치호는 공사에게 건의하여 보부상들을 돌려보내도록 했다. 시끄럽기만 할 뿐 별 쓸모가 없었던 것이다.

그때까지 민영익은 묄렌도르프의 집에서 미국인 의사 알렌의 치료를 받고 있었다. 의술이 빼어난 알렌은 깊은 칼자국이 나 있는 상처 부위를 명주실로 일일이 꿰매 지혈시키는 데는 성공했으나, 워낙 상처가 깊어 치료하기 어려울 것이라는 소문이 나돌았다.

4부

찬란한 개화의 꿈이
물거품 되다

사대파 두목들을 처치하고
개화파 내각을 구성하다

홍영식과 김옥균 등 정변의 주역들은
한시라도 바삐 새로운 정령(政令)을 발표하고 실시해야만 했다. 그렇게
하자면 먼저 고종에게 아뢰어 재가를 받는 절차를 거쳐야만 했다. 각국
공사에게 변수를 보내 정변에 대한 보고를 하고 분위기를 탐지게 한 것
도 새로운 정령을 실시하기 위해서였다. 그러자 개화파의 움직임이 수
상쩍음을 눈치 챈 중전 민비가 꾀를 부려 개화파를 괴롭히기 시작했다.

그때 민비가 내놓은 카드는 창덕궁으로의 이어(移御)였다. 민비는 김
옥균 등에게 몇 번이고 사건의 본말을 추궁하며 창덕궁으로 돌아가자
고 보챘다. 경우궁이 너무 비좁고 추움을 그 이유로 내세웠다. 경우궁
은 순조의 생모인 수빈 박씨의 사당으로 오랫동안 비어 있어 난방에 어
려움이 있고 궁궐도 좁았다. 궁녀와 내시만 해도 수백 명이나 되었으니
비좁을 수밖에 없었다.

민비가 선창하자, 궁녀와 내시들이 입을 모아 행궁을 옮기자며 목소
리를 높였다. 그들은 번뜩이는 창검 앞에서도 두려워하지 않고 떠들어

댔다. 영리한 민비는 평복으로 갈아입고 궁녀들 틈에 끼여 그들을 부추겼다. 그처럼 뜻밖의 상황이 전개되자, 고종을 설득하여 새로운 정령을 발표하려던 개화파의 계획이 자꾸만 지연되었다.

그러나 행궁을 옮겨 달라는 민비의 요구는 개화파의 입장에서는 도저히 받아들일 수 없었다. 왕의 행궁을 창덕궁에서 경우궁으로 옮긴 것은 창덕궁이 너무 넓어 청국 군대가 쳐들어올 경우 방어하기 어렵기 때문이었다. 그에 비해 경우궁은 조그만 궁궐이어서 일본군 100여 명으로도 충분히 지킬 수 있었다.

사정이 그러함에도 중전 민비는 환궁하자는 주장을 굽히지 않았다. 아니, 그 내막을 꿰뚫고 있어 그 같은 주장을 되풀이했던 것이다. 아무튼 민비의 사주를 받은 궁녀와 내시들의 불평이 끊이지 않자, 김옥균은 불평분자 가운데 우두머리인 환관 유재현을 처치함으로써 국면 전환을 꾀하기로 했다. 그는 고종을 호위하고 있는 서재필을 불러 환관 유재현을 끌어내 목을 베라는 추상같은 명령을 내렸다.

"곤전마마와 세자궁에서 지체 없이 환궁하자 하시고, 환관배와 궁녀들이 곤전마마의 계교를 받아 떠들어대는 것은 인심을 선동하여 상감마마의 성의(聖意)를 현란케 함이니 그대로 둘 수 없다. 당장 환관 유재현을 잡아다 목을 베도록 하라."

김옥균의 명령이 떨어지자 서재필은 장사 윤경순, 황용택 등을 지휘하여 환관 유재현을 포박했다. 그리고 행궁 대청 앞에 꿇어앉히고 그의 죄목을 낱낱이 고한 뒤 내시와 궁녀들이 보는 앞에서 참수하라는 명령을 내렸다.

장사 윤경순이 칼을 꺼내 유재현의 허리를 깊숙이 찔렀다. 고종이 죽이지 말라고 소리쳤으나 소용없었다. 내시와 궁녀들이 모두 숨을 죽이고 그 광경을 지켜보며 벌벌 떨고 있었다.

유재현이 항변 한마디 하지 못하고 쓰러지자, 창덕궁으로 이어해야 한다고 주장한 궁녀와 내시들의 목소리가 쑥 들어갔다. 중전 민비도 한동안 침묵을 지켰다. 그 여세를 몰아 김옥균과 박영효 등 개화파 주역들은 궁녀와 환관 중 쓸모없는 자들을 몰아내고, 고종에게 품위하여 대대적인 인사를 단행했다. 그리하여 개화파를 중심으로 새로운 내각을 구성했다.

영의정 이재원
좌의정 홍영식
전후영사 겸 좌포장 박영효
좌우영사 겸 대리외무독판 겸 우포장 서광범
좌찬성 겸 좌우참찬 이재면(흥선대원군의 장남)
이조판서 겸 홍문관제학 신기선
예조판서 김윤식
병조판서 이재완(이재원의 아우)
형조판서 윤웅렬
공조판서 홍순형
한성판윤 김홍집
판의금 조경하(대왕대비의 조카)
예문제학 이건창
호조참판 김옥균

병조참판 겸 정령관 서재필

도승지 박영교(박영효의 맏형)

동부승지 조동면(대왕대비의 종손)

동의금 민긍식

병조참의 김문현(순화궁의 동생)

수원유수 이희선

평안감사 이재순(종친)

설서 조한국(흥선대원군의 외손)

세마 이준용(이재면의 아들)

가장 높은 자리인 영의정에는 고종의 종형인 이재원을 앉혔다. 이재
원은 흥선대원군의 둘째형인 흥완군의 아들이자 고종의 사촌형으로,
이미 이조판서와 병조판서를 지낸 경력이 있었다.

그날 밤 자정이 지난 뒤, 고종이 사촌형 이재원을 불러 김옥균과 함께
이야기를 나눴다. 이재원의 집이 바로 경우궁에 붙어 있어 쉽게 부를
수 있었다. 모처럼 만나 시사와 국사를 논하면서 김옥균은 이재원이 개
혁 내각의 요직을 맡을 만한 인물임을 알게 되었다. 그만큼 두 사람은
시국을 보는 관점에 서로 통하는 데가 있었던 것이다.

다음으로 높은 자리인 좌의정은 홍영식이 맡았다. 이재원이 맡게 된
영의정이 사실상 상징적인 자리에 불과했기 때문에 홍영식을 좌의정에
앉혀 국정의 최고 의결기관인 의정부를 이끌어 가도록 했다. 홍영식은
개화파의 중심인물 중에서 관료로서의 경력이 풍부한 데다 총명하고 진
중한 성격이어서 적임자라 할 수 있었다.

국정의 요직은 개화파가 차지했다. 전영사, 후영사, 좌영사, 우영사 등 4영사와 좌포장, 우포장 등의 병권과 경찰권은 박영효와 서광범 두 사람이 나누어 가졌고, 서재필은 병조참판이 되어 병권을 쥐게 되었다. 혁명의 주역인 김옥균은 호조참판이라는 기대 이하의 자리를 맡았으나, 참판이란 눈속임에 불과했고 국가 재정권을 틀어쥐겠다는 속셈을 드러낸 것이었다. 거사에 직접 참여하지 않은 인물 중에서 신기선이 이조판서, 김윤식이 예조판서, 윤웅렬이 형조판서, 김홍집이 한성판윤에 임명되었는데, 이는 온건개화파를 끌어들이기 위한 전략이었다.

개각 인선의 또 하나의 특징은 왕가와 인척들을 대거 발탁했다는 점이다. 영의정에 고종의 사촌형을 앉힌 데 이어 병조판서에는 이재원의 아우인 이재완을 앉혔다. 좌찬성에 임명된 이재면은 대원군의 맏아들로 고종의 친형이었다. 판의금 조경하는 대왕대비 조씨의 조카였고, 동부승지 조동면은 대왕대비의 종손이었다. 평안감사 이재순은 대원군의 지친이었고, 세마 이준용은 대원군의 장손이었다.

그처럼 왕실이나 외척 관계에 있는 인물을 대거 발탁하여 요직에 앉혔다. 그동안 민씨 일파에 소외당한 인물들이 권좌에 오르게 되었다. 그러다 보니 뜻하지 않게 '왕실 내각' 내지 '종친 내각'이 되었던 것이다.

계동궁을 거쳐
창덕궁으로 환궁하다

거사 다음 날인 12월 5일 아침, 전영
사의 병사 30명씩을 미국공사관, 영국영사관, 독일영사관에 보내 호위
하게 했다. 오전 9시 미국공사 푸트가 영국영사 애스턴과 함께 경우궁
을 방문하여 고종에게 문안 인사를 올렸다. 고종은 아무 일도 없었다는
듯 태연한 얼굴로 그들을 맞았다.

미국공사 푸트는 홍영식과 김옥균 등이 고종을 모시고 있는 모습을
보고 만족한 표정을 지으며 입을 열었다.

"대군주께서 강녕하시니 나라의 홍복이라 생각하오며, 이번 일을 계
기로 국정이 새롭게 발전하기를 기대하는 바입니다."

"내 들으니, 무릇 어느 나라를 막론하고 구습을 타파하고 문명개화하
는 데는 다소의 변란을 겪지 않은 나라가 없다 하오. 저 방에 있는 일본
공사도 누차 그런 변란을 겪었다는 말을 하였는데, 미·영 제국에서도
그런 예가 있었을 것 아니오?"

고종은 일본공사 다케조에가 있는 방 쪽을 돌아보며 그렇게 말했다.

"그렇습니다. 세계 어느 나라든 사소한 변동은 있게 마련이고, 그런 과정을 거쳐 온전한 나라가 되는 것입니다. 지금 귀국에 이처럼 놀라운 변란이 있기는 하지만, 번거롭게 생각할 일은 아닌 듯싶습니다. 대군주의 성명(聖明)으로 어찌 나랏일이 편안하지 않음을 걱정하겠습니까."

푸트는 가벼운 미소를 띠고 화답했다.

"고마운 말씀이오. 짐도 그렇게 생각하오."

고종 역시 웃는 얼굴로 응대했다.

그처럼 미국공사 푸트가 고종과 반가운 표정으로 대화를 나누는 반면, 영국영사 애스턴은 굳은 표정으로 고종의 강녕을 빌 뿐 정변에 대해서는 한마디도 언급하지 않았다. 정변을 대하는 외교관들의 시각은 그처럼 나라에 따라 큰 차이가 있었다.

고종과 인사를 마치고 나자, 푸트와 애스턴은 옆방으로 자리를 옮겨 일본공사 다케조에와 이야기를 나눴다. 독일총영사 쳄브쉬(Zembsch)가 뒤늦게 그들과 합류했다. 그들은 정변에 대해 관망한다는 자세를 취했으며, 서울에 있는 외국인을 잘 보호해 달라는 말을 남기고 떠났다.

푸트와 애스턴 등 외교관들이 창덕궁 밖으로 나가자, 거리에는 많은 사람이 모여 지난밤에 일어난 변란에 대해 수군거리고 있었다. 남녀노소를 가릴 것 없이 수많은 인파가 거리를 가득 메우며 북새통을 이루고 있어 가마나 말이 지나다닐 수 없을 지경이었다. 외교관들은 간신히 거리를 벗어나 묄렌도르프의 집으로 갔다. 심한 자상을 입고 사경을 헤매고 있는 민영익을 위문하기 위해서였다.

고종이 외국 사신들을 접견하는 동안 민비가 또다시 환궁설을 꺼냈다. 민비는 김옥균을 불러 경우궁은 협소하여 용신할 수 없으니 한시라도 빨리 환궁할 수 있도록 조처해 달라고 요구하는 한편, 비빈과 궁녀들을 충동하여 앓는 소리를 하게 했다. 마음이 모질지 못한 김옥균으로서는 차마 거절하기 어려운 요구였다.

그동안 개화파가 크게 실수한 일이 하나 있었다. 경기감사 심상훈에 대한 관리 소홀이었다. 정변이 일어나자 김옥균과 친구처럼 지내던 심상훈이 경우궁으로 들어와 개화파에 합세하는 척했으나, 그는 민씨 일당과 손잡고 있는 친청사대파였다. 그는 고종과 민비를 몰래 만나 개화파가 정변을 일으켜 친청사대파의 거두들을 살해했음을 알리고, 개화파를 타도하려면 청국 군사를 끌어들여야 한다고 진언했다. 민비가 또다시 환궁설을 꺼낸 이유였다.

민비의 채근이 심해지자, 김옥균 등은 행궁을 바로 경우궁 옆에 붙어 있는 계동궁으로 옮겼다. 계동궁은 흥선대원군의 조카이자 고종의 사촌형인 이재원이 살고 있는 집이었다. 바로 혁명정부로부터 영의정으로 발탁된 이재원의 집이었다. 그 집 역시 창덕궁에 비하면 턱없이 좁았으나 경우궁에 비해 약간 넓었기에 숨을 돌릴 수 있었다.

한 치 앞도 내다볼 수 없는 불확실성과 혼란의 와중에 일본공사 다케조에가 고종과 자주 만나 대화를 나눴다. 다케조에는 현재 천하 각국의 정세가 어떠한지 설명하고 나서 조선이 내정을 개혁하지 않으면 안 될 이유를 자세히 아뢰었다. 양병의 필요성도 강조했다.

"나라를 지키려면 양병이 가장 중요한 법인데, 지금 귀국의 병사 중에는 오직 전영사가 다른 영사에 비해 약간 나을 뿐입니다. 전영사는 박영효가 광주유수로 있을 때 훈련시킨 군대인데, 지금은 박영효가 관여하지 않고 있으니 무슨 까닭인지 모르겠습니다. 나라를 위해 애쓰는 사람을 버리고 쓰지 않음은 참으로 애석한 일입니다."

다케조에가 그렇게 지적하자 고종은 곧바로 박영효를 전영사로 임명했다.

행궁을 경우궁에서 계동궁으로 옮겼으나 민비는 만족하지 않았다. 계동궁도 좁기는 마찬가지였으나, 좁음을 이유로 내세운 것은 핑계에 불과했다. 이번 사건이 개화파가 민씨 일당을 몰아내기 위한 정변이었음을 확인한 이상 그대로 당하고 앉아 있을 수는 없었다. 개화파 일당을 몰아내기 위해서는 청국 군사를 불러들여야 하고, 그들을 불러들여 일본군과 일전을 벌이려면 창덕궁 같은 넓은 장소가 필요했다.

민비는 또다시 김옥균을 불러 창덕궁으로 돌아가자고 보챘다. 민비 자신이 요구할 뿐만 아니라 고종과 대비를 동원하여 환궁해야 한다고 끈질기게 요구했다. 그럼에도 불구하고 개화파는 환궁만큼은 허용할수 없었다. 계동궁은 궁궐이 좁아 소수의 병력으로도 수비할 수 있으나, 창덕궁은 궁궐이 워낙 넓어 소수의 병력으로는 지킬 수 없었다. 처음 작전계획을 세울 때 강화도로 파천하는 방안을 검토했던 것도 그 같은 어려움을 예상한 때문이었다. 아무튼 창덕궁으로 돌아가면 반드시 걱정스러운 일이 생길 것이어서 김옥균은 다케조에에게 고종이 환궁하라는 지시를 내리더라도 지세의 불리함을 들어 반대하도록 단단히 일렀다.

그렇게 되자 김옥균과 민비는 환궁 문제를 놓고 또다시 치열한 머리싸움을 벌이게 되었다. 그러던 중 김옥균이 외청에 볼 일이 있어 홍영식, 이재원과 함께 계동궁 밖으로 나가게 되었다. 그사이 고종이 다케조에를 불렀다. 고종은 계동궁이 좁고 누추하여 잠시도 거처할 수 없다는 대왕대비의 말을 전하며, 뜻밖의 말로 다케조에의 마음을 누그러뜨렸다.

"비록 청국 병사들이 뜻밖의 변을 일으킨다 하더라도 그들을 방어하는 데는 대궐이나 이곳이나 다를 바가 없지 않소?"

그 말을 듣자 다케조에는 계동궁을 고집해야 할 이유가 없다고 생각했다.

"알겠습니다. 곧 중대장을 보내 먼저 대궐의 지리를 살펴본 뒤 회답을 올리겠습니다."

다케조에는 가급적 고종의 요청을 들어주는 방향으로 마음을 굳혔다.

그는 일본군 중대장 무라카미 마사즈미(村上正積)를 불러 행궁 밖의 동정을 살피는 한편, 창덕궁으로 환궁해도 수비하는 데 지장이 없는지 잘 살펴보고 오라는 지시를 내렸다. 한 시각이 지나 돌아온 무라카미는 환궁해도 수비하는 데 별 지장이 없다고 보고했다.

무라카미의 보고를 받자, 다케조에는 고종에게 환궁하겠다는 의사를 밝혔다. 개화파가 기피했던 창덕궁으로의 환궁은 다케조에에 의해 그처럼 간단히 뒤집혀졌다.

그 소식을 듣자, 김옥균과 박영효는 불같이 화를 내며 다케조에를 찾아가 따졌다.

"아니, 환궁만큼은 절대로 안 된다고 그렇게 말했음에도 환궁을 허락하다니, 도대체 어떻게 된 거요?"

"이곳에서 수비하는 것이나 대궐에서 수비하는 것이나 다를 것이 없으니 조금도 걱정하지 마시오. 내가 이미 대군주께 그렇게 아뢰었으니 공들은 여러 말 하지 마시오."

다케조에는 태연히 웃으며 명령조로 말했다. 자신감이 넘치는 얼굴이었다. 일본군 사령관격인 다케조에가 그렇게 말하자, 김옥균과 박영효는 대꾸할 말을 잃었다.

다케조에의 허락을 받은 것이 몹시도 기뻤던지 고종은 김옥균을 불러 다케조에의 말을 그대로 전하며 싱글거렸다. 일국의 왕이 외국 공사의 허락을 받아 행궁을 옮기면서 기뻐했으니, 조선은 이미 볼 장 다 본 나라라 아니할 수 없었다.

일이 그 지경에 이르자, 천하의 재사 김옥균도 환궁에 동의하지 않을 수 없었다. 머리 회전이 빠르기로 소문난 민비와의 기 싸움에서 그는 이미 패배했던 것이다.

그렇게 환궁하기로 결정했으나 곧바로 옮기진 않았다. 환궁을 하되 임금이 거처하게 될 궁궐을 정하는 문제가 남아 있었다.

개화파의 총사령관격인 박영효는 일본군 중대장 무라카미와 함께 병사들을 거느리고 창덕궁으로 들어가 널리 지형을 살폈다. 그들은 창덕궁 내의 여러 궁궐 중에서 관물헌을 임금이 거처할 곳으로 정했다. 관물헌은 창덕궁 안쪽에 위치해 있는 데다 뒤쪽으로 방어할 만한 숲이 조성되어 있어 소수의 병력으로도 청군의 공격을 막기에 적합한 장소라 판단했던 것이다.

경우궁에서 계동궁으로 옮긴 지 불과 몇 시간 뒤, 고종과 민비를 비롯한 왕실 일가와 궁인들은 박영효가 이끄는 전영사 병사와 일본군의 호위를 받으며 창덕궁으로 되돌아갔다. 정변 이틀째인 12월 5일 오후 5시 무렵이었다. 그 틈에 첩자 노릇을 하던 심상훈이 재빨리 달아나 친청사대파와 청군 장수들에게 궁중 내의 움직임을 낱낱이 알렸다.

김옥균과 다케조에는 관물헌의 한 방을 지휘본부로 정하고 고종 곁에 시립하며 외부인의 출입을 감시했다. 대궐의 수비는 세 부대가 나누어 맡았다. 침전 내문은 서재필이 장사들을 배치하여 지켰고, 그 주위는 일본군이 수비했다. 궁중의 출입문인 금호문과 선인문은 좌영사, 우영사와 전영사, 후영사 병사가 지켰다.

정변이 실패할 수밖에 없는
이유를 조목조목 열거하다

어느덧 밤이 되어 병사들이 대궐 출입문을 닫으려 하자, 선인문 밖에 있던 청군 장수 오조유(吳兆有)의 부하들이 달려들어 폐문을 방해했다. 박영효가 크게 분개하며 전영사 병사들을 이끌고 제지하려 하자, 김옥균이 말리며 대문을 열어 두라 했다. 청나라 병사들은 대문 안을 기웃거릴 뿐 쳐들어올 생각은 하지 않았다. 박영효는 전영사, 후영사와 좌영사, 우영사 병사 400명을 네 부대로 나누어 청병들의 동태를 감시했고, 일본군 역시 경계를 강화하고 있었다. 그날 밤은 그 같은 대치 상황에서 별 일 없이 지나갔다.

한편, 심상훈의 밀고를 받은 친청사대파는 절체절명의 위기에 처해 있음을 깨달았다. 그들은 전세를 역전시키기 위해 유언비어를 퍼뜨렸다. 개화파가 다케조에와 짜고 임금과 왕비, 대신들을 죽이고 왕자 의화군을 왕위에 앉혔다는 헛소문을 퍼뜨렸다. 친청사대파의 거두 6명이 살해된 것은 틀림없는 사실이니 반드시 헛소문이라 할 수도 없었다.

아무튼 그 같은 소문이 삽시간에 도성에 쫙 퍼졌다. 개화파를 비방하고 일본인을 비난하는 여론이 순식간에 비등했다. 흉기를 들고 일본인을 찾아다니며 위해를 가하는 자도 있었다. 서울에 체류하고 있는 서양인들도 위협을 느껴 몸을 숨겨야만 했다.

당시의 민심은 결코 개화파에 호의적이지 않았다. 정변 직후 새로 구성된 정부의 요직에 임명된 온건개화파들은 정변에 찬성하지도 않거니와 그 자리에 앉으려 하지도 않았다. 대표적인 예로, 미국공사의 통역이자 외무아문 주사로 활동하고 있던 윤치호를 들 수 있었다.

그는 철저한 개화파로서 나이가 14살이 많은 김옥균과 형제처럼 지냈고, 개화파 중에서도 식견과 인품을 두루 갖춰 존경의 대상인 홍영식을 자주 찾아다니며 친분을 쌓고 있었다. 그는 틈이 나는 대로 유대치의 약방을 드나들며 개화파 사람들과 어울리는 것을 좋아했고, 고종에게 개화사상을 주입시키기 위해 나름대로 노력했다. 그래서 그는 우정총국 개국 축하연에도 즐거운 마음으로 참석했다.

그런데 우정총국 개국 축하연 자리가 정변으로 돌변하자 그는 몹시 당황했다. 그는 미국공사 푸트를 안전하게 피신시킨 뒤 사태의 추이를 예의 주시했다.

정변 둘째 날에 이어 셋째 날도 그는 아버지를 찾아가 상의했다. 정변이 일어나기 직전 함경남도병마절도사를 지낸바 있는 그의 아버지 윤웅렬은 혁명정부로부터 형조판서로 임명되었으나 받아들이지 않았다.

무관 출신인 윤웅렬은 일찍이 1880년 2차 수신사 김홍집의 수행원으로 일본에 건너가 일본의 개화된 신문물과 군사시설을 두루 살피며 개화사상에 심취했다. 일본에서 귀국하자 신식 군대를 양성하기 위해 나름대로 노력했다. 이듬해 조선 정부가 일본의 개화 현장을 시찰하기 위해 신사유람단을 파견하자, 그는 아들 윤치호를 어윤중의 수행원으로 보내 일본에서 유학생 생활을 하게 했다. 그렇게 해서 그들 부자는 개화에 뜻을 같이했으나 급진적이고 혁명적인 사상에는 동조하지 않았다.

정변 셋째 날 윤치호가 찾아가자, 아버지 윤웅렬은 아들을 앉혀 놓고 정변이 반드시 실패할 것이라며 그 이유를 조목조목 나열했다.

첫째, 임금을 위협한 것은 이치를 따르는 것이 아니라 거스르는 것이니 실패할 것이다.

둘째, 외세를 믿고 의지하였으니 반드시 오래가지 못할 것이다.

셋째, 인심이 불복하여 변란이 안으로부터 일어날 것이니 실패할 것이다.

넷째, 청군이 옆에 앉아 있는데, 처음에는 비록 연유를 알지 못하여 가만히 있으나 그 근본 연유를 알게 되면 반드시 병사를 몰아 들어갈 것이다. 적은 것으로 많은 것을 대적할 수 없는 것이니 적은 일본병이 어찌 많은 청병을 대적할 수 있겠는가?

다섯째, 가령 김옥균, 박영효 등 여러 사람이 능히 순조롭게 그 뜻을 이룬다 하더라도 이미 여러 민씨와 주상께서 친애하는 신하들을 죽였으니, 이는 건곤전(乾坤殿)의 의향에 위배되는 것이다. 임금과 왕비의 뜻을 거스르고서 능히 그 위세를 지킬 수 있겠는가?

여섯째, 만약 김옥균, 박영효 등 여러 사람의 당인(黨人)이 조정을 채울 수 있을 만큼 많다면 혹 할 수 있는 길이 있다고 하겠다. 그러나 두서너 사람이 위로는 임금의 사랑을 잃고 아래로 민심을 잃고 있으며, 옆에는 청인(淸人)이 있고 안으로 임금과 왕비의 미움을 받고 밖으로 당붕(黨朋)의 도움이 없으니 그 일이 순조롭게 이루어질 수 있겠는가? 일이 반드시 실패할 터인데, 스스로 깨닫지 못하고 있으니 어리석고 한스럽다.

이어 윤웅렬은 그들 부자를 끌어들여 같은 무리로 삼으려 하니 두렵다며, 이에 따르면 역적이 되고 역적이 되면 망하게 되니 진퇴유곡이라 어떻게 하면 좋겠느냐며 탄식했다. 임금과 왕비가 그들의 청백한 마음을 알지 못하고 김옥균 일파와 같은 무리로 생각할 것이니 어찌 원통하지 않겠느냐고 통탄하며, 서로 삼가고 경계함을 상책으로 삼아야 한다고 역설했다.

개화파 정부가 획기적인
개혁정책을 발표하다

수세에 몰린 친청사대파가 기댈 수
있는 언덕은 오로지 청나라 군사였다. 그들은 좌의정 심순택을 보내 청
군의 출동을 요청했다. 청나라 장수 원세개는 이번 정변이 일본의 사주
를 받은 개화파가 친청사대파를 제거하기 위해 일으킨 것임을 알고 있
었고, 민영익의 문병도 다녀온바 있었다. 군대를 동원하기에 앞서 그는
소규모 군사를 창덕궁으로 보내 개화파의 동정을 살폈다.

불시에 발생한 정변에 어떻게 대응해야 하느냐는 문제를 놓고 청군
내부의 의견은 크게 둘로 엇갈렸다. 젊은 장수 원세개(袁世凱)는 즉각
군대를 보내 사태를 해결해야 한다고 주장했고, 나이 든 장수 오조유
(吳兆有)는 일본과의 무력 충돌을 피하기 위해 당분간 관망해야 한다고
주장했다. 그러자 25세의 젊은 장수 원세개가 전격적으로 병력을 동원
하여 창덕궁을 공격하면서 청군과 일본군 사이의 전투는 피할 수 없게
되었다.

한편 주전파 원세개는 뜬소문을 중심으로 그럴듯하게 꾸민 보고서를

작성하여 청나라 실권자 이홍장에게 보냈다.

"인심이 더욱 흉흉하여 군인과 인민 수십만 명이 궁궐로 들어가 왜노(倭奴)를 모조리 죽이려 하였습니다. 조선 신하가 찾아와 하는 말이, 왕비는 이미 죽었고 왕도 생사를 모른다고 합니다. 또 들으니 홍영식 등이 나이 9살인 국왕의 서자를 불러들여 임금을 폐하고 어린애를 추대하려 한다고 합니다. 홍영식이 중국을 배반하고 일본에 붙었다고 합니다."

원세개는 그처럼 친청사대파가 퍼뜨린 유언비어에 몇 가지 사실을 포장하여 허황된 보고서를 꾸몄다. 청병을 출동시키기 위한 구실을 만들려는 수작이었다.

행궁을 창덕궁으로 옮기자, 홍영식과 김옥균 등 정변의 주역들은 개혁정치의 근간이 될 정령(政令)을 밤을 새워 손질했다. 그리하여 이튿날 공표했다. 그들은 14개 항목으로 이루어진 정령을 담은 고시문을 작성하여 도성 곳곳에 내다붙였다. 조정의 정책을 백성들에게 직접 고지한 것은 조선을 건국한 이래 처음 있는 일이었다.

1. 대원군을 며칠 내에 귀환하도록 하고, 청국에 대한 조공의 허례를 폐지한다.
1. 문벌을 폐지하여 인민 평등의 권리를 제정하고, 사람으로 벼슬을 택하되 벼슬로 사람을 택하지 않는다.
1. 온 나라의 지조법(地租法)을 개혁하여 탐관오리를 근절시키고 백성의 궁핍을 구제하고 나라의 살림살이를 풍족하게 한다.
1. 내시부(內侍部)를 폐지하고 그중에서 우수한 자는 골라 등용한다.

1. 간악하고 탐욕스러워 나라를 병들게 한 자는 죄를 다스린다.

1. 각 도의 환상(還上)은 영영 없앤다.

1. 규장각을 폐지한다.

1. 순사제도를 급히 실시하여 절도를 방비한다.

1. 혜상공국(惠商公局)을 폐지한다.

1. 전후 간에 유배나 금고에 처한 자는 형의 양을 감안하여 감형한다.

1. 4영을 통합하여 1영으로 하고, 1영 중에서 장정을 뽑아 근위대를 설치한다.

1. 무릇 국내 재정은 호조에서 관할하고, 그 밖의 재무아문은 모두 폐지한다.

1. 대신과 참찬은 매일 합문 안 의정소(議政所)에서 회의하여 정령을 시행케 한다.

1. 의정부 육조 이외의 중요하지 않은 벼슬아치(冗官)는 다 혁파하되, 대신과 참찬으로 하여금 품계하도록 한다.

　서양을 본받아 개화된 세상을 만들기 위해 발표한 새로운 정령은 14개에 그치지 않았다. 내정을 개혁하고 백성들의 정신 자세를 개혁하기 위한 방안이 속속 발표되었다. 모든 백성은 일제히 머리를 깎도록 하고, 우수한 청소년을 선발하여 외국에 유학을 보내기로 했다.

　그처럼 전통사회의 풍습을 완전히 뒤집는 내용의 개혁 사항이 80여 가지나 되었다. 개화파 선각자들이 오랜 세월에 걸쳐 갈망했던 개혁 과제를 집대성했던 것이다. 그럼에도 불구하고 바깥세상의 흐름에 둔감한 백성들은 떠도는 소문에만 귀를 기울일 뿐, 개화파의 정령에는 관심을 갖지 않았다.

정변이 일어난 지 3일째 되는 날이 밝아 왔다. 간밤에는 청병이 내습하고 친청사대파의 반동이 있을 것이라는 풍문이 나돈 데다 민심이 흉흉했기 때문에 정변의 주역들은 특별경계령을 내리며 바짝 긴장했다. 그럼에도 불구하고 그날 밤은 예상 외로 평온하게 지나갔다. 그러자 개화파는 천복(天福)이라 기뻐하며, 만사가 잘 풀려 나갈 것이라는 낙관론에 젖기도 했다.

3일째 되는 날 아침, 김옥균은 청장 원세개에게 담대한 내용의 항의 서한을 보냈다.

"어젯밤 많은 병사들을 보내 선인문 닫는 것을 방해한 것은 조선 백성을 무시하는 행동이므로 묵과할 수 없다. 이후에도 또다시 이처럼 사리에 어긋나는 일이 있으면 결코 좌시하지 않겠다."

조선 정부가 이 땅에 주둔하고 있는 청군 장수에게 항의 서한을 보내는 것은 이전에는 생각할 수도 없는 일이었다. 그러나 새로운 혁명정부를 수립하고 혁신정치를 펼치기 위해 청나라에 대한 조공을 폐지하겠다고 선언한 이상, 청의 간섭을 수수방관하고 있을 수는 없었던 것이다. 자립·자강을 추구하는 개화파의 입장에서 보면 언젠가 한 번은 크게 부딪힐 수밖에 없는 문제여서 단단히 각오한 끝에 보낸 서한이라 할 수 있었다.

새로 탄생한 혁명정부에서 김옥균이 맡은 자리는 호조참판이었다. 가난한 나라 조선을 제대로 개화하려면 무엇보다 중요한 것이 국가 재정이라 하겠으나, 청군과의 일전이 불가피한 상황에서 우선 시급한 것은 군대를 정비하여 임전 태세를 갖추는 것이었다. 다시 말해, 4영에서 1

영으로 통합한 군대를 통솔하여 청군과의 전투태세를 갖추는 것이 무엇보다 시급한 과제였다. 김옥균은 군권을 쥐게 된 박영효와 서광범을 불러 중요한 문제점을 지적하며 주의를 환기시켰다.

"새로운 정치의 기초는 재정 확립이라 하겠고, 재정의 필요성은 강군정병(强軍精兵)을 건설함에 있다 할 것이오. 근래 외국에서 사들인 무기는 사용하지도 않고 무기고에 내버려 두었기 때문에 쓸 만한 것이 없다 하는데, 곧바로 점검하여 수리해야 할 것이오."

그 말을 듣자, 박영효와 서광범은 즉시 신복모 등 행동대장들을 불러 무기 점검에 나섰다. 김옥균의 지적은 틀림없는 사실이었다. 병사들이 소지하고 있는 무기는 물론 무기고에 보관되어 있는 무기도 대부분 녹슬어 폐품 직전이었다. 병사들이 들고 있는 총은 총구가 녹슬어 탄환이 들어가지 않을 정도였다. 무기고에는 총이 쌓여 있었으나 전혀 쓸모가 없었다. 여태까지 병사들은 자신도 방어할 수 없는 총을 메고 다녔던 것이다. 따라서 청군과의 일전을 앞두고 있는 병사들은 우선 총기를 분해하여 깨끗이 소제하는 작업부터 해야만 했다.

바로 그때였다. 김옥균, 박영효 등이 관물헌에 모여 정사를 논하고 있는데, 대궐 출입문에서 전 경기감사 심상훈이 입궐하여 임금에게 문안 인사를 올리고 싶어 한다는 연락이 왔다. 심상훈은 바로 어제 오후 계동궁에서 창덕궁으로 옮길 때 궁을 빠져나가 친청사대파와 청군 장수들을 찾아다니며 개화파가 정변을 일으킨 사실을 알린 자였다.

"심상훈이 상께 문안 인사를 올리려고 찾아왔다고? 그자는 안 된다. 그자는 믿을 수 없는 간신도배이니 자칫 우리 대사를 그르치게 할 수 있다. 그자의 입궐을 허용해서는 안 된다."

박영효가 화난 얼굴로 심상훈의 입궐을 막으라고 지시했다.

그러자 김옥균이 손을 저으며 말렸다.

"심상훈은 내 둘도 없는 친구요. 의심할 것 없소."

김옥균이 그처럼 두둔하자 박영효는 심상훈의 면담 신청을 허용하지 않을 수 없었다. 주변에서 알랑거리는 사람을 쉽게 믿는 것, 그것이 천하의 재사 김옥균이 지니고 있는 또 하나의 약점이었다.

덕분에 심상훈은 입궐하여 고종을 알현하고 문안 인사를 올렸다. 잠시 몇 마디 아뢰고 금세 물러갔다. 그러나 어전을 나서는 그의 얼굴에는 희색이 감돌았다. 죽음을 무릅쓰고 찾아온 것이니 빈손으로 왔을 리 없었다. 필시 청군의 움직임을 전달했을 것이다.

그날 오전까지만 해도 창덕궁 주변은 조용했다. 동별영에 주둔하고 있는 청나라 군사들도 특별한 움직임을 보이지 않았다. 관물헌에 모여 있는 정변의 주역들은 이대로만 간다면 거사는 성공한 것이나 다름없다며 안심하고 있었다. 바로 그때 일본공사 다케조에가 영의정 이재원과 좌의정 홍영식에게 뜻밖의 말을 꺼냈다.

"우리 일본 군대가 오랫동안 귀국 궁중에 주둔할 수는 없는 형편이어서 오늘 군대를 철수하고자 하니 양해해 주시기 바랍니다."

"아니 될 말이오. 우리가 믿고 의지하는 것은 오로지 일본 군대인데, 일본군이 철수하고 나면 이번 거사는 수포로 돌아갈 것이오. 일본군의 철수는 아직은 시기상조요."

다케조에의 느닷없는 말에 충격을 받은 홍영식이 정신을 가다듬고 반대 의사를 분명히 했다.

그때 마침 옆자리에서 그들의 이야기를 듣고 있던 김옥균이 부르르

화를 내며 그들 곁으로 다가갔다.

"일본 군대를 철수하다니 그게 무슨 말이오? 생각해 보시오. 우리가 자립할 수 있는 방안이 마련된다면 공사의 말을 기다릴 필요도 없이 철수해도 좋소. 하지만 지금은 그런 말을 할 때가 아니잖소. 지금 각 영의 병사들이 가지고 있는 총칼은 녹이 두껍게 슬어 탄환이 들어가지도 않소. 때문에 병사들은 지금 분해소제를 하고 있는 중이오. 만약 이러한 때 귀국 군대를 철수시킨다면 이번 거사는 보나마나 실패로 끝날 것이오. 앞으로 3일가량 더 기다려 시국이 안정된다면, 그때는 철수해도 될 것이오."

다케조에의 어이없는 말에 배신감을 느낀 김옥균은 핏대를 올리며 항변했다.

다케조에는 한학자 출신으로 책상물림이어서 세상 물정에 어두웠다. 게다가 감정 변화가 심해 무슨 일이든 그때그때의 기분에 따라 처리하는 버릇이 있었다. 그 때문에 그와 손잡으며 적잖이 마음을 졸였던 것인데, 또다시 그처럼 본색을 드러내려 하자 화가 치밀지 않을 수 없었던 것이다.

아무튼 일본군의 철수를 그대로 방치할 수는 없었다. 청나라 군사와의 대결을 눈앞에 두고 있는 상황에서 일본군이 철수하게 되면 천하대사를 그르칠 수밖에 없기에 김옥균은 다케조에를 붙잡고 일본군이 철수해서 안 되는 이유를 열심히 설명했다. 설사 일본군을 철수시키더라도 사관 10명을 교사로 정하여 근위대에 상주시키며 조선군을 훈련시킬 필요가 있다고 설득했다. 그러자 다케조에는 일본군을 철수하지 않겠다고 약속했다.

일본의 협조가 절실한 분야는 또 있었다. 가난한 나라의 살림을 맡다 보니 무엇보다 필요한 것이 돈이었다. 돈을 써야 할 곳은 널려 있는데 국고는 텅 비어 있었다. 바닥난 국고를 메우기 위해서는 세금을 더 거 둬들이거나 화폐를 더 찍어 내야 했으나, 그런 방안은 기아선상을 헤매 고 있는 백성들을 더욱 괴롭힐 뿐 실효성을 기대할 수는 없었다. 때문 에 궁여지책으로 고안해 낸 방안이 외국에서 차관을 얻는 것이었고, 그 대상으로 일본을 점찍었던 것이다.

"국가의 기본은 재정인데, 지금 우리나라 재정의 궁핍함은 공이 잘 아는 바이며 전일에 약속한바도 있소. 이제 귀국 우편선이 며칠 안에 입항할 터인데, 이에 앞서 급히 의논해야 할 일이 있소."

김옥균은 다케조에에게 다시 재정 문제를 거론했다.

"돈이 얼마나 필요하오?"

눈치 빠른 다케조에가 본론을 끄집어냈다.

"반드시 필요한 돈이 500만 불 정도 되는데, 우선 300만 불이 있어 야 급한 불을 끌 수 있소. 하지만 귀국 상인들로부터 300~500만 불의 돈을 모은다는 것은 쉽지 않을 것이오. 그래서 차관에 대해 의논하고자 하는데, 귀공의 생각이 어떤지 모르겠소."

"전일부터 귀공은 내 말을 믿지 않았소. 우리나라 상인들이 갑자기 큰돈을 마련하는 데는 어려움이 있겠으나, 대장성에서 300만 불쯤은 오 늘 당장이라도 만들 수 있으니 걱정하지 마오."

다케조에는 웃는 얼굴로 큰소리쳤다.

"또 하나 부탁할 사항이 있소. 귀국에서 재정에 능통한 사람을 몇 명 고빙하고자 하니, 귀국 정부에 속히 보고하여 주기 바라오."

"알겠소이다. 그렇게 하리다."

다케조에는 순순히 대답했다.

그 말을 듣자 개화파 인사들은 하나같이 일이 곧 성사된 것처럼 기뻐하며 다케조에와 일본 정부에 대해 고마움을 표시했다. 그들의 애국심과 개혁 의지는 높이 살 만했으나, 지략과 술수가 판치는 국제 관계에서 상대방의 술수를 제대로 읽기에는 그들은 너무나도 순진했다.

청국군과 일본군이
창덕궁에서 맞붙다

홍영식, 김옥균, 박영효 등 정변의 주역과 다케조에는 관물헌의 한 방에 모여 청국 군대를 물리칠 계책과 개혁을 크게 확대하는 방안 등을 논의했다. 그때 청군 진영에서 사관 한 명이 찾아와 고종을 뵙고자 한다는 연락이 왔다.

"불가하다. 오조유나 원세개, 장광전이 왔다면 접견을 허락할 수 있으나, 어찌 일개 무명 사관을 접견할 수 있겠는가?"

김옥균이 단번에 거절했다.

입궐이 허용되지 않자, 사관은 고종에게 올리는 서신을 꺼내 놓았다. 청장 오조유가 쓴 편지였다. 서울 안팎이 평상시와 같이 평온하니 안심하기 바란다는 내용의, 단순한 문안 편지였다.

오조유의 편지를 읽자, 고종은 도승지 박영교로 하여금 즉석에서 답장을 써 청군 사관에게 보내도록 했다.

이윽고 청군 진영에서 통역을 보내 일방적으로 통보했다.

"지금 원세개가 전하를 알현하기 위해 병사 600명을 거느리고 입궐

하는 중이다. 병사는 300명씩 2대로 나누어 동·서문으로 들어가고
있다."

그 말을 듣자, 김옥균이 통역을 불러 타일렀다.

"원 사마(司馬)의 알현은 사리로 보아 막을 수 없으나, 군사를 거느리
고 오는 것은 결코 용납할 수 없다. 원 사마가 군이 군사를 거느리고 온
다면 응당 좋지 못한 꼴을 볼 것이다."

위기가 코앞에 닥쳐오고 있음을 직감한 개화파 주역들은 관원들을 관
물헌 뒤뜰에 모아 놓고 회의를 열었다. 그때 청나라 군사들이 곧 행동
개시를 할 것이라는 소문이 들려왔다. 개화파는 그 사실을 다케조에에
게 전하고 각 영의 병사들에게 단단히 경계하도록 타이르며 총검의 소
제를 더욱 서둘도록 독려했다.

오후 2시가 지나 어떤 자가 청군 진영에서 다케조에에게 보내는 봉서
한 통을 가져왔다. 청군 장수 오조유, 원세개, 장광전이 연명으로 쓴
편지였다.

"듣건대, 난민들이 난동을 부려 대궐을 침범했다 합니다. 존대인은
이웃의 불안을 내 나라의 불안처럼 생각하시고 군졸과 함께 대궐로 들
어가시어 국왕을 수호하신다는 말을 듣고 있습니다. 우리 군대 역시 하
늘의 명을 받들고 난민을 소탕할 책임을 지고 있습니다. 이웃의 불안을
어찌 좌시할 수 있겠습니까. 우리도 곧 군대를 이끌고 대궐로 들어가
귀국 군대와 힘을 합쳐 난민을 퇴치하려 합니다."

그들은 그처럼 비꼬는 말로 군사 동원의 명분을 내세우며 전쟁을 선
포했다.

다케조에가 그 편지를 채 펼쳐 보기도 전에 느닷없이 포 소리가 요란

하게 울리며 동문과 남문에서 청나라 군사가 협공해 들어왔다. 이어 총소리가 울리며 탄환이 어지럽게 공중을 날아다녔다.

청장 원세개와 장광전이 이끄는 군사 수백 명이 두 부대로 나뉘어 한 부대는 관물헌 정면에 있는 숲에서 쳐들어오고, 또 한 부대는 낙선재 쪽에서 침입하여 관물헌을 좌우에서 공격했다. 느닷없는 총포 소리에 놀란 궁인들이 허둥대는 바람에 궁중은 물이 끓듯 소란스러웠다.

청군에 이어 좌영과 우영 소속의 조선 군대가 뒤따라왔다. 그러다 보니 조선 군대는 두 편으로 나뉘어 서로 총부리를 겨누게 되었다. 좌영사 이조연과 우영사 민영익이 거느렸던 좌영 및 우영 군사들은 청군과 합세하여 창덕궁으로 쳐들어갔고, 신복모가 거느리고 있던 전영사 소속의 군사들은 일본군과 함께 궁궐을 수비하는 입장이 되었다.

그처럼 창덕궁을 기습 공격한 청군 장수는 원세개였다. 노장 오조유(吳兆有)가 청의 실권자 이홍장의 지시가 올 때까지 기다리자며 미적거리고 있을 때, 25세에 불과한 원세개는 군사 행동을 함에 있어서는 때를 놓쳐서는 안 된다며 기습 공격을 감행했다. 그러자 청불전쟁에서 패배한 청나라는 망할 수밖에 없다며 큰소리치던 42세의 일본공사 다케조에는 이에 적절히 대응하지 못하고 허둥대기 시작했다.

선인문을 지키고 있는 조선 군대는 전영사 소속의 일개 중대에 불과했다. 그 부대는 전투 경험이 없는 데다 분해한 총기도 제대로 정비하기도 전에 청나라 군사와 맞붙게 되었다. 그처럼 전열을 갖추지 못한 조선군은 우왕좌왕하다 제대로 싸움 한 번 하지도 못하고 패주했다. 그러자 중대장 무라카미가 이끄는 일본군이 청병을 향해 총격을 가하면서 일본군과 청군 사이에 본격적인 전투가 벌어졌다. 일본군의 총격으로 다수의 병사가 쓰러지자, 청병들은 겁을 집어먹고 퇴각하거나 숲 속으로 도주했다.

조선군 중에서 비교적 훈련이 잘된 군사는 서재필이 이끄는 부대였다. 청군이 관물헌까지 쳐들어오자, 왕궁을 지키고 있던 서재필이 부하들에게 전투 명령을 내렸다. 그가 거느리고 있는 병사는 수십 명에 불과했으나, 기량이나 기개로 볼 때 어느 군대에 못지않게 용감했다. 그는 나라의 독립과 개화를 위해 무도한 청나라 군사를 섬멸하려면 일당백의 정신으로 싸워야 한다며 부하들을 독려했다. 그들은 탄환을 아끼기 위하여 기왓장을 던지며 맨주먹으로 싸우기도 했다.

총탄전이 벌어지고 싸움이 치열해짐에 따라 청나라 군대의 대오가 무너지기 시작했다. 탄환을 맞아 쓰러지는 병사 수가 늘어나자 청병들은 뿔뿔이 흩어져 도망쳤다. 그들은 무기도 구식인 데다 기강 역시 해이해 공중을 향해 공포를 쏠 뿐 적극적인 전투를 벌이진 않았다.

그럼에도 불구하고 시간이 흐를수록 전세는 수비군에게 불리하게 전개되었다. 중과부적은 피할 수 없었다. 개화파에 합세했던 전영사 병사들은 총을 분해하고 있던 터라 청병의 공격이 시작되자 맥없이 무너지며 도망치기에 바빴다. 그들 부대가 흩어지면서 개화파가 이끄는 군사는 일본군을 합쳐 150명에 불과했다.

이에 비해 원세개가 이끌고 있는 청병은 수백 명이나 되었다. 게다가 평소 청병의 훈련을 받은 좌영과 우영 병사와 백성까지 합세하자 그 숫자가 갈수록 늘어났다. 박영효가 양성한 전영사 군대는 분전했으나, 구식 군대가 주축인 후영사 군대는 오래지 않아 청군에 투항했다.

청군의 공격이 시작되고 궁내의 분위기가 어수선해지자 민비는 재빨

리 세자와 세자빈을 데리고 후원 뒷산으로 피신했다. 왕대비, 대왕대비
도 뒤따라 궁궐을 빠져나갔다. 평소 왕가 사람들과 궁인들로 법석이던
궁궐이 어느덧 쥐죽은 듯 조용했다. 영리한 민비가 거듭 환궁을 주장했
던 까닭은 그처럼 안전한 곳으로 피신하기 위해서였다.

총소리는 요란한데 민비마저 모습을 감추자, 고종은 홀로 행궁을 지
키고 앉아 있을 수 없었다. 고종은 무감을 불러 북산으로 갈 채비를 하
라고 일렀다.

홍영식과 김옥균이 고종을 찾아 황급히 행궁으로 달려갔다. 사람의
그림자도 보이지 않는 궁궐은 어느덧 적막에 싸여 있었다. 급한 마음에
뒷문으로 나가 보니 무감과 병정 몇몇이 어가를 모시고 북쪽 산을 향해
오르고 있었다. 김옥균 등이 달려가 어가를 이끌고 연경당으로 내려갔
다. 그리고 변수를 보내 다케조에를 불러오라고 했다.

총탄이 비 오듯 쏟아지고 있어 왕래하는 사람이 없었다. 체구가 작은
변수가 용케도 관물헌까지 뚫고 가 다케조에를 만날 수 있었다. 관물헌
에서 청병과 일전을 벌이고 있던 다케조에와 일본군 중대장 무라카미가
변수의 말을 듣고 연경당으로 달려갔다. 다케조에는 그때에야 비로소
청장 원세개 등이 보낸 편지를 펼쳐 볼 수 있었다.

청군의 본대인 오조유 부대가 북문으로 들어와 창덕궁 후원을 포위
하려 했다. 일본군 소대가 후원 방향으로 진출하여 청군과 맞붙었다.
창덕궁 동북쪽은 구릉의 기복이 심한 데다 송림이 널리 퍼져 있어 공격
하기도 어렵거니와 지키기도 어려웠다. 덕분에 숫자가 적은 일본군이
숫자가 많은 청군과 대적할 수 있었으나, 오래 끌기에는 어려움이 있
었다.

고종이 머물고 있는 연경당 주위에도 탄환이 비 오듯 쏟아졌다. 고종 주변에 있는 사람은 개화파 아니면 일본군이어서 적의 표적이 될 수밖에 없었다. 연경당을 지키고 있는 일본군은 수십 명에 불과하여 그곳 역시 안전지대가 될 수 없었다.

그러자 김옥균과 박영효 등이 머리를 맞대고 선후책을 강구한 끝에 다케조에를 불렀다.

"일이 이 지경에 이르렀으니 다른 도리가 없소. 어가를 모시고 급히 인천으로 가서 다음 계책을 도모해야겠소."

김옥균이 먼저 입을 열었다.

그 말을 듣자, 다케조에가 채 대답하기도 전에 고종이 반대했다.

"나는 결단코 인천으로 가지 않겠다. 나는 죽더라도 대왕대비가 계신 곳에 가서 한곳에서 죽겠다."

"대군주께서 이처럼 동의하지 않으시니 어찌하면 좋겠소?"

다케조에가 난처한 표정을 지으며 김옥균을 보았다.

"……."

김옥균은 대꾸할 말을 잃고 멍한 표정으로 허공을 바라보았다.

이제 개화파가 선택할 수 있는 카드는 별로 남아 있지 않았다. 고종을 납치하여 인천으로 간다는 것은 결코 쉬운 일이 아니었다. 싫다는 고종을 달래 어가에 태우는 것도 쉽지 않거니와 창덕궁을 에워싸고 있는 청병들의 포위망을 뚫고 나간다는 것은 참으로 어려운 일이었다. 성난 백성들을 만나게 되면 자칫 떼죽음을 당할 수도 있었다.

다케조에의 입장에서 보더라도, 일본군이 고종을 납치하여 인천으로 끌고 간다는 것은 자칫 국제적인 문제로 비화될 수도 있었다. 외교관의 입장에서는 누구도 선뜻 선택하기 어려운 카드였다.

어느덧 해가 기울어 황혼빛이 깔리고 있었다. 총소리는 사방에서 연이어 들려왔다. 누구보다 충성심이 강한 홍영식은 고종 곁에 바싹 붙어 있었다. 젊고 패기가 만만한 서재필은 청군이 연경당까지 쳐들어오며 총을 쏘아대자, 무도한 적군에게 보국의 피를 뿌릴 때라 외치며 총칼을 들고 전진하려 했다. 그러자 김옥균이 후일을 도모해야지, 개죽음을 할 필요는 없다며 말렸다.

민비는 세자와 세자빈을 거느리고 북묘로 피신한 지 오래였다. '북관왕묘'라 불리기도 한 북묘는 삼국지 속의 명장 관우를 기리기 위해 세운 사당이었다. 임오군란 때 충주로 피난했던 민비가 환궁할 날짜를 맞춘 무녀를 총애하여 궁궐로 데려왔는데, 무녀가 자신이 관우의 영을 받은 딸이니 마땅히 관우를 모시는 사당을 지어야 한다고 하자, 민비는 바로 사당을 짓고 그녀를 '진령군'에 봉하며 그곳에 거처케 했다.

북묘는 이미 청군이 점령하고 있었다. 민비는 고종에게 사람을 보내 빨리 그곳으로 오라고 재촉했다. 고종 역시 마음은 콩밭에 있는지라 북묘로 가지 못해 안달이었다. 북묘에 도착한 민비는 고종에게 북묘로 오라는 전갈을 보내고, 보다 안전한 곳을 찾아 동대문 밖 노원으로 도피했다.

그러나 개화파의 입장에서는 권력의 원천인 고종을 청국 군대가 점령하고 있는 북묘로 보낼 수 없었다. 그들이 정권을 움켜쥐려면 무슨 수를 쓰든 어가를 붙잡고 있어야만 했다. 고종을 놓치는 순간, 그들은 꿩 떨어진 매나 다를 바 없었다.

"주상 전하, 전하께서 신 등이 우국충정으로 이룩한 새 조선을 위하여 조금만 참아 주시면 조선의 장래는 매일 새로워지고 해마다 융성할 것입니다. 새 조선의 천년대계를 위하여 북묘로 향하려는 어가를 멈추시고 신 등의 인천 천가안(遷駕案)에 대하여 다시 한 번 생각해 주시옵소서."

김옥균 등은 고종 앞에 엎드려 뜨거운 눈물을 흘리며 호소했다.

"아니 되네. 나는 대왕대비가 계신 곳으로 가야 하네. 나는 죽더라도 대왕대비가 계신 곳으로 가서 대왕대비와 한곳에서 죽겠네."

고종은 똑같은 말을 되풀이하며 북묘로 가야 한다는 주장을 굽히지 않았다.

"주상 전하, 전하께서 청군이 있는 북묘로 가시게 되면 신 등이 애써 이룩하고자 하는 개화 세상은 물거품이 됩니다. 신 등이 애써 개화 세상을 만들고자 함은 청의 속박에서 벗어나 자립·자강함으로써 부국강병의 나라를 이룩하여 백성들의 삶을 편안케 하고자 함이오니, 잠시 불편함이 있더라도 신 등의 뜻에 따라 주시기 바랍니다."

홍영식이 다시 한 번 고종 앞에 엎드려 머리를 조아리며 눈물로 호소했다.

"아니 될 말이야. 나는 죽더라도 대왕대비와 한곳에서 죽겠다."

고종은 끝내 북묘로 가겠다는 뜻을 꺾지 않았다.

그러자 박영효가 다케조에를 향해 결연한 표정으로 말했다.

"아니 되겠소. 이러다간 우리의 거사가 완전히 수포로 돌아가고 말겠소. 주상 전하를 모시고 바로 인천으로 가서 후일을 도모하도록 합시다."

"......"

다케조에는 아무 대꾸도 하지 않은 채 묵묵부답으로 응수했다.

나는 마땅히
대가를 따르겠소

관물헌을 빠져나와 북묘로 가려던 고
종이 개화파에게 붙잡혀 머무르고 있는 곳은 창덕궁 후원에 있는 연경
당이었다. 그곳에서 북묘로 도피하려는 고종과 붙잡아 두려는 개화파
가 한동안 실랑이를 벌이고 있었다.

다섯 손가락에 불과한 개화파 지도자 중 청군과의 교전에 적극적인
사람은 박영효와 서재필이었다. 그중에서도 나이가 가장 젊은 서재필
은 행동대장 신복모와 함께 일개 부대를 거느리고 일본 병사들과 합세
하여 옥류천으로 쳐들어오는 청병들과 백병전을 벌였다.

그때 북쪽 산에 있던 별초군 100여 명이 고종을 호위하고 있는 일본
군을 향해 사격을 퍼붓기 시작했다. 임금이 거동할 때 어가를 호위하는
것이 임무인 별초군은 청나라 군사에게 근대식 훈련을 받은 조선군이었
는데, 청군과 합세하다 보니 오히려 임금을 향해 사격을 가하는, 묘한
장면이 연출되고 있었다. 어가 바로 옆에 있는 신하가 유탄을 맞아 피
를 튕기면서 하마터면 어의를 더럽힐 뻔했다. 홍영식이 크게 화를 내며

무감을 시켜 어가가 여기 있다고 소리치게 하자, 이내 사격이 멎었다.

"내 비록 죽더라도 대왕대비가 계신 곳으로 가겠다."

고종이 또다시 북묘행을 고집했다. 대왕대비를 모셔야 한다기보다 중전이 있고 청국 군사가 있는 곳으로 가서 안전을 도모하겠다는 뜻이었다.

다케조에 역시 비슷한 생각을 하고 있었다. 개화파의 거사가 성공할 가능성이 희박해지자 가급적 빨리 고종을 북묘로 보내고, 자신은 공사관으로 돌아가 자구책을 강구하고 싶었다. 조선 왕의 호위를 맡고 있다 불상사가 생기면 그 책임은 전적으로 일본군 사령관격인 자신이 질 수밖에 없는데, 그것은 한 나라의 공사로서는 감당하기 어려운 일대 사건이 될 수도 있었다.

이미 날이 저물어 사방에 어둠이 깔리고 있었다. 옥류천 부근에서 청병들과 백병전을 벌이던 일본군이 전투를 중단하고 산 아래로 내려왔다. 그들이 전한 바에 의하면, 청병들은 창덕궁 내의 각 전각을 점거하고 방화를 할 뿐 도전할 태세는 보이지 않는다는 것이었다.

그때 김옥균과 박영효가 다케조에에게 다가가 고종을 모시고 인천으로 가자고 또다시 설득했다.

"일본 군사로 국왕을 호위하여 인천으로 갔다가 일이 뜻대로 안 되거든 일본까지라도 가서 뒷날의 재거를 도모해야 하오."

누구보다 혁명 정신이 투철한 박영효가 목소리를 높여 주장했다.

그 말을 듣자, 다케조에가 고개를 가로저으며 반대했다.

"지금은 청국군뿐만 아니라 조선군까지 합세하여 공격해 오고 있소. 조선군이 대군주에게까지 포를 쏘는 것은 일본 군사가 호위하고 있기 때문이오. 이러다 위험이 옥체에 미치게 되면 그 책임은 우리 일본이 뒤집어쓸 수밖에 없소. 이제는 잠시 퇴병했다 선후책을 강구함이 상책이오."

그 말을 듣자 김옥균이 버럭 화를 냈다. 그는 성난 얼굴로 다케조에를 노려보며 일본 말로 맞받아쳤다.

"귀하는 옥체 손상을 이유로 퇴거를 주장하나, 원래 귀하가 군사를 거느리고 여기까지 온 것은 첫째 국왕의 신변을 보호하고, 둘째 우리 개화파를 원조하려 함이 아니었소? 이제 귀하가 우리를 보호할 책임을 내던지고 물러간다면, 우리는 그만 청병의 칼날에 원혼이 되고 말 것이오. 그리되면 우리의 재거는 완전히 수포로 돌아가고 말 것이오."

"만약 위험이 대군주의 옥체에 미친다면 어떻게 하겠소?"

다케조에는 그럴듯한 이유를 내세우며 쉽게 양보하지 않았다.

그러자 옆에서 듣고 있던 일본군 중대장 무라카미가 끼어들었다.

"오늘의 전과는 반드시 우리에게 불리한 것이 아닙니다. 우리가 힘을 합쳐 싸운다면 하나가 열은 넉넉히 당할 것이니, 이제 청병이 흩어진 틈을 타서 싸운다면 우리 군사가 반드시 이길 겁니다. 우리가 수적으로 적다 할지라도 맹세코 물리칠 것이니, 대군주를 모시고 이곳에서 잠시만 기다려 주세요."

수적으로 열세임에도 불구하고 무라카미는 패기가 넘치는 말로 청병을 물리치겠다는 의지를 내보였다. 그러자 다케조에가 무라카미의 어깨를 다독이며 나직이 명령했다.

"현 상황에서 귀관은 내 명령에 따라야 한다."

위계질서를 중시하는 일본 군인이기에 무라카미는 다케조에의 말 한마디에 입을 다물었다. 아직도 전의가 식지 않은 일본군이 전의를 상실한 청군과 맞붙어 전세를 역전시킬 수 있는 절호의 기회는 다케조에의 말 한마디에 물거품이 되고 말았다. 일본군의 힘을 빌려 청국군을 제압하려 했던 개화파로서는 정말 안타까운 순간이 아닐 수 없었다.

그러자 고종이 또다시 북묘로 가자며 애꿎은 무감을 들볶았다. 난처한 사람은 김옥균 등 혁명의 주역들이었다. 고종을 붙잡고 있자니 고종 자신이 반대하는 데다 다케조에 역시 응하지 않았다. 고종을 따라 북묘로 가자니 청군에게 붙잡혀 죽을 수밖에 없었다. 문자 그대로 진퇴양난이었다. 개화파의 운명은 한마디로 바람에 나풀거리는 촛불이었다.

"우리는 장차 어찌하면 좋겠소? 사리로 따진다면 마땅히 주상을 따라가야 하나, 공사가 퇴거한 뒤에는 무슨 수로 훗날을 도모하겠소?"

김옥균이 비통한 심정으로 다케조에에게 물었다.

"청병이 먼저 무례하고 무리한 방법으로 우리 양국의 체면을 욕보였으니 일본 또한 병력으로 대응할 수밖에 없소. 공들은 나의 뒤를 따르는 것이 좋을 것이오."

다케조에는 작전상 후퇴해야 한다며 같이 퇴각하자고 했다. 청의 군사 동원에 대해 반드시 군사력으로 대응할 것이니 일본과 행동을 같이하여 후일을 도모하자는 것이었다.

궁지에 몰려 있는 개화파에게 그 길밖에 다른 선택의 길이 없었다. 김옥균이 다케조에와 행동을 같이하기로 하자 박영효, 서광범, 서재필 등이 그를 따르겠다고 했다. 그러나 개화파의 또 하나의 중심인물인 홍영식이 선택하는 길은 달랐다.

"나는 마땅히 대가를 따르겠소."

홍영식은 나직하게 그러나 단호하게 말했다. '대가(大駕)'란 임금이 타는 수레이니 북묘로 가는 고종을 호종하겠다는 뜻이었다.

"아니 될 말이오. 현 상황에서 대가를 따르겠다 함은 섶을 지고 불 속으로 뛰어드는 것인데, 그래도 대가를 따르겠소?"

누구보다 홍영식을 아끼는 박영효가 안타깝다는 표정으로 말렸다.

"그럼 어찌 해야겠소? 주상 전하 혼자서 가시게 할 수야 없지 않소?"

홍영식이 정색하며 물었다.

"우리가 임금을 버리고 불충의 길을 택하려 함은 후일을 도모해야 한다는, 큰 뜻을 저버릴 수 없기 때문이오. 공은 정녕 그 뜻을 저버릴 생각이오?"

"물론 그 뜻을 저버릴 수야 없소. 하지만 반드시 남의 나라로 도피해야만 그 뜻을 이룰 수 있는 것은 아니지 않소. 내 나라에서 일을 도모하다 실패했다면 벌을 받든 용서를 받든 내 나라에서 받아야지, 구차스럽게 남의 나라에까지 가고 싶진 않소. 공도 아시다시피, 우리가 하늘을 우러러 부끄러운 일을 했던 것은 아니지 않소. 우리가 부끄러울 것이 뭐가 있소?"

홍영식이 엄숙한 표정으로 결연히 말했다.

그러자 김옥균이 웃는 얼굴로 두 사람 사이에 끼어들었다.

"홍공의 생각이 그러하시다니 이렇게 합시다. 홍공은 대가를 따른다 해서 다른 걱정을 할 필요가 없을 것이오. 안팎으로 신망이 두텁기 때문에 아무도 해치지 않을 것이오. 따라서 홍공은 나라 안에 있고 우리는 나라 밖에 있으면서 후일을 도모하도록 합시다. 그리하면 후일에 반드시 좋은 일이 생길 것이오."

언변이 좋은 김옥균의 말에 개화파 동지들은 모두 고개를 끄덕이며 반겼다.

홍영식이 어가를 따르겠다고 하자, 도승지 박영교도 같이 가겠다고 했다. 왕명을 하달하거나 신하들이 올리는 글을 왕에게 올리는 것이 임무인 도승지는 승정원의 우두머리로서 오늘날의 대통령 비서실장에 해당되는 자리여서 왕을 버리고 떠날 수도 없었다. 개화파의 행동대장 역할을 자임했던 신복모 역시 사관생도 출신의 군사 6명과 함께 고종을 호위하기로 했다.

홍영식이 사지나 다름없는 북묘행을 감행하기로 한 것은 그의 충직한 성품 때문이었다. 그는 명문세가의 자손답게 왕에 대한 충성을 당연시했는데, 특히 고종에 대한 그의 충성심은 남다른 데가 있었다. 한때 글방 동무였기에 고종 역시 그를 믿고 아꼈다.

비록 개화된 세상을 만들기 위해 정변에 참여했으나, 홍영식은 한 번도 고종을 배신하겠다는 생각을 한 적이 없었다. 정변의 목표가 개화된 세상을 만드는 것이요, 개화된 세상을 만들게 되면 사민(四民)이 평등한 민주주의 세상이 이루어지겠으나, 그렇다 해서 왕정을 폐지해야 한다고 생각한 적은 없었다. 그런 문제를 놓고 깊이 고민한 적은 없었으나, 막연하나마 영국의 경우처럼 입헌군주제를 채택하면 될 것이라 생각했다.

홍영식이 죽음의 위험이 도사리고 있는 북묘행을 감행한 것은 자신에 대한 믿음이 그만큼 강한 때문이기도 했다. 그는 충직하고 성실하면서도 매우 원만한 사람이었다. 특히 대인관계가 좋았다. 개화파와 친청사대파는 서로를 적으로 여기고 적대시하는 경향이 있었으나, 홍영식은 친청사대파와도 두루 친하게 지냈다.

보빙사절단으로 미국에 갔을 때 민영익과 대판 입씨름을 벌인 적이 있었으나 그것은 개화라는 문제를 놓고 벌인 이념상의 논쟁일 뿐, 그 때문에 둘 사이에 금이 갔던 것은 아니다. 우정총국 개국 축하연 자리에서 민영익이 심한 자상을 입었을 때도 그는 군사를 보내 민영익을 보호했고, 청나라 장수 원세개와의 교분이 두터워 친청사대파나 청병들로부터 해를 입을 가능성도 많지 않았다. 개화파 동지들이 홍영식을 사지나 다름없는 북묘로 안심하고 보낼 수 있었던 것도 그 같은 믿음이 있기 때문이었다.

정변의 주역들이
두 패로 갈리다

정변 셋째 날인 12월 6일 해질 무렵 김옥균, 박영효 등 정변의 주역들은 정변의 실패를 인정하고 다케조에와 함께 일본공사관으로 퇴각하기로 했다. 퇴각하기에 앞서 오로지 황송스러울 뿐인 고종에게 작별을 고해야 했고, 정든 동지 홍영식 등과도 아쉬운 작별의 인사를 나눠야 했다. 그들이 언제 다시 만날 수 있을지 알 수 없는 고종과 석별의 인사를 나눈 곳은 창덕궁 후원에 있는 연경당이었다.

김옥균 등은 먼저 고종에게 다가가 눈물을 흘리며 이별을 고했다.

"전하, 신 등이 불민하여 전하를 끝까지 모시지 못하고 작별을 고하고자 하오니 용서하여 주시기 바랍니다."

"아니, 나라가 이처럼 위난에 처해 있는데, 경들은 나를 버리고 어디로 가려 하는가?"

고종이 깜짝 놀란 표정을 지으며 물었다.

"신 등이 나라의 후한 은혜를 입었사온데, 어찌 감히 그 은혜를 저버리겠습니까. 지금 신 등이 전하를 따라가 죽지 못하는 것은 다음 날 나라와 전하를 위하여 다시 청천백일을 바라볼 때가 있겠기에 잠시 이별을 고하는 것입니다. 부디 강녕하시기 바랍니다."

김옥균 등은 어둠에 싸인 창덕궁 연경당에서 가슴이 찢어지는 아픔을 느끼며 고종에게 이별을 고했다.

이어 그들은 아끼는 동지 홍영식과도 아쉬운 작별을 고했다.

"공은 비록 대가를 따르더라도 다른 걱정을 할 필요가 없을 것이오. 공은 안에 있고 우리는 밖에 나가 있을 것이니, 반드시 권토중래할 날이 올 것이오."

김옥균은 홍영식의 손을 덥석 잡으며 불투명한 장래를 약속하고자 했다.

"주상 전하는 내가 모시고 갈 터이니 동지 여러분은 안심하시오. 어디로 가든 초심을 잃지 말고 건투하셔서 반드시 권토중래하기 바라오."

홍영식은 일행과 일일이 악수를 나누며 작별의 말을 주고받았다.

그때부터 혁명의 주역들은 두 패로 나뉘어 가는 길을 달리했다. 홍영식과 박영교는 사관생도 출신의 행동대원 7명과 함께 어가를 모시고 북쪽 산으로 올라가 북묘로 향했고, 김옥균, 박영효, 서광범 등은 일본군과 함께 창덕궁 후원을 빠져나가 일본공사관으로 가기로 했다. 고종 일행은 청군과 합류하기 위해 가는 길이니 불의의 사고가 없는 한 별다른 위험이 없겠으나, 김옥균 일행은 청군과의 충돌이 불가피했기에 상당한 위험을 감수해야만 했다.

고종과 홍영식을 먼저 떠나보낸 김옥균, 박영효 등 개화파 사람들은 중대장 무라카미가 거느린 일본군을 따라 북쪽 산으로 올라갔다. 그들의 일차적인 목표는 창덕궁 후원을 빠져나가 교동에 있는 일본공사관으로 가는 것이었다. 수십 명이나 되는 일본군과 개화파가 아무렇게나 이동할 수 없어, 일본군 일개 소대를 앞세우고 일본공사 다케조에와 김옥균 등 개화파를 중앙에 세우고 다시 일본군 소대를 뒤따르게 했다. 그들은 어두컴컴한 산길을 터벅터벅 걸어 올라갔다.

다케조에의 뜻에 따라 일본공사관과 인천을 거쳐 일본으로 망명한다는 구상하에 움직이고 있었으나, 패잔병이나 다름없는 개화파들의 마음은 불안하기 그지없었다. 청나라 군사력이 어느 정도인지 알 수 없고, 백성들의 반응이 어떠한지 짐작조차 할 수 없었다. 일본공사관을 거쳐 인천으로 빠져나가는 것이 과연 가능한 일인지 가늠할 수도 없었다. 개화파 사람들과 일본군이 섞여 단체로 움직일 경우 자칫 적군의 공격을 받아 떼죽음을 당할 수도 있었다.

산등성이에 다다르자, 김옥균이 개화파 동지들을 모아 놓고 조용히 입을 열었다.

"지금 우리는 일본군을 믿고 죽첨 공사를 따라가고 있는데, 우리들의 생사는 아무도 예측할 수 없소. 이처럼 여러 사람이 단체로 몰려다니느니 차라리 각자 분산하여 혹은 인천으로, 혹은 원산이나 부산으로 가서 후일을 도모하는 것이 어떻겠소? 그리되면 우리 일행 중 몇 사람은 목숨을 보전할 수도 있을 것이오. 만일 우리 모두가 죽첨 공사를 따라가다 한꺼번에 변을 당하게 되면 재기는 바랄 수도 없게 될 것이오."

김옥균이 분산 행동의 필요성을 제기하자, 그 말이 옳으냐 그르냐를 놓고 갑론을박이 벌어졌다.

그러자 다케조에가 그들을 불러 설득했다.

"지금 우리는 잠시도 지체할 수 없소. 우리는 곧 인천으로 떠날 것이니 여러분은 의심하지 말고 속히 따라오기 바라오."

다케조에가 그처럼 자신의 의사를 분명히 밝히자, 의견이 분분하던 개화파들은 그의 말에 따르기로 했다.

김옥균과 박영효 등 개화파 사람들은 일본군과 함께 창덕궁 북문을 빠져나가 일본공사관이 있는 교동 쪽으로 향했다. 백록동 정자를 지나자 내리막길인 골목길이 시작되었다.

"왜놈들을 죽여라!"

"역적 놈들을 잡아라!"

개화파 패잔병들이 일본군의 호위를 받으며 골목길을 내려가자, 흥분한 군중들이 횃불을 들고 곳곳에 모여 소리치며 돌멩이와 기왓장을 던졌다. 그중에는 총을 쏘는 자도 있었다. 일본군이 총에 맞아 쓰러지기도 했다. 성난 군중들의 시위와 공격은 그들이 일본공사관에 도착할 때까지 계속되었다.

일본공사관에 도착하자, 이번에는 공사관을 지키고 있던 일본군 병사들이 일행을 향해 총격을 가했다. 개화파 사람들을 호위하며 앞장서 공사관으로 들어간 일본군 네댓 명이 총을 맞고 쓰러졌다. 왕궁을 호위하기 위해 나간 일본군이 전멸한 데다 청군과 조선군이 합동으로 내습한다는 소문에 놀란 공사관 수비병들이 적군이 침입한 것으로 오인하여 총격을 가했던 것이다. 수비병들의 오해를 풀고 일행이 공사관으로 들어간 것은 저녁 8시가 지난 뒤였다.

일본군이 창덕궁에서 물러나는 순간, 개화파는 고립무원의 궁지에 빠지고 말았다. 청군이 침입하기 전까지 박영효가 거느렸던 4영의 조선군이 청군과 합세하여 개화파에게 총부리를 겨누었고, 길거리로 쏟아져 나온 백성들도 하나같이 개화파를 매도했다. 정변이 일어나기 전부터 백성들은 친청사대파를 편들고 청군을 편들었다. 왕과 왕비를 협박하고 대신들을 살해하며 정권을 잡으려던 개화파가 청군에 의해 일망타진되었다는 소문이 퍼지면서 민심은 완전히 개화파에 등을 돌리고 말았다.

성난 군중들의 틈을 뚫고 일본공사관까지 피해 갈 수 있었으나, 그곳도 안심할 수는 없었다. 자신의 안위부터 걱정해야 하는 일본군에게 개화파는 짐일 수밖에 없었다. 그러자 어떤 자는 "이제 조선 정부에서 김옥균을 체포하려고 사자를 보낸다면 어떻게 할 것인가?" 하고 걱정하는 척했고, 어떤 자는 "우리 공관 내에 물이 없는 우물이 하나 있는데, 그 속에 숨는 것이 좋을 것이다."라며 빈정대기도 했다. 정권 장악에 실패한 개화파는 그처럼 한때의 동지였던 일본군에게도 귀찮은 애물단지일 뿐이었다.

"공관 우물 속에 숨으니 차라리 서대문형장으로 가겠다."

김옥균이 화난 얼굴로 내뱉자, 일본군은 입을 다물었다.

어느새 패잔병으로 전락한 개화파 사람들은 일본공사관에서 불안과 초조 속에 하룻밤을 보냈다. 참으로 암담한 밤이었다. 어떻게 해야 목숨을 부지할 수 있는 것인지, 답답할 뿐이었다.

일차적인 목표는 인천을 거쳐 일본으로 도피하는 것인데, 과연 그것이 옳은 선택인지 알 수도 없었다. 차라리 원산이나 금강산으로 도피하는 것이 좋을 것 같기도 하고, 일본보다 미국으로 도피하는 것이 보다 현명한 선택일 것 같기도 했다. 또한 9명이나 되는 일행이 단체로 이동하느니 뿔뿔이 흩어져 각자도생하는 것이 보다 바람직한 선택일 것 같기도 했다.

　그러나 그 같은 생각은 공상에 불과할 뿐 실천 가능성은 전혀 없었다. 당장 급한 것은 일본공사관을 빠져나가는 일이었다. 그곳을 벗어나는 것도 그들의 힘으로는 불가능할 만큼 그들은 고립무원의 처지에 놓여 있었다.

일본인 선장이
개화파를 살리다

이튿날의 분위기는 더욱 험악했다. 수많은 군중이 일본공사관으로 몰려와 돌을 던지며 공사관 수비병들과 충돌을 일으켰다. 오전 10시, 외무독판 김홍집이 일본공사 다케조에에게 조회를 보냈다. 정변 당시 일본군이 취한 행동에 대해 항의하고 문책하는 내용이었다. 다케조에는 조회에 대한 회답을 보내고 나서, 선후책을 강구하기 위해 서울에 주재하는 외국 공사, 영사들과 연락을 취하려 했으나 거리가 혼잡한 탓에 연락이 닿지 않았다.

설상가상으로 식량 사정이 악화되었다. 공사관에는 거류민 등 300여 명의 일본인이 모여 있었는데, 다케조에마저 죽으로 끼니를 때워야 할 만큼 식량이 부족했다. 식량을 구입하려 해도 반일 감정이 팽배한 상인들이 일본인에게 식량을 팔지 않았다.

더 이상 서울에 머무를 수 없다고 판단한 다케조에는 본국으로 퇴각하기로 하고, 일본 군대와 거류민들을 이끌고 인천을 향해 출발했다. 개화파 사람들은 일본인으로 변장하기 위해 상투를 자르고 헌 양복으로 갈아입고 일본인들 틈에 끼었다. 얼굴이 널리 알려진 김옥균, 박영효 등은 커다란 나무궤짝 안에 숨어야만 했다. 광화문네거리와 서대문을 거쳐 마포로 가는 동안 일본군은 때로는 청군이나 조선군과 시가전을 벌이고, 때로는 민간인의 공격을 받으며 간신히 한강을 건넜다.

양화나루에서 한강을 건너자 더 이상의 공격은 없었으나 먹을 것이 없었다. 허기에 지친 정변 주동자들과 일본군이 지친 다리를 이끌고 인천에 도착한 것은 이튿날 아침이었다. 일본공사 다케조에 등은 인천영사관으로 들어가고, 개화파 사람들은 인천 주재 일본영사의 주선으로 제일은행 인천지점장의 집에 은신했다. 그처럼 간신히 사지를 벗어나 인천까지 피신한 정변 주동자는 김옥균, 박영효, 서광범, 서재필, 변수, 이규완, 유혁로, 정난교, 신응희 등 9명이었다.

일본 군함 니즈호(日進號)와 일본우편회사 선박 치도세마루(千歲丸)는 이미 인천항에 정박해 있었다. 치도세마루를 통해 일본 정부가 다케조에에게 내린 훈령은 조선의 내정에 관여하지 말라는 것이었다.

아직도 쫓기는 신세인 개화파 사람들에게 인천은 결코 안전지대가 될 수 없었다. 친청사대파가 다시 집권한 조선 정부는 외무협판 묄렌도르프에게 인천으로 도주한 정변 주동자들을 잡아 오라는 명령을 내렸다. 묄렌도르프는 추격 부대를 이끌고 인천으로 달려가 일본공사 다케조에에게 정변 주모자인 국적(國賊) 김옥균, 박영효 일당을 내놓으라고 요구했다.

일본 우편선 치도세마루에 숨어 있던 김옥균 등은 배 안에서 그 모습을 지켜보며 품속에 숨겨둔 비상약을 만지작거렸다. 그들은 사태가 악화될 경우 자살할 결심까지 하고 있었던 것이다.

김옥균 등을 인도하라는 묄렌도르프의 요구는 강경했다. 정적 김옥균을 처치할 절호의 기회라 판단했기에 그는 외무독판 조병세, 인천감리 홍순학 등을 거느리고 찾아가 강경한 어조로 김옥균 등을 내놓으라고 요구했다.

그 순간 변덕이 심한 다케조에의 마음을 부채질한 일이 하나 더 있었으니, 그것은 조선의 내정에 관여하지 말라는 일본 정부의 훈령이었다. 그는 개화파를 더 이상 보호해서는 안 된다고 판단하고 우편선 치도세마루로 올라갔다. 그리고 김옥균 등에게 묄렌도르프의 요구가 워낙 강경하니 다른 방도가 없지 않느냐며 하선을 권유했다.

그것은 일본공사 다케조에가 지난 며칠 동안 생사고락을 같이하며 사선을 넘어온 조선인 동지들을 굶주린 사자들이 우글거리는 우리에 던져버리는 것이나 다를 바 없었다. 그러자 배 안에 있는 일본인 승객들이 다케조에를 배신자라며 비난했다. 그들은 다케조에의 행동이 너무 유약하여 일본인의 체면을 손상시켰다며 궁지에 몰린 개화파 사람들을 내보내서는 안 된다고 열을 올렸다.

그때 사지에 몰린 개화파 사람들을 구한 용감한 사나이가 나타났으니, 그는 다름 아닌 그 배의 선장 츠지가츠 사부로(辻勝三郎)였다. 츠지가츠는 정변의 주역인 김옥균 등이 배에서 내리게 되면 곧바로 체포되어 죽임을 당할 것이라며 다케조에의 요구를 거절했다.

"이 배에 조선 독립당 사람들을 승선시킨 것은 공사의 체면을 존중했기 때문이다. 이들은 공사의 말을 믿고 모종의 일을 도모하다 잘못되어 쫓기고 있는 모양인데, 죽을 줄 뻔히 알면서도 배에서 내리라 함은 있을 수 없는 일이다. 비록 공사가 그렇게 요구한다 하더라도 이 배에 오른 이상 모든 것은 나의 책임이니, 이들을 배에서 내리게 하는 일은 결단코 없을 것이다."

그는 그렇게 선언하고 개화파 사람들을 석탄 창고에 숨긴 뒤 권총을 빼들고 뱃머리에 섰다. 그리고 목소리를 높여 외쳤다.

"만일 나의 허락 없이 이 배에 오르는 조선 병사가 있다면 가차 없이 사격하겠다."

이어 그는 개화파의 인도를 요구하는 묄렌도르프에게 치도세마루에는 그런 사람들이 탄 적이 없다고 딱 잡아뗐다. 평소 김옥균을 증오해 마지않던 묄렌도르프는 절호의 기회를 놓칠 수 없어 반란을 일으킨 자들을 은닉하는 것은 국제법 위반임을 지적하며 치도세마루를 수색해야 한다고 주장했으나, 권총을 빼들고 버티는 선장의 완력에 눌려 포기할 수밖에 없었다.

다케조에의 배신으로 하마터면 사지로 내몰릴 뻔한 정변의 주역들은 덕분에 목숨을 부지할 수 있었고, 며칠 뒤 그 배가 출항함에 따라 일본으로 망명할 수 있었다. 일본인 선장 츠지가츠 사부로가 생면부지의 개화파 인사들을 구출할 수 있었던 것은 한성순보를 발간하기 위해 김옥균 등이 일본에서 데리고 왔던 이노우에 가쿠고로가 열성적으로 변호해 준 덕분이었다.

북묘에서
무참한 최후를 맞다

한편 김옥균 등 개화파 동지들과 헤
어진 홍영식은 박영교와 함께 어가를 따라 북쪽 산으로 올라갔다. 중전
민비가 기다리고 있는 북묘로 가기 위해서였다. 연경당에서 옥류천(玉流
川)을 거쳐 북문으로 가는 길은 산으로 올라가는 경사진 길이었으나, 옥
류천까지는 꽤 넓은 길이 다듬어져 있어 고종이 탄 사인교를 메고 가는
데는 불편함이 없었다.

홍영식은 도승지 박영교와 함께 묵묵히 어가를 따라갔다. 박영교는
박영효의 맏형으로 일찍이 일가인 박규수의 사랑방을 드나들며 개화파
로 성장했다. 왕의 비서실장에 해당되는 도승지였기에 위기에 처한 고
종을 호위함이 마땅하다 하겠으나, 죽음을 겁내지 않을 만큼 충직한 성
품이기에 당연히 어가를 따르기로 했던 것이다. 고종이 타고 있는 어가
의 호위는 신중모 등 일본 하사관학교 출신의 용사 7명이 맡았다.

고종을 모신 어가는 어느덧 옥류천에 당도했다. 옥류천은 창덕궁 후
원 뒷산에 있는 실개천인데, 소요암이라는 널찍한 바위에 U자형의 홈

을 파 물이 흐르게 만든 인공적인 개울이었다. 인조 때 조성된 것으로 알려진 이 개울에서 임금은 신하들과 함께 술잔을 띄워 놓고 시를 읊곤 했다. 지금도 소요암에는 인조가 쓴 '玉流川'이라는 한문 글씨와 숙종이 지은 시가 새겨져 있다. 옥류천 주위에는 태극정, 소요정, 취한정 등 네댓 개의 정자가 세워져 있었다.

홍영식 등이 옥류천에 다다르자, 옥류천 주변에는 총상을 입고 쓰러진 병사들의 사체가 널브러져 있었다. 불과 두 시간 전만 해도 일본군과 치열한 백병전을 벌였던 청나라 병사들은 어디로 퇴각했는지 종적이 묘연했다.

고종을 태운 어가는 옥류천을 지나 북문으로 향했다. 동쪽 하늘에 위쪽이 약간 일그러진, 둥근 달이 떠오르고 있었다.

"누구냐?"

어가가 북문으로 다가가자, 대문을 지키고 있던 병사들이 총부리를 겨누며 소리쳤다. 청군과 함께 옥류천 백병전에 참여했던 무예청 무감과 별초군이 몇 명 남아 북문을 지키고 있었다.

"상감마마를 모시고 가는 어가요."

신중모가 소리쳤다.

"아, 그렇습니까?"

무감은 황급히 다가와 사인교의 주인이 고종임을 확인하자 고개를 숙여 인사했다.

"어디로 가시는 길입니까?"

"동조마마가 계시는 북묘로 가는 길이다."

홍영식이 위엄 있는 목소리로 말했다. '동조(東朝)'란 대비가 거처하는 궁궐을 가리키는 말이니 '동조마마'란 대비를 가리키는 호칭이었다.

"알겠습니다. 저희가 모시고 가겠습니다."

무감이 소리치며 북문을 열고 어가를 호위하여 북묘로 향했다. 무감이며 별초군이 본래 하는 일이 어가의 호위였으니, 그들은 그때 비로소 주인을 만나 본연의 임무를 수행하게 되었던 것이다.

관우의 영정을 모신 사당인 북묘에는 조선군과 청군이 지키고 있을 뿐, 고종이 애타게 만나고 싶어 하는 민비나 대비는 물론 궁녀들의 모습도 보이지 않았다. 북묘 역시 안심할 수 있는 피난처가 아니기에 민비 등은 살길을 찾아 동소문 밖 노원으로 도피한 지 오래였다. 민비를 찾아 북묘까지 갔던 고종은 갑자기 길 잃은 양이 되어 허탈감에 빠졌다.

그때 마침 선인문 밖에 진을 치고 있던 청군 장수 오조유(吳兆有)가 군사를 거느리고 고종을 맞이하러 온다는 소식이 들려왔다. 그 말을 듣자 고종이 깜짝 반기며 오조유의 진영으로 가겠다며 서둘렀다. 무감과 별초군들이 고종을 호위하여 사인교에 태우려 했다.

그러자 홍영식이 급히 달려가 어의 자락을 붙잡으며 말렸다.

"아니 되옵니다, 전하. 전하께서는 청국군 진영으로 가셔서는 아니 되옵니다."

"어찌하여 짐이 청국군 진영으로 가서는 아니 된단 말인가?"

가마에 오르려던 고종이 뜨악한 표정으로 홍영식을 돌아보았다.

"전하께서 청국군 진영으로 가시면 만사가 끝나는 것입니다. 전하께서는 청국군 진영으로 가셔서는 아니 되옵니다."

홍영식은 여전히 어의 자락을 붙잡은 채 같은 말을 되풀이했다.

"만사가 끝나다니, 그것이 무슨 말인가?"

고종이 이해할 수 없다는 표정을 지으며 물었다.

"……."

홍영식은 대꾸할 말을 잃고 애원하는 눈으로 고종을 올려다보았다. 고종이 청장 오조유의 진영으로 가게 되면 개화파의 거사는 사실상 물거품이 된다는 생각에서 그렇게 외쳤던 것이나, 홍영식은 사실상 청군의 포로가 된 것이나 다름없었다. 조선군과 청군에 포위되어 있는 상황에서 홍영식의 외침에 귀를 기울여 줄 사람은 아무도 없었다. 그럼에도 불구하고 고종이 청나라 장수에게 끌려가 청군의 보호를 받는 것만큼은 기어코 막아야 한다고 생각했기에 홍영식은 어의 자락을 붙잡고 하소연했던 것이다.

그러자 고종을 사인교에 태우려던 무감이 홍영식을 향해 삿대질하며 버럭 소리를 질렀다.

"이런 역적 놈을 보았나. 어디서 감히 어의를 붙잡고 행패를 부려? 진짜 따끔한 맛을 봐야 정신 차릴 건가?"

무감은 왕방울 눈알을 부라리며 홍영식을 노려보았다.

"이놈아, 아무리 난중이라도 감히 누구 앞에서 눈알을 부라리며 행패야?"

화가 치민 홍영식이 큰소리로 꾸짖었다.

"네놈들이 역적 놈이 아니고 뭔데? 전·후영사를 죽인 것도 네놈들이고, 대감들을 죽인 것도 네놈들이잖아. 성질 같아선 당장 물고를 낼 일이지만 어전 앞이라 참는 줄 알아, 이놈아."

무감은 홍영식을 사납게 노려보며 기세등등하게 소리쳤다.

그러자 북묘 사당에 모여 있던 청병들이 우르르 몰려나오며 무감에게 물었다.

"왜 그러는 거야? 저자들은 누구야?"

"저자들이 바로 반란을 일으켰던 역적 놈들이라고."

무감이 고자질하듯 말했다.

"뭐? 반란을 일으킨 역적 놈들이라고? 근데 왜 저런 놈들을 살려 두고 있어. 죽여 버려!"

대장인 듯한 청병이 홍영식 등을 노려보며 차갑게 내뱉었다.

그러자 별초군들이 우르르 몰려들어 홍영식과 박영교를 에워쌌다. 어떤 자는 몽둥이를 치켜들었고, 어떤 자는 칼을 빼어들었다. 총을 들고 겨누는 자도 있었다. 그러는 사이 고종을 태운 사인교가 움직이기 시작했다.

"아니 된다. 전하를 모시고 청국군 진영으로 가서는 아니 된다. 전하는 대전으로 모시고 가야 한다."

홍영식은 그렇게 외치며 살기등등한 병사들을 헤치고 어가를 붙잡으려 했다.

어떻게 보면 그것은 개화의 끈을 놓치지 않으려는 홍영식의 마지막 몸부림이었다. 고종이 청나라 군대를 찾아가 그들의 보호를 받는 순간, 그와 개화파 동지들이 애써 건설하려 했던 개화 세상은 물거품 되고 말 것이라 생각했기에 물에 빠진 사람이 지푸라기라도 잡으려는 심정으로 고종을 붙잡기 위해 안간힘 썼던 것이다.

"이런 뻔뻔한 인간을 보았나. 역적질 한 놈이 임금을 모시고 가겠다고? 참으로 가소로운 놈이다. 여봐라, 이놈을 당장 처치하라!"

무감이 홍영식을 가리키며 별초군을 향해 소리쳤다.

무감의 명령에 따라 별초군들이 홍영식과 박영교 등을 에워싸고 뭇매를 가했다. 창으로 찌르는 자도 있었다. 불의의 습격을 당한 홍영식은 제대로 대항할 겨를도 없이 순식간에 쓰러져 불귀의 객이 되고 말았다. 도승지 박영교도 똑같은 운명을 맞았다.

어가를 호위하던 사관생도 출신의 병사들은 별초군과 맞서 싸우다 중과부적으로 목숨을 잃었다. 개중에는 용케 도망쳐 죽음을 면한 자도 있었다. 나라가 살길은 개화밖에 없다는 굳은 신념에서 가난한 나라 조선의 통치자 고종을 개화의 길로 이끌기 위해 혼신의 힘을 다했던 개화의 선구자 홍영식은 그렇게 무참한 최후를 맞았다.

고종과 함께 이 땅에 남아 후일을 기약하고자 했던 잔류파 홍영식 등의 죽음은 개화파의 몰락을 의미했다. 개화파의 주류인 김옥균, 박영효, 서광범, 서재필 등은 용케도 일본으로 도피할 수 있었으나, 그들을 반기는 사람도 없고 더 이상 그들이 설 땅도 없었다.

그처럼 개화파가 살해되거나 망명하면서 가난에 찌든 조국을 미국과 같은 개화 세상으로 만들겠다는 그들의 찬란한 꿈은 물거품이 되었고, '개화'며 '개화파'라는 말은 터부시되었다. 그와 동시에 조선은 꿈을 잃은 나라가 되어 또다시 천지사방이 캄캄한 암흑의 세계로 되돌아갔다. 안으로는 부정부패에 탐닉한 관원들이 백성들의 고혈을 짜기에 급급했고, 밖으로는 이해관계에 민감한 열강이 탐욕의 눈을 번뜩이며 호시탐탐 침략의 기회를 엿보고 있었다.

벌을 받든 용서를 받든
내 나라에서 받겠다

정변의 실패는 결코 주동자 몇몇의
참사로 끝나지 않았다. 그것은 가족의 참변과 집안의 몰락으로 이어졌
다. 홍영식이 비명횡사하고 개화파가 대역죄인으로 몰리면서 아버지
홍순목과 형 홍만식은 모든 관직을 삭탈당했다.

비극은 그것으로 끝나지 않았다. 홍씨 일가는 홍순목의 지시에 따라
독약을 먹고 집단자살을 했다. 자식을 역적으로 키운 죄를 감당할 수
없기에 영의정까지 지낸 홍순목은 먼저 손자를 독살하고 나서 자결했
다. 홍순목의 부인 역시 독약을 마셨다. 홍영식의 부인 이씨와 첩 한씨
도 자결했다. 6세에 불과한 배다른 동생 정식은 정표로 이름을 바꾸고
도피하여 간신히 목숨을 구했다. 형 만식은 일찍이 큰아버지 홍순경에
게 양자를 간 덕분에 연좌제에는 걸리지 않았으나, 자살을 시도하다 실
패하고 1년 복역했다.

김옥균, 박영효, 서광범, 서재필 등은 일본으로 망명하여 목숨을 건
질 수 있었으나 그들의 가족은 무사할 수 없었다. 김옥균의 생부와 양

부는 삭탈관직을 당했다. 친부 김병태는 천안감옥에 갇혔다 교수형에 처해졌고, 양부 김병기는 김옥균과 양자 관계를 끊으며 살길을 도모했다. 부인 유씨는 숨어 지내며 목숨을 부지했으나, 어머니는 딸과 함께 독약을 마시고 자결했다.

왕실 부마인 박영효의 집안 역시 풍비박산이 났다. 박영효는 형 박영교와 함께 거사에 참여했기 때문에 형제가 모두 역적이 되었다. 그들의 아버지 박원양은 박영교의 아들인 손자를 자신의 손으로 죽이고 부인과 함께 자결했다. 그처럼 정변의 실패는 주인공들의 일가족의 몰살로 막을 내렸다.

홍영식, 김옥균 등 개화파 주역들은 왕을 따르느냐 도망치느냐를 놓고 양자택일을 할 수 있었으나, 그들을 따라 하수인 노릇을 했던 행동대원들은 어느 쪽도 마음대로 선택할 수 없었다. 그 때문에 그들은 목숨을 부지하기 위해 뿔뿔이 흩어져 도망칠 수밖에 없었다.

대표적인 사람이 일본 하사관학교 출신의 행동대원 신중모였다. 그는 홍영식을 따라 어가를 모시고 북묘까지 갔으나, 청나라 군사가 점령하고 있는 그곳이 결코 안전지대가 아님을 깨닫고 슬그머니 도망쳤다. 도중에 장사 김봉균, 이희정을 만나 양평 사나사로 같이 도망쳐 몸을 숨겼다. 그들은 머리를 깎고 중 행세를 했으나 결국 붙잡혀 처형되었다.

동대문의 소문난 장사로 안동궁에 불을 지르고 요인 척살에 앞장섰던 윤경순은 전라도 곡성까지 피신한 뒤 경기도 부평으로 올라와 은신하려다 체포되었다. 궁궐 수비를 맡았던 병사 낭창관은 전라도로 도망쳐 고창 관아에서 하인 노릇을 하다 붙잡혀 죽었다.

행동대장 이인종은 시체로 발견되었고, 하사관 출신 윤영관은 배오개에서 보부상들에게 체포되어 참살되었다. 박제경은 청계천 수표교에서 살해되었고, 오감은 관철교에서 체포되어 죽임을 당했다. 그처럼 정변에 참여했던 수많은 행동대원들은 도피 과정에서 살해되거나 도피한 뒤 체포되어 비참한 종말을 맞아야만 했다.

홍영식이 죽고 나자 재동에 있는 그의 집은 몰수되었고, 그에 관한 기록은 삭제되었다. 대역죄인으로 몰렸기에 그의 행적에 관한 기록을 남긴 자도 없었다. 따라서 그가 애써 이룩한 개화에 관한 업적이나 추진 과정 등은 자세히 알 수 없었다. 다만『조선왕조실록』에 그에 관한 기록이 몇 줄 남아 있어 당시의 사정을 짐작케 했다.

『고종실록』은 고종 21년 10월 19일자에서 홍영식이 고종을 모시고 북묘로 가서 죽음을 맞게 된 과정을 다음과 같이 기록했다.

"밤에 상께서 북묘로 거처를 옮겼다가 그길로 또 선인문 밖에 있는 청나라 통령(統領) 오조유(吳兆有)의 영방으로 옮겼으며, 각 전(殿)과 각 궁(宮)도 노원으로 옮겼다.

이날 신시에 청나라 병사들이 대오를 나누어 궁문으로 들어오면서 총포를 쏘았고, 우리나라 좌영과 우영의 병사들도 따라 들어오니 일본 병사들이 힘을 다해 막았다. 유시에 상께서 후원에 있는 연경당으로 피하였는데, 각 전과 각 궁과 서로 연계를 잃고 옮겨 피하여 옥류천 뒤 북쪽 담문에 이르렀다. 이때에 무예청 및 위사, 별초군이 비로소 들어와서 호위하여 문을 열고 나가 북묘로 향하였다.

일본공사가 병사를 거느리고 궁을 떠나자 김옥균, 박영효, 서광범, 서재필 등은 모두 따라 나갔고, 오직 홍영식과 박영교 및 생도 7인만이 고종을 뒤따라 북묘로 갔다. 해시에 오 통령은 상께서 북묘에 계시다는 말을 듣고 대오를 거느리고 맞이하러 갔다. 홍영식 등이 어의를 끌어당기면서 가지 말라고 청하였다. 여러 사람이 상을 모시고서 사인교에 태우니 홍영식 등은 또 성을 내며 고함쳤다. 우리 병사가 홍영식과 박영교를 쳐 죽이고, 또 생도 7인도 죽였다. 원세개(袁世凱) 또한 병사를 보내어 임금을 영접하였다. 자시(子時)에 선인문 밖에 이르러 오 통령의 영방에서 머물렀다.”

그처럼 『고종실록』은 홍영식이 고종을 따라 북묘로 가서 죽음을 맞게된 과정을 간략하게 기술했다. 정변이 일어난 시점에 정변에 대해 내국인이 남긴 기록으로는 유일했다.

개화파의 완전한 몰락으로 끝났기에 사관이 아니면 아무도 붓을 들려 하지 않을 때 용감하게도 갑신정변의 전말과 홍영식의 죽음을 글로정리하여 발표한 사람이 있었으니, 그는 다름 아닌 미국인 퍼시벌 로웰(Percival L. Lowell)이었다. 로웰은 1883년 홍영식 등 보빙사절단이 미국을 방문할 때 안내자 역할을 했던 청년인데, 사절단원 가운데 특히 홍영식과 가깝게 지냈다. 그런 인연에서인지 그는 ‘조선의 쿠데타(A Korean Coup d'Etat)’라는 제목으로 홍영식을 추모하는 글을 써 당시 미국에서 발행되고 있는 잡지 『월간 대서양(Atlantic Monthly)』 1886년 11월호에 게재했다.

보빙사절단 일행을 미국 각지로 안내하며 구경시키고 통역 역할도 했던 로웰은 미국공사관 직원도 아니요, 여행 안내자도 아니었다. 부잣집도련님인 로웰은 하버드대학을 졸업한 후, 극동아시아 지역에 대한 호기심에서 일본을 여행하고 있는 중이었다. 그때 마침 보빙사절단이 미국을 방문하기 위해 일본으로 건너갔는데, 사절단원 중에는 미국을 제대로 아는 사람도 없고 영어를 할 줄 아는 사람도 없었다. 그러자 주일 미국공사 빙햄(Bingham)이 로웰에게 안내자 역할을 해달라고 부탁했던 것이다.

로웰은 그 청을 받아들이며 개인 통역으로 쓰고 있던 일본인 미야오카 츠네지로(宮岡恒次郎)를 같이 데리고 갔다. 그리하여 로웰이 영어로 말하면 미야오카가 일본어로 통역하고, 이를 다시 사절단원 변수가 우리말로 통역하는 방식으로 의사소통을 했다.

로웰은 홍영식과 동갑이었다. 그 때문인지 로웰은 사절단원 중에서도 특히 전권부대신 홍영식과 가깝게 지냈다. 그는 홍영식 등에게 미국의 개화 현장을 두루 구경시키며 많은 대화를 나눴다. 뉴욕우체국과 전신국을 안내하며 홍영식이 특히 우편에 대해 관심이 많음도 알게 되었다. 미국에서 돌아올 때도 두 사람은 같은 배를 타고 태평양을 건너 일본에서 헤어졌다.

사절단의 임무를 마치고 귀국하자, 홍영식은 고종에게 그 동안 로웰이 보빙사절단을 위해 했던 일들을 낱낱이 보고했다. 그러자 고종은 로웰을 국빈으로 초청하라고 지시했다. 덕분에 로웰은 그해 12월 조선을 방문하여 3개월 동안 머무르며 조선 사회를 두루 구경했다. 학구열이 남달랐던 로웰은 이방인의 눈에 비친 신기한 나라 조선의 정치, 경제, 사회, 풍물 등을 정리하여 한 권의 책으로 엮었는데, 그것이 바로 1885년에 출간한『고요한 아침의 나라, 조선(Chosen, the Land of Morning Calm)』이었다.

조선 방문을 마치고 일본으로 건너간 뒤 얼마 안 되어 조선에서 갑신정변이 일어났고 홍영식이 살해되었다는 소식을 들었다. 홍영식의 사망 소식에 충격을 받은 로웰은 갑신정변이 일어난 배경과 홍영식이 죽음을 맞게 된 과정 등을 '조선의 쿠데타'라는 제목으로 정리하여 『월간 대서양』에 발표했던 것이다.

로웰이 집필한 '조선의 쿠데타'라는 글에서 홍영식이 죽음을 맞게 된 부분을 발췌하면 다음과 같다.

"일본인들의 철수가 분명해지자, 개화파 지도자들은 일본인이 철수하고 고종과 함께 남게 되면 적의 손에 넘겨지게 될 운명임을 예상하고 일본으로 망명하기로 결정했다. 다른 지도자들은 다 같이 망명하기로 의견을 모았으나, 홍영식만은 남아 있겠다고 했다. 다른 사람은 다 가도 좋으나, 자신만은 남아 있어야 한다고 생각했다. 개화파는 결코 반란군이 아니며 그들이 공언했던 거사의 원칙이 하등 부끄러운 일이 아님을 세상에 알리기 위해서라도 궁궐에 남아 있어야 하며, 자신이 그중 한 사람이 되어야 한다고 생각했다.

그 말을 듣자 깜짝 놀란 개화파 동지들은 홍영식을 설득하기 위해 최선을 다했으나 소용이 없었다. 그들은 돌아가며 그의 역을 대신 맡겠다고 했으나 들으려 하지 않았다. 당시 그는 30세에 불과했음에도 나이가 가장 많은 축에 듦을 이유로 자신이 남아야 한다고 주장했다. 그리고 자신의 결심이 바뀔 수 없는 것임을 보이기 위해 긴 관복 장화를 벗어던졌다.

그의 결심이 흔들리지 않을 것임을 알자, 그들은 그를 남겨두고 떠났다. 더 지체하면 적에게 붙잡힐 수밖에 없는 처지였기에 빨리 떠날 수밖에 없었다.

몇 분 뒤 그의 운명이 기다리고 있는 그곳 궁궐에서 청나라 군사들이 그를 발견했다. 청군들은 그를 체포하여 그들 진영으로 끌고 갔다. 그리고 몇 가지 확인 절차를 거친 뒤 그를 공개 처형했다. 용감하고 충성스러운 인물 홍영식은 자신이 공개적으로 천명한 원칙에 따라 그렇게 죽음의 길을 택했다. 그 길을 피하는 것은 비겁한 일이라 생각했기에 피하지 않았다."

로웰은 그 글을 일본에서 썼다. 자신이 직접 목격하지도 않은 사건을 일본인들의 말을 듣고 일본 자료를 참고하여 썼으므로 편견이 작용할 수밖에 없었으나, 아무튼 그는 한때 가깝게 지냈던 친구 홍영식을 기리기 위해 최선을 다했다.

개화의 선구자 홍영식은 그렇게 이승을 하직했다. 병들 대로 병든 나라를 살릴 수 있는 길은 개화밖에 없다는 일념에서 개화의 길로 매진했으나 외세에 가로막혀 더 이상 나갈 수 없게 되자, 그는 과감하게 죽음의 길을 택했다. 개화파가 추구한 길이 하등 부끄러운 일이 아니며 결코 나라를 배반한 것이 아니라고 믿었기에 그는 그 사실을 널리 알리고 싶어 그 길을 택했다.

또한 내 나라에서 일을 도모하다 실패했다면 벌을 받든 용서를 받든 내 나라에서 받아야지, 구차스럽게 남의 나라에 가서 후일을 도모할 수는 없다고 생각했기에 그는 도망하는 길 대신 임금과 함께 가는 길을 택했다. 아니, 끝까지 선장인 고종을 설득하여 개화의 길로 인도해야 하겠기에 그 길을 택했던 것이다.

그러다 몽매한 조선군에게 붙잡혀 비참한 최후를 맞았다. 그와 동시에 암흑의 땅 조선을 광명의 나라로 만들겠다는, 찬란한 개화의 꿈은 완전히 물거품이 되었다.